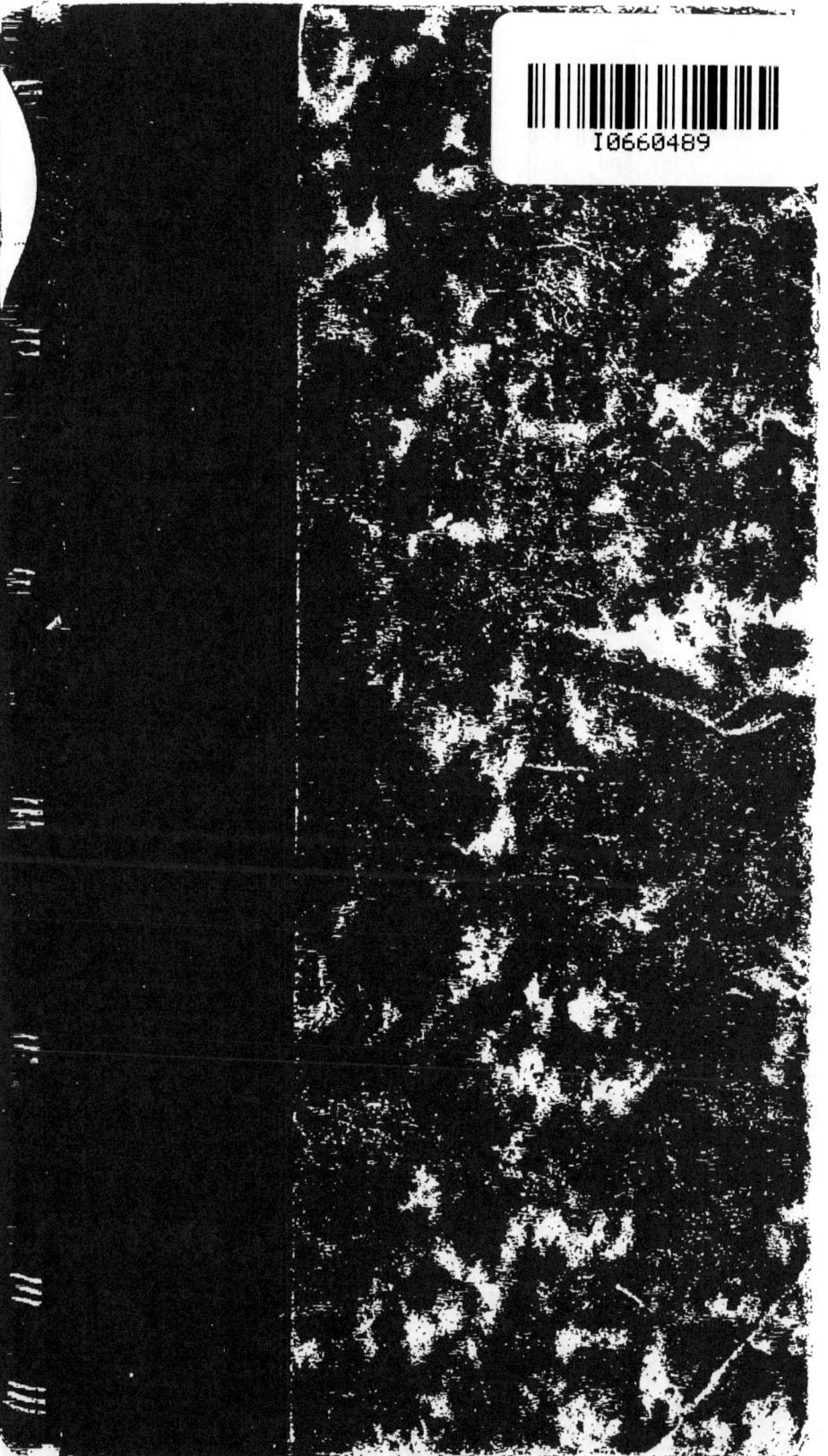

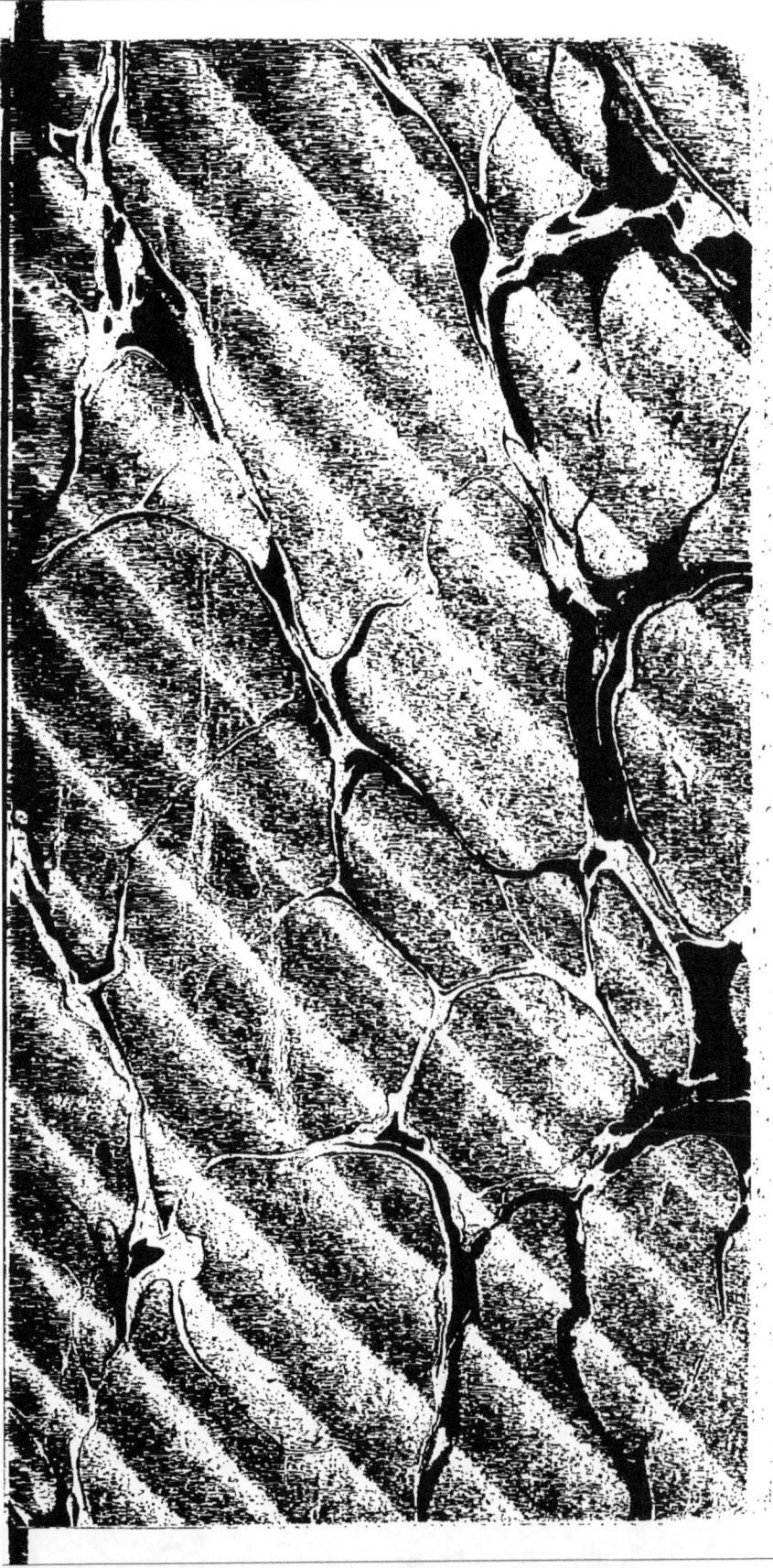

ŒUVRES

DE

Paul Scarron

———

LE ROMAN COMIQUE

Avec Notes et Variantes

PAR FRÉDÉRIC DILLAYE

———

NOTICE PAR A. FRANCE

———

TOME SECOND

PARIS

ALPHONSE LEMERRE, ÉDITEUR

27-31, PASSAGE CHOISEUL, 27-31

M DCCC LXXXI

Paul Scarron

ŒUVRES

DE

Scarron

ŒUVRES

DE

Scarron

LE ROMAN COMIQUE

Avec Notes et Variantes

PAR FRÉDÉRIC DILLAYE

NOTICE PAR A. FRANCE

TOME SECOND

PARIS

ALPHONSE LEMERRE, ÉDITEUR

27-31, PASSAGE CHOISEUL, 27-31

M DCCC LXXX

LE

ROMAN COMIQUE.

CHAPITRE XIV

Le Juge de sa propre cause.

 E fut en Affrique[1], entre des Rochers voisins de la Mer, & qui ne font eloignez de la grande ville de Fez que d'une heure de chemin, que le prince Mulei, fils du Roy de Maroc, se trouva seul & à la nuict, après s'estre egaré à la chasse. Le ciel estoit sans le moindre nuage, la Mer estoit calme, & la Lune & les Estoiles la rendoient toute brillante; enfin, il faisoit une de ces belles nuicts des Païs

chauds qui font plus agreables que les plus
beaux jours de nos regions froides. Le Prince
Maure, galopant le long du rivage, fe divertif-
foit à regarder la Lune & les Eftoiles, qui pa-
roiffoient fur la furface de la Mer comme dans
un miroir, quand des cris pitoyables percèrent
fes oreilles & luy donnèrent la curiofité d'aller
jufqu'au lieu d'où il croyoit qu'ils pouvoient
partir. Il y pouffa fon cheval, qui fera fi l'on
veut un barbe, & trouva entre des rochers une
femme qui fe deffendoit, autant que fes forces
le pouvoient permettre, contre un homme qui
s'efforçoit de lui lier les mains, tandis qu'une
autre femme tâchoit de luy fermer la bouche
d'un linge. L'arrivée du jeune Prince empefcha
ceux qui faifoient cette violence de la continuer,
& donna quelque relafche à celle qu'ils trait-
toient fi mal. Mulei luy demanda ce qu'elle
avoit à crier, & aux autres ce qu'ils luy vouloient faire; mais, au lieu de luy repondre, cet
homme alla à luy le cymeterre à la main, & luy
en porta un coup qui l'eût dangereufement
bleffé s'il ne l'eût evité par la viteffe de fon
cheval. Mefchant, luy cria Mulei, ozes-tu t'attaquer au Prince de Fez! Je t'ay bien reconnu
pour tel, luy repondit le Maure; mais c'eft à
caufe que tu es mon Prince & que tu me peux
punir qu'il faut que j'aye ta vie où que je perde
la mienne.

En achevant ces paroles, il fe lança contre
Mulei avec tant de furie que le Prince, tout

vaillant qu'il eſtoit, ſut reduit à ſonger moins à
attaquer qu'à ſe deffendre d'un ſi dangereux ennemy. Les deux femmes cependant eſtoient aux
mains, & celle qui un moment auparavant ſe
croyoit perduë empeſchoit l'autre de s'enfuyr,
comme ſi elle n'eût point douté que ſon deffen-
ſeur n'emportât la victoire. Le deſeſpoir aug-
mente le courage, & en donne meſme quelquefois à ceux qui en ont le moins. Quoyque la
valeur du Prince fuſt incomparablement plus
grande que celle de ſon ennemy & fuſt ſoutenuë
d'une vigueur & d'une adreſſe qui n'eſtoient
pas communes, la punition que meritoit le
crime du Maure luy fit tout hazarder & luy
donna tant de courage & de force que la victoire demeura long-temps douteuſe entre le
Prince & luy, mais le Ciel, qui protége d'ordinaire ceux qu'il eleve au deſſus des autres, fit
heureuſement paſſer les gens du Prince aſſez
près de là pour oüyr le bruit des combattans
& les cris des deux femmes. Ils y coururent
& reconnurent leur Maiſtre dans le temps
qu'ayant choqué celuy qu'ils virent les armes à
la main contre luy, il l'avoit porté par terre,
où il ne le voulut pas tuer, le reſervant à une
punition exemplaire. Il deffendit à ſes gens de
luy faire autre choſe que de l'attacher à la
queuë d'un cheval, de façon qu'il ne puſt rien
entreprendre contre ſoy-meſme, ny contre les
autres. Deux Cavaliers portèrent les deux
femmes en crouppe, & en cet equipage-là Mulei

& fa troupe arrivèrent à Fez, à l'heure que le
jour commençoit de paroiſtre.

Ce jeune Prince commandoit dans Fez auſſi
abſolument que s'il en euſt deſia eſté Roy. Il
fit venir devant luy le Maure, qui s'appeloit
Amet, & qui eſtoit fils d'un des plus riches habitans de Fez. Les deux femmes ne furent
connuës de perſonne à cauſe que les Maures,
les plus jaloux de tous les hommes, ont un
extreſme ſoin de cacher aux yeux de tout le
monde leurs femmes & leurs eſclaves. La femme
que le Prince avoit ſecouruë le ſurprit, & toute
ſa Cour auſſi, par ſa beauté, plus grande que
quelque autre qui fuſt en Affrique, & par un
air majeſtueux, que ne put cacher aux yeux de
ceux qui l'admirèrent un meſchant habit d'eſ-
clave. L'autre femme eſtoit veſtuë comme le
font les femmes du pays qui ont quelque qualité, & pouvoit paſſer pour belle, quoiqu'elle le
fuſt moins que l'autre ; mais, quand elle euſt pu
entrer en concurrence de beauté avec elle, la
pâleur que la crainte faiſoit paroiſtre ſur ſon
viſage diminuoit autant ce qu'elle y avoit de
beau que celuy de la premiere recevoit d'avantage d'un beau rouge qu'une honneſte pudeur
y faiſoit eclatter. Le Maure parut devant Mulei
avec la contenance d'un criminel, & tint touſiours les yeux attachez contre terre. Mulei luy
commanda de confeſſer luy-meſme ſon crime,
s'il ne vouloit mourir dans les tourmens. Je
ſçay bien ceux qu'on me prepare & que j'ay

meritez, repondit-il fierement, &, s'il y avoit
quelque avantage pour moi à ne rien avouër,
il n'y a point de tourmens qui me le fiffent
faire; mais je ne puis eviter la mort, puifque
je te l'ay voulu donner, & je veux bien que tu
fçaches que la rage que j'ay de ne t'avoir pas
tué me tourmente davantage que ne fera tout
ce que tes bourreaux pourront inventer contre
moy. Ces Efpagnolles, adjouta-t-il, ont efté
mes efclaves : l'une a fçeu prendre un bon
party & s'accommoder à la fortune, fe mariant
avec mon frere Zaïde; l'autre n'a jamais voulu
changer de Religion ny me fçavoir bon gré de
l'amour que j'avois pour elle. Il ne voulut pas
parler davantage, quelque menace qu'on luy
puft faire. Mulei le fit jetter dans un cachot,
chargé de fers; la Renegate, femme de Zaïde,
fut mife en une prifon feparée; la belle Efclave
fut conduite chez un Maure nommé Zulema,
homme de condition, Efpagnol d'origine, qui
avoit abandonné l'Efpagne pour n'avoir pu fe
refoudre à fe faire Chreftien. Il eftoit de l'illuftre maifon de Zegris[2], autrefois fi renommée
dans Grenade, & fa femme, Zoraïde, qui eftoit
de la mefme maifon, avoit la reputation d'eftre
la plus belle femme de Fez, & auffi fpirituelle
que belle. Elle fut d'abord charmée de la beauté
de l'efclave Chreftienne, & le fut auffi de fon
efprit dès les premieres converfations qu'elle
eut avec elle. Si cette belle Chreftienne euft
efté capable de confolation, elle en euft trouvé

dans les careffes de Zoraïde ; mais, comme fi
elle euft evité tout ce qui pouvoit foulager fa
douleur, elle ne fe plaifoit qu'à eftre feule,
pour pouvoir s'affliger davantage, &, quand elle
eftoit avec Zoraïde, elle fe faifoit une extrefme
violence pour retenir devant elle fes foupirs
& fes larmes. Le prince Mulei avoit une extrefme
envie d'apprendre fes aventures ; il l'avoit fait
connoiftre à Zulema, &, comme il ne luy cachoit
rien, il luy avoit auffi avoüé qu'il fe fentoit
porté à aimer la belle Chreftienne & qu'il le
luy auroit defia fait fçavoir fi la grande affliction qu'elle faifoit paroiftre ne luy eût fait
craindre d'avoir un rival inconnu en Efpagne,
qui, tout eloigné qu'il euft efté, l'euft pu empefcher d'eftre heureux, mefme en un pays où il
eftoit abfolu. Zulema donna bon ordre à fa
femme d'apprendre de la Chreftienne les particularitez de fa vie, & par quel accident elle
eftoit devenue efclave d'Amet. Zoraïde en avoit
autant d'envie que le Prince, & n'eut pas grande
peine à y faire refoudre l'Efclave Efpagnolle,
qui crut ne devoir rien refufer à une perfonne
qui luy donnoit tant de marques d'amitié & de
tendreffe. Elle dit à Zoraïde qu'elle contenteroit
fa curiofité quand elle voudroit, mais que,
n'ayant que des malheurs à luy apprendre, elle
craignoit de luy faire un recit fort ennuyeux.
Vous verrez bien qu'il ne me le fera pas, luy
repondit Zoraïde, par l'attention que j'auray à
l'ecouter ; &, par la part que j'y prendray, vous

connoiftrez que vous ne pouvez en confier le
fecret à perfonne qui vous ayme plus que moy.
Elle l'embraffa en achevant ces paroles, la con-
jurant de ne differer pas plus long-temps à luy
donner la fatisfaction qu'elle luy demandoit.
Elles eftoient feules, & la belle Efclave, après
avoir effuyé les larmes que le fouvenir de fes
malheurs luy faifoit repandre, elle en commença
le recit, comme vous l'allez lire.

Je m'appelle Sophie ; je fuis Efpagnolle, née
à Valence & elevée avec tout le foin que des
perfonnes riches & de qualité, comme eftoient
mon Pere & ma Mere, devoient avoir d'une fille
qui eftoit le premier fruit de leur mariage,
& qui dès fon bas âge paroiffoit digne de leur
plus tendre affection. J'eus un frere plus jeune
que moy d'une année ; il eftoit aimable autant
qu'on le pouvoit eftre, il m'ayma autant que je
l'aymay, & noftre amitié mutuelle alla jufqu'au
point que, lorfque nous n'eftions pas enfemble,
on remarquoit fur nos vifages une trifteffe & une
inquiétude que les plus agreables divertiffemens
des perfonnes de noftre âge ne pouvoient dif-
fiper. On n'oza donc plus nous feparer ; nous
apprifmes enfemble tout ce qu'on enfeigne aux
enfans de bonne maifon de l'un & de l'autre
fexe, & ainfi il arriva qu'au grand etonnement
de tout le monde, je n'eftois pas moins adroitte
que luy dans tous les exercices violens d'un
Cavalier, & qu'il reuffiffoit egalement bien dans
tout ce que les filles de condition fçavent le

mieux faire. Une education fi extraordinaire fit
fouhaitter à un Gentilhomme des amis de mon
Pere que fes enfans fuffent elevez avec nous ;
il en fit la propofition à mes parens, qui y confentirent, & le voifinage des maifons facilita le
deffein des uns & des autres. Ce Gentilhomme
egaloit mon Pere en bien & ne luy cedoit pas
en nobleffe ; il n'avoit auffi qu'un fils & qu'une
fille, à peu près de l'âge de mon frere & de
moy, & l'on ne doutoit point dans Madrid que
les deux maifons ne s'uniffent un jour par un
double mariage. Dom Carlos & Lucie (c'eftoit
le nom du frere & de la fœur) eftoient egalement aymables : mon frere aymoit Lucie & en
eftoit aimé, dom Carlos m'aymoit & je l'aymois
auffi. Nos parens le fçavoient bien, &, loin d'y
trouver à redire, ils n'euffent pas differé de
nous marier enfemble fi nous euffions efté
moins jeunes que nous eftions. Mais l'eftat
heureux de nos amours innocentes fut troublé
par la mort de mon aymable frere : une fievre
violente l'emporta en huit jours, & ce fut là le
premier de mes malheurs. Lucie en fut fi touchée qu'on ne put jamais l'empefcher de fe
rendre Religieufe ; j'en fus malade à la mort,
& Dom Carlos le fut affez pour faire craindre
à fon Pere de fe voir fans enfans, tant la perte
de mon frere, qu'il aymoit, le peril où j'eftois
& la refolution de fa fœur, lui furent fenfibles.
Enfin la jeuneffe nous guerit, & le temps mo-
dera noftre affliction.

Le Pere de Dom Carlos mourut à quelque
temps de là, & laiſſa ſon fils fort riche & ſans
debtes. Sa richeſſe luy fournit de quoy ſatisfaire ſon humeur magnifique. Les galanteries
qu'il inventa pour me plaire flattèrent ma va-
nité, rendirent ſon amour publique & augmentèrent la mienne. Dom Carlos eſtoit ſouvent
aux pieds de mes parens, pour les conjurer de
ne differer pas davantage de le rendre heureux
en luy donnant leur fille. Il continuoit cependant ſes depenſes & ſes galanteries. Mon Pere
eut peur que ſon bien n'en diminuaſt à la fin,
& c'eſt ce qui le fit reſoudre à me marier avec
luy. Il fit donc eſperer à Dom Carlos qu'il ſeroit bientoſt ſon gendre, & Dom Carlos m'en
fit paroiſtre une joye ſi extraordinaire qu'elle
m'eût pu perſuader qu'il m'aymoit plus que ſa
vie, quand je n'en aurois pas eſté auſſi aſſeurée
que je l'eſtois. Il me donna le bal, & toute la
ville en fut priée. Pour ſon malheur & pour le
mien, il s'y trouva un Comte Neapolitain que
des affaires importantes avoient amené en Eſpagne. Il me trouva aſſez belle pour devenir
amoureux de moy, & pour me demander en
mariage à mon Pere, après avoir eſté informé
du rang qu'il tenoit dans le Royaume de Valence. Mon Pere ſe laiſſa eblouïr au bien & à
la qualité de cet eſtranger ; il luy promit tout
ce qu'il luy demanda, & dès le jour meſme il
declara à Dom Carlos qu'il n'avoit rien plus à
pretendre en ſa fille, me deffendit de recevoir

fes vifites, & me commanda en mefme temps
de confiderer le Comte Italien comme un
homme qui me devoit epoufer au retour d'un
voyage qu'il alloit faire à Madrid. Je diffimulay
mon deplaifir devant mon Pere ; mais, quand
je fus feule, Dom Carlos fe reprefenta à mon
fouvenir comme le plus aymable homme du
monde. Je fis reflexion fur tout ce que le Comte
Italien avoit de defagreable ; je conceus une
furieufe averfion pour luy, & je fentis que j'aymois Dom Carlos plus que je n'euffe jamais
cru l'aymer, & qu'il m'eftoit egalement impoffible de vivre fans luy & d'eftre heureufe avec
fon Rival. J'eus recours à mes larmes, mais
c'eftoit un foible remede pour un mal comme
le mien. Dom Carlos entra là-deffus dans ma
chambre, fans m'en demander la permiffion,
comme il avoit accouftumé. Il me trouva fon-
dant en pleurs, & il ne put retenir les fiens,
quelque deffein qu'il euft fait de me cacher ce
qu'il avoit dans l'ame, jufqu'à tant qu'il euft
reconnu les veritables fentimens de la mienne.
Il fe jeta à mes pieds, me prenant les mains,
& qu'il mouïlla de fes larmes :

Sophie, me dit-il, je vous perds donc, & un
eftranger, qui à peine vous eft connu, fera plus
heureux que moy parcequ'il aura efté plus
riche. Il vous poffedera, Sophie ! & vous y con-
fentez, vous que j'ay tant aymée, qui m'avez
voulu faire croire que vous m'aymiez, & qui
m'eftiez promife par un Pere, mais, helas ! un

Pere injuſte, un Pere intereſſé, & qui m'a manqué de parole ! Si vous eſtiez, continua-t-il, un bien qui ſe puſt mettre à prix, c'eſt ma ſeule fidelité qui vous pouvoit acquerir, & c'eſt par elle que vous feriez encore à moy pluſtoſt qu'à perſonne du monde, ſi vous vous ſouveniez de celle que vous m'avez promiſe. Mais, s'ecria-t-il, croyez-vous qu'un homme qui a eu aſſez de courage pour elever ſes deſirs juſqu'à vous n'en ait pas aſſez pour ſe vanger de celuy que vous luy preferez, & trouverez-vous eſtrange qu'un malheureux qui a tout perdu entreprenne toutes choſes ? Ah ! ſi vous voulez que je periſſe ſeul, il vivra, ce Rival Bienheureux, puiſqu'il a pu vous plaire, & que vous le protegez ; mais Dom Carlos, qui vous eſt odieux, & que vous avez abandonné à ſon deſeſpoir, mourra d'une mort aſſez cruelle pour aſſouvir la haine que vous avez pour luy.

Dom Carlos, luy repondis-je, vous joignez-vous à un Pere injuſte & à un homme que je ne puis aymer pour me perſecuter, & m'imputez-vous comme un crime particulier un malheur qui nous eſt commun ? Plaignez-moy au lieu de m'accuſer, & ſongez aux moyens de me conſerver pour vous pluſtoſt que de me faire des reproches. Je pourrois vous en faire de plus juſtes, & vous faire avouër que vous ne m'avez jamais aſſez aymée, puiſque vous ne m'avez jamais aſſez connuë. Mais nous n'avons point de temps à perdre en paroles inutiles.

Je vous fuivray partout où vous me menerez ;
je vous permets de tout entreprendre, & vous
promets de tout ofer pour ne me feparer jamais
de vous.

Dom Carlos fut fi confolé de mes paroles
que fa joye le tranfporta auffi fort qu'avoit fait
fa douleur. Il me demanda pardon de m'avoir
accufée de l'injuftice qu'il croyoit qu'on luy
faifoit, &, m'ayant fait comprendre qu'à moins
que de me laiffer enlever, il m'eftoit impoffible
de n'obéir pas à mon Pere, je confentis à tout
ce qu'il me propofa, & je luy promis que, la
nuict du jour fuivant, je me tiendrois prefte à
le fuivre partout où il voudroit me mener.

Tout eft facile à un Amant. Dom Carlos en
un jour donna ordre à fes affaires, fit provifion
d'argent & d'une barque de Barcelonne qui devoit fe mettre à la voile à telle heure qu'il voudroit. Cependant j'avois pris fur moy toutes
mes pierreries & tout ce que je pus affembler
d'argent ; &, pour une jeune perfonne, j'avois
fçeu fi bien diffimuler le deffein que j'avois que
l'on ne s'en douta point. Je ne fus donc pas
obfervée, & je pus fortir la nuict par la porte
d'un jardin, où je trouvay Claudio, un Page
qui eftoit cher à Carlos, parce-qu'il chantoit
auffi bien qu'il avoit la voix belle, & faifoit
paroiftre dans fa maniere de parler & dans
toutes fes actions plus d'efprit, de bon fens
& de politeffe que l'âge & la condition d'un
Page n'en doivent ordinairement avoir. Il me

dit que fon Maiftre l'avoit envoyé au devant
de moy pour me conduire où l'attendoit une
barque, & qu'il n'avoit pu me venir prendre luy-
mefme pour des raifons que je fçaurois de luy.
Un Efclave de Dom Carlos qui m'eftoit fort
connu nous vint joindre. Nous fortifmes de la
ville fans peine, par le bon ordre qu'on y avoit
donné, & nous ne marchafmes pas long-temps
fans voir un vaiffeau à la rade & une chaloupe
qui nous attendoit au bord de la mer. On me
dit que mon cher Dom Carlos viendroit bientoft, & que je n'avois cependant qu'à paffer
dans le vaiffeau. L'Efclave me porta dans la
chaloupe, & plufieurs hommes que j'avois veus
fur le rivage, & que j'avois pris pour des Matelots, firent auffi entrer dans la chaloupe Claudio, qui me fembla comme s'en deffendre & faire
quelques efforts pour n'y entrer pas. Cela augmenta la peine que me donnoit defia l'abfence
de Dom Carlos. Je le demanday à l'efclave,
qui me dit fierement qu'il n'y avoit plus de
Carlos pour moy. Dans le mefme temps j'ouïs
Claudio criant les hauts cris, & qui difoit en
pleurant à l'Efclave : Traiftre Amet ! eft-ce là
ce que tu m'avois promis, de m'ofter une Rivale & de me laiffer avec mon Amant ? Imprudente Claudia, luy repondit l'Efclave, eft-on
obligé de tenir fa parole à un traiftre, & ay-je
deu efperer qu'une perfonne qui manque de
fidelité à fon Maiftre m'en gardaft affez pour
n'advertir pas les gardes de la cofte de courir

après moy & de m'ofter Sophie, que j'ayme
plus que moy-mefme? Ces paroles, dites à une
femme que je croyois un homme, & dans lefquelles je ne pouvois rien comprendre, me cau-
fèrent un fi furieux deplaifir, que je tombay
comme morte entre les bras du perfide Maure,
qui ne m'avoit point quittée. Ma pâmoifon fut
longue, &, lorfque j'en fus revenuë, je me trouvay dans une chambre du vaiffeau, qui eftoit
defia bien avant en mer.

Figurez-vous quel dut eftre mon defefpoir,
me voyant fans Dom Carlos & avec des ennemis de ma loy, car je reconnus que j'eftois au
pouvoir des Maures, que l'Efclave Amet avoit
toute forte d'authorité fur eux, & que fon frere
Zaïde eftoit le Maiftre du vaiffeau. Cet infolent ne me vit pas pluftoft en eftat d'entendre
ce qu'il me diroit, qu'il me declara en peu de
paroles qu'il y avoit long-temps qu'il eftoit
amoureux de moy,& que fa paffion l'avoit forcé
à m'enlever & à me mener à Fez, où il ne tiendroit qu'à moy que je ne fuffe auffi heureufe
que j'aurois efté en Efpagne, comme il ne tiendroit pas à luy que je n'euffe point à y regretter
Dom Carlos. Je me jettay fur luy, nonobftant
la foibleffe que m'avoit laiffée ma pâmoifon,
& avec une adreffe vigoureufe à quoy il ne
s'attendoit pas, & que j'avois acquife par mon
education, comme je vous ay defia dit, je luy
tiray le Cymeterre du fourreau, & je m'allois
venger de fa perfidie, fi fon frere Zaïde ne m'euft

faifi le bras affez à temps pour luy fauver la
vie. On me defarma facilement, car, ayant
manqué mon coup, je ne fis point de vains efforts contre un fi grand nombre d'ennemis.
Amet, à qui ma refolution avoit fait peur, fit
fortir tout le monde de la chambre où l'on m'a-
voit mife & me laiffa dans un defefpoir tel que
vous vous le pouvez figurer, après le cruel changement qui venait d'arriver en ma fortune. Je
paffay la nuiét à m'affliger, & le jour qui la fuivit ne donna pas le moindre relafche à mon
affliétion. Le temps, qui adoucit fouvent de
pareils deplaifirs, ne fit aucun effeét fur les
miens, & au fecond jour de noftre navigation
j'eftois encore plus affligée que je ne la fus la
finiftre nuiét que je perdis, avec ma liberté,
l'efperance de revoir Dom Carlos & d'avoir jamais un moment de repos le refte de ma vie.
Amet m'avoit trouvée fi terrible toutes les fois
qu'il avoit ofé paroiftre devant moy, qu'il ne
s'y prefentoit plus. On m'apportoit de temps
en temps à manger, que je refufois avec une
opiniaftreté qui fit craindre au Maure de m'a-
voir enlevée inutilement.

Cependant le vaiffeau avoit paffé le detroit
& n'eftoit pas loin de la cofte de Fez quand
Claudio entra dans ma chambre. Auffitoft que
je le vis : Mefchant! qui m'as trahie, luy dis-je,
que t'avois-je fait pour me rendre la plus malheureufe perfonne du monde, & pour m'ofter
Dom Carlos? Vous en eftiez trop aymée, me

repondit-il, &, puifque je l'aymois auffi bien
que vous, je n'ay pas fait un grand crime d'a-
voir voulu eloigner de luy une Rivale. Mais fi
je vous ay trahie, Amet m'a trahie auffi, & j'en
ferois peut-eftre auffi affligée que vous, fi je ne
trouvois quelque confolation à n'eftre pas feule
miferable. Explique-moy ces enigmes, luy dis-je,
& m'apprend qui tu es, affin que je fçache fi
j'ay en toy un ennemy ou une ennemie. — Sophie, me dit-il alors, je fuis d'un mefme fexe
que vous, & comme vous j'ay efté amoureufe
de Dom Carlos ; mais fi nous avons brûlé d'un
mefme feu, ce n'a pas efté avec un mefme fuccez. Dom Carlos vous a toufiours aymée & a
toufiours cru que vous l'aymiez, & il ne m'a
jamais aymée, & n'a mefme jamais deu croire
que je puffe l'aymer, ne m'ayant jamais connuë
pour ce que j'eftois. Je fuis de Valence comme
vous, & je ne fuis point née avec fi peu de nobleffe & de bien, que Dom Carlos, m'ayant
epoufée, n'euft pu eftre à couvert des reproches
que l'on fait à ceux qui fe mefallient. Mais
l'amour qu'il avoit pour vous l'occupoit tout
entier, & il n'avoit des yeux que pour vous
feule. Ce n'eft pas que les miens ne fiffent ce
qu'ils pouvoient pour exempter ma bouche de
la confeffion honteufe de ma foibleffe. J'allois
partout où je le croyois trouver ; je me plaçois
où il me pouvoit voir, & je faifois pour luy
toutes les diligences qu'il euft deu faire pour
moy, s'il m'euft aymée comme je l'aymois. Je

difpofois de mon bien & de moy-mefme, eftant
demeurée fans parens dès mon bas âge, & l'on
me propofoit fouvent des partis fortables ; mais
l'efperance que j'avois toufiours euë d'engager
enffin Dom Carlos à m'aymer m'avoit empefchée
d'y entendre. Au lieu de me rebuter de la mauvaife deftinée de mon amour, comme auroit
fait toute autre perfonne qui euft eu comme
moy affez de qualitez aymables pour n'eftre pas
meprifée, je m'excitois à l'amour de Dom Carlos par la difficulté que je trouvois à m'en faire
aymer. Enfin, pour n'avoir pas à me reprocher
d'avoir negligé la moindre chofe qui puft fervir à mon deffein, je me fis couper les cheveux, & m'eftant deguifée en homme, je me fis
prefenter à Dom Carlos par un domeftique qui
avoit vieilly dans ma maifon & qui fe difoit
mon pere, pauvre Gentilhomme des montagnes
de Tolede. Mon vifage & ma mine, qui ne
defpleurent pas à voftre Amant, le difpofèrent
d'abord à me prendre. Il ne me reconnut point,
encore qu'il m'eût veu tant de fois, & il fut
bientoft auffi perfuadé de mon efprit que fatisfait de la beauté de ma voix, de ma methode
de chanter & de mon adreffe à jouër de tous
les inftrumens de Mufique dont les perfonnes
de condition peuvent fe divertir fans honte. Il
crut avoir trouvé en moy des qualitez qui ne
fe trouvent pas d'ordinaire en des Pages, & je
luy donnay tant de preuves de fidelité & de
difcretion, qu'il me traita bien plus en confi-

dent qu'en domeſtique. Vous ſçavez mieux que
perſonne du monde ſi je m'en fais accroire dans
ce que je vous viens de dire à mon avantage.
Vous-meſme m'avez cent fois loüée à Dom Carlos en ma preſence, & m'avez rendu de bons
offices auprès de luy; mais j'enrageois de les
devoir à une Rivale, & dans le temps qu'ils
me rendoient plus agreable à Dom Carlos, ils
vous rendoient plus haïſſable à la malheureuſe
Claudia (car c'eſt ainſi que l'on m'appelle).
Voſtre mariage cependant s'avançoit, & mes
eſperances reculoient; il fut conclu, & elles ſe
perdirent. Le Comte italien qui devint en ce
temps-là amoureux de vous, & dont la qualité
& le bien donnèrent autant dans les yeux de
voſtre Pere que ſa mauvaiſe mine & ſes defauts
vous donnèrent d'averſion pour luy, me fit du
moins avoir le plaiſir de vous voir troublée
dans les voſtres, & mon âme alors ſe flatta de
ces eſperances folles que les changemens font
toujours avoir aux malheureux. Enfin voſtre
Pere prefera l'Eſtranger, que vous n'aymiez
pas, à Dom Carlos, que vous aymiez. Je vis
celuy qui me rendoit malheureuſe malheureux
à ſon tour, & une Rivale que je haïſſois encore
plus malheureuſe que moy, puiſque je ne per-
dois rien en un homme qui n'avoit jamais eſté
à moy, que vous perdiez Dom Carlos, qui eſtoit
tout à vous, & que cette perte, quelque grande
qu'elle fuſt, vous eſtoit peut-eſtre encore un
moindre malheur que d'avoir pour voſtre Tyran

eternel un homme que vous ne pouviez aymer.
Mais ma profperité, ou, pour mieux dire, mon
efperance, ne fut pas longue. J'appris de Dom
Carlos que vous vous eftiez refoluë à le fuivre,
& je fus mefme employée à donner les ordres
neceffaires au deffein qu'il avoit de vous emmener à Barcelonne, &, de là, de paffer en
France ou en Italie. Toute la force que j'avois
euë jufque alors à fouffrir ma mauvaise fortune m'abandonna après un coup fi rude, & qui
me furprit d'autant plus que je n'avais jamais
craint un pareil malheur. J'en fus affligée jufqu'à en eftre malade, & malade jufqu'à en garder le lict. Un jour que je me plaignois à moy-
mefme de ma trifte deftinée, & que la croyance
de n'eftre ouïe de perfonne me faifoit parler
auffi haut que fi j'euffe parlé à quelque confident de mon amour, je vis paroiftre devant
moy le Maure Amet, qui m'avoit ecoutée, & qui,
après que le trouble où il m'avoit mife fut paffé,
me dit ces paroles : Je te connois, Claudia,
& dès le temps que tu n'avois point encore deguifé ton fexe pour fervir de Page à Dom Carlos ; & fi je ne t'ay jamais fait fçavoir que je
te connuffe, c'eft que j'avois un deffein auffi
bien que toy. Je te vien d'ouïr prendre des refolutions defefperées : tu veux te decouvrir à
ton Maiftre pour une jeune fille qui meurt d'a-
mour pour luy & qui n'efpere plus d'en eftre
aymée, & puis tu te veux tuër à fes yeux pour
meriter au moins des regrets de celuy de qui

tu n'as pu gaigner l'amour. Pauvre fille! que
vas-tu faire, en te tuant, que d'affeurer davantage à Sophie la poffeffion de Dom Carlos? J'ai
bien un meilleur conseil à te donner, fi tu es
capable de le prendre. Ofte ton Amant à ta
Rivale : le moyen en eft aifé fi tu me veux
croire, &, quoy qu'il demande beaucoup de refolution, il ne t'eft pas befoin d'en avoir davantage que celle que tu as euë à t'habiller en
homme & à hazarder ton honneur pour contenter ton amour. Efcoute-moy donc avec attention, continua le Maure ; je te vay reveler un
fecret que je n'ay jamais decouvert à perfonne,
& fi le deffein que je te vays propofer ne te
plaift pas, il dependra de toy de ne le pas
fuivre. Je fuis de Fez, homme de qualité en
mon Pays ; mon malheur me fit Efclave de Dom
Carlos, & la beauté de Sophie me fit le fien.
Je t'ay dit en peu de paroles bien des chofes.
Tu crois ton mal fans remede, parce que ton
Amant enleve fa Maiftreffe & s'en va avec elle
à Barcelonne. C'eft ton bonheur & le mien, fi
tu te fçais fervir de l'occafion. J'ay traité de ma
rançon, & je l'ay payée. Une galeotte d'Affrique
m'attend à la rade, affez près du lieu où Dom
Carlos en fait tenir une toute prefte pour l'execution de fon deffein. Il l'a differé d'un jour ;
prevenons-le avec autant de diligence que d'a-
dreffe. Va dire à Sophie, de la part de ton
Maiftre, qu'elle fe tienne prête à partir cette
nuict à l'heure que tu la viendras querir, ameine

la dans mon vaiffeau ; je l'emmeneray en Affrique, & tu demeureras à Valence, feule à poffeder ton Amant, qui peut-eftre t'auroit aymée
auffitoft que Sophie, s'il avoit fçeu que tu l'ay-
maffes.

A ces dernieres paroles de Claudia, je fus fi
preffée de ma jufte douleur, qu'en faifant un
grand foupir je m'evanouis encore, fans donner
le moindre figne de vie. Les cris que fit Claudia qui fe repentoit peut-eftre lors de m'avoir
renduë malheureufe fans ceffer de l'eftre, attirèrent Amet & fon frere dans la chambre du
vaiffeau où j'eftois. On me fit tous les remedes
qu'on me puft faire ; je revins à moy, & j'ouïs
Claudia qui reprochoit encore au Maure la trahifon qu'il nous avoit faite. Chien infidelle, luy
difoit-elle, pourquoi m'as-tu confeillée de re-
duire cette belle fille au deplorable eftat où tu
la vois, fi tu ne me voulois pas laiffer auprès de
mon Amant ? Et pourquoy m'as-tu fait faire à
un homme qui me fut fi cher une trahifon qui
me nuit autant qu'à luy ? Comment ofes-tu dire
que tu es de noble naiffance dans ton païs, fi
tu es le plus traiftre & le plus lâche de tous
les hommes ? Tay-toy, folle, luy repondit Amet ;
ne me reproche point un crime dont tu es complice. Je t'ay defia dit que qui a pu trahir un
Maiftre comme toy meritoit bien d'eftre trahie,
& que, t'emmenant avecque moi, j'affeurois ma
vie, & peut-eftre celle de Sophie, puifqu'elle
pourroit mourir de douleur, quand elle fçau-

roit que tu ferois demeurée avec Dom Carlos.

Le bruit que firent en mefme temps les matelots qui eftoient prefts d'entrer dans le port
de la ville de Salé, & l'artillerie du vaiffeau, à
laquelle refpondit celle du port, interrompirent
les reproches que fe faifoient Amet & Claudia
& me delivrèrent pour un temps de la veuë de
ces deux perfonnes odieufes. On le debarqua ;
on nous couvrit les vifages d'un voile, à Claudia & à moy, & nous fufmes logées avec le perfide Amet chez un Maure de fes parens. Dès le
jour fuivant on nous fit monter dans un chariot
couvert, & prendre le chemin de Fez, où, fi
Amet y fut receu de fon Pere avec beaucoup de
joye, j'y entray la plus affligée & la plus défef-
perée perfonne du monde. Pour Claudia, elle
euft bientoft pris party, renonçant au Chriftia-
nifme & efpoufant Zaïde, le frere de l'infidelle
Amet. Cette mechante perfonne n'oublia aucun
artifice pour me perfuader de changer auffi de
religion & d'epoufer Amet, comme elle avoit
fait Zaïde, & elle devint la plus cruelle de mes
Tyrans, lorfque, après avoir en vain effayé de
me gagner par toute forte de promeffes, de bons
traitemens & de careffes, Amet & tous les fiens
exercèrent fur moy toute la barbarie dont ils
eftoient capables. J'avois tous les jours à exercer ma conftance contre tant d'ennemis, & j'eftois plus forte à fouffrir mes peines que je ne
le fouhaittois, quand je commençay à croire que
Claudia fe repentoit d'eftre mefchante. En pu-

blic, elle me perfecutoit apparemment avec plus
d'animofité que les autres, & en particulier elle
me rendoit quelquefois de bons offices, qui me
la faifoient confiderer comme une perfonne qui
euft pu eftre vertueufe, fi elle euft efté elevée
à la vertu. Un jour que toutes les autres femmes de la maifon eftoient allées aux bains publics, comme c'est la coutume de vous autres
Mahometans, elle me vint trouver où j'eftois,
ayant le vifage compofé à la trifteffe, & me
parla en ces termes :

Belle Sophie! quelque fujet que j'aye eu autrefois de vous haïr, ma haine a ceffé en per-
dant l'efpoir de poffeder jamais celuy qui ne
m'aymoit pas affez, à caufe qu'il vous aymoit
trop. Je me reproche fans ceffe de vous avoir
rendue malheureufe & d'avoir abandonné mon
Dieu pour la crainte des hommes. Le moindre
de ces remords feroit capable de me faire entreprendre les chofes du monde les plus difficiles
à mon fexe. Je ne puis plus vivre loin de l'Efpagne & de toute terre Chreftienne avec des infidelles, entre lesquels je fçay bien qu'il eft impoffible que je trouve mon falut, ny pendant
ma vie, ny après ma mort. Vous pouvez juger
de mon veritable repentir par le fecret que je
vous confie, qui vous rend maiftreffe de ma vie
& qui vous donne moyen de vous venger de
tous les maux que j'ay efté forcée de vous faire.
J'ay gagné cinquante Efclaves Chreftiens, la
plufpart Efpagnols & tous gens capables d'une

grande entreprife. Avec l'argent que je leur ay
fecrettement donné, ils fe font affeurez d'une
barque capable de nous porter en Efpagne, fi
Dieu favorife un fi bon deffein. Il ne tiendra
qu'à vous de fuivre ma fortune, de vous fauver
fi je me fauve, ou, periffant avec moy, de vous
tirer d'entre les mains de vos cruels ennemis
& de finir une vie auffi malheureufe qu'eft la
voftre. Determinez-vous donc, Sophie, & tandis
que nous ne pouvons eftre foupçonnées d'aucun
deffein, deliberons fans perdre de temps fur
la plus importante action de voftre vie & de la
mienne.

Je me jetay aux pieds de Claudia, &, jugeant
d'elle par moy-mefme, je ne doutay point de
la fincerité de fes paroles. Je la remerciay de
toutes les forces de mon expreffion & de toutes
celles de mon âme ; je reffentis la grâce que je
croyois qu'elle me vouloit faire. Nous prifmes
jour pour noftre fuite vers un lieu du rivage
de la mer où elle me dit que des rochers tenoient noftre petit vaiffeau à couvert. Ce jour,
que je croyois bienheureux, arriva. Nous fortifmes heureufement & de la maifon & de la
ville. J'admirois la bonté du Ciel, dans la facilité que nous trouvions à faire reuffir noftre
deffein, & j'en beniffois Dieu fans ceffe. Mais
la fin de mes maux n'eftoit pas fi proche que
je penfois. Claudia n'agiffoit que par l'ordre du
perfide Amet, &, encore plus perfide que luy,
elle ne me conduifoit en un lieu écarté & la

nuiét que pour m'abandonner à la violence du
Maure, qui n'euft rien ofé entreprende contre
ma pudicité dans la maifon de fon Pere, quoyque Mahometan, moralement homme de bien.
Je fuivois innocemment celle qui me menoit
perdre, & je ne penfois pas pouvoir jamais
eftre affez reconnoiffante envers elle de la liberté que j'efperois bientoft avoir par fon
moyen. Je ne me laffois point de l'en remercier
ny de marcher bien vifte dans des chemins rudes, environnez de rochers, où elle me difoit
que fes gens l'attendoient, quand j'ouïs du bruit
derriere moy, &, tournant la tefte, j'aperceus
Amet le cymeterre à la main. Infâmes efclaves !
s'écria-t-il, c'eft donc ainfi que l'on fe dérobe à
fon Maiftre ? Je n'eus pas le temps de luy refpondre ; Claudia me faifit les bras par derriere,
& Amet, laiffant tomber fon cymeterre, fe joignit à la Renégate, & tous deux enfemble firent ce qu'ils purent pour me lier les mains
avec des cordes dont ils s'eftoient pourveus
pour cet effeét. Ayant plus de vigueur & d'a-
dreffe que les femmes n'en ont d'ordinaire, je
refiftay longtemps aux efforts de ces deux mefchantes perfonnes ; mais à la longue je me
fentis affoiblir, &, me defiant de mes forces, je
n'avois prefque plus recours qu'à mes cris, qui
pouvoient attirer quelque paffant en ce lieu fo-
litaire, ou pluftoft je n'efperois plus rien, quand
le prince Mulei furvint lorfque je l'efperois le
moins. Vous avez fceu de quelle façon il me

fauva l'honneur, & je puis dire la vie, puifque
je ferois affeurément morte de douleur fi le de-
teftable Amet euft contenté fa brutalité.

Sophie acheva ainfi le recit de fes aventures,
& l'aymable Zoraïde l'exhorta d'efperer de la
generofité du Prince les moyens de retourner
en Efpagne, & dès le jour mefme elle apprit à
fon Mary tout ce qu'elle avoit appris de Sophie,
dont il alla informer Mulei. Encore que tout ce
qu'on luy conta de la fortune de la belle Chreftienne ne flattaft point la paffion qu'il avoit
pour elle, il fut pourtant bien aife, vertueux
comme il eftoit, d'en avoir eu connaiffance
& d'apprendre qu'elle eftoit engagée d'affeétion
en fon païs, afin de n'avoir point à tenter une
aétion blafmable par l'efperance d'y trouver de
la facilité. Il eftima la vertu de Sophie, & fut
porté par la fienne à tafcher de la rendre moins
malheureufe qu'elle n'eftoit. Il luy fit dire par
Zoraïde qu'il la renvoyeroit en Efpagne quand
elle le voudroit, &, depuis qu'il en eut pris la
réfolution, il s'empefcha de la voir, fe defiant
de fa propre vertu & de la beauté de cette aymable perfonne. Elle n'eftoit pas peu empefchée à prendre fes feuretés pour fon retour : le
trajet eftoit long jufqu'en Efpagne, dont les
Marchands ne traffiquoient point à Fez ;
& quand elle euft pu trouver un vaiffeau Chreftien, belle & jeune comme elle eftoit, elle pouvoit trouver entre les hommes de fa Loy ce
qu'elle avoit eu peur de trouver entre des Mau-

res. La probité ne fe rencontre guère fur un
vaiffeau ; la bonne foy n'y eft guère mieux gar-
dée qu'à la guerre, &, en quelque lieu que la
beauté & l'innocence fe trouvent les plus foi-
bles, l'audace des mefchans fe fert de fon avantage & fe porte facilement à entreprendre. Zoraïde confeilla à Sophie de s'habiller en homme,
puifque fa taille, avantageufe plus que celle des
autres femmes, facilitoit ce deguifement. Elle
luy dit que c'eftoit l'avis de Mulei, qui ne trouvoit perfonne dans Fez à qui il la puft feurement confier, & elle luy dit auffi qu'il avoit eu
la bonté de pourvoir à la bienféance de fon
fexe, luy donnant une compagne de fa croyance,
& traveftie comme elle, & qu'elle feroit ainfi ga-
rantie de l'inquietude qu'elle pourroit avoir de
fe voir feule dans un vaiffeau entre des foldats
& des Matelots. Ce Prince Maure avoit achetté
d'un Corfaire une prife qu'il avoit faite fur mer :
c'eftoit d'un vaiffeau du Gouverneur d'Oran,
qui portoit la famille entiere d'un Gentilhomme
Efpagnol, que par animofité ce Gouverneur envoyoit prifonnier en Efpagne. Mulei avoit fceu
que ce Chreftien eftoit un des plus grands
chaffeurs du monde, &, comme la chaffe eftoit
la plus forte paffion de ce jeune Prince, il avoit
voulu l'avoir pour Efclave, &, afin de le mieux
conferver, ne l'avoit point voulu feparer de fa
femme, de fon fils & de fa fille. En deux ans
qu'il vefcut dans Fez au fervice de Mulei, il apprit à ce Prince à tirer parfaitement de l'arque-

buze fur toute forte de gibbier qui court fur la
terre ou qui s'eleve dans l'air, & plufieurs chaffes
inconnuës aux Maures. Il avoit' par là fi bien
merité les bonnes grâces du prince & s'eftoit
rendu fi neceffaire à fon divertiffement, qu'il
n'avoit jamais voulu confentir à fa rançon, & par
toutes fortes de bienfaits avoit tafché de luy
faire oublier l'Efpagne. Mais le regret de n'eftre
pas en fa Patrie & de n'avoir plus d'efperance
d'y retourner luy avoit caufé une melancolie
qui finit bientoft par fa mort, & fa femme n'a-
voit pas vefcu long-temps après fon Mary.
Mulei fe fentoit du remords de n'avoir pas remis en liberté, quand ils la luy avoient demandée, des perfonnes qui l'avoient merité par leurs
fervices, & il voulut, autant qu'il le pouvoit,
reparer envers leurs enfans le tort qu'il croyoit
leur avoir fait. La fille s'appeloit Dorotée, eftoit
de l'aage de Sophie, belle, & avoit de l'efprit ;
fon frere n'avoit pas plus de quinze ans & s'appeloit Sanche. Mulei les choifit l'un & l'autre
pour tenir compagnie à Sophie, & fe fervit de
cette occafion-là pour les envoyer enfemble en
Efpagne. On tint l'affaire fecrètte ; on fit faire des
habits d'homme à l'Efpagnole pour les deux
Demoifelles & pour le petit Sanche. Mulei fit paroiftre fa magnificence dans la quantité de pierreries qu'il donna à Sophie ; il fit auffi à Dorotée de beaux prefens, qui, joints à tous ceux
que fon Pere avoit defia receus de la liberalité du
Prince, la rendirent riches pour le refte de fa vie.

Charles-Quint, en ce temps-là, faifoit la guerre
en Affrique & avoit affiegé la ville de Tunes.
Il avoit envoyé un ambaffadeur à Mulei pour
traitter de la rançon de quelques Efpagnols de
qualité qui avoient fait naufrage à la cofte de
Maroc. Ce fut à cet ambaffadeur que Mulei recommanda Sophie fous le nom de Dom Fernand, Gentilhomme de qualité qui ne vouloit
pas eftre connu par fon nom veritable, & Dorotée & fon frere paffoient pour eftre de fon train,
l'un en qualité de Gentilhomme & l'autre de
Page. Sophie & Zoraïde ne fe purent quitter
fans regret, & il y eut bien des larmes verfées
de part & d'autre. Zoraïde donna à la belle
Chreftienne un rang de perles fi riche, qu'elle
ne l'euft point receu fi cette aymable Maure
& fon Mary Zulema, qui n'aymoit pas moins
Sophie que faifoit fa femme, ne luy euffent fait
connoiftre qu'elle ne pouvoit davantage les defobliger qu'en refufant ce gage de leur amitié.
Zoraïde fit promettre à Sophie de luy faire fçavoir de temps en temps de fes nouvelles par la
voye de Tanger, d'Oran ou des autres places
que l'Empereur poffedoit en Affrique.

L'Ambaffadeur Chreftien s'embarqua à Salé,
emmenant avec luy Sophie, qu'il faut deformais
appeler Dom Fernand; il joignit l'armée de
l'Empereur, qui eftoit encore devant Tunes.
Notre Efpagnolle deguizée luy fut prefentée
comme un Gentilhomme d'Andaloufie qui avoit
efté long-temps efclave du Prince de Fez. Elle

n'avoit pas affez de fujet d'aymer fa vie pour
craindre de la hazarder à la guerre, &, voulant
paffer pour un cavalier, elle n'euft pu avec honneur n'aller pas fouvent au combat, comme faifoient tant de vaillans hommes dont l'armée de
l'Empereur eftoit pleine. Elle fe mit donc entre
les Volontaires, ne perdit pas une occafion de
fe fignaler, & le fit avec tant d'eclat que l'Empereur ouït parler du faux Dom Fernand. Elle
fut affez heureufe pour fe trouver auprès de
luy lorfque, dans l'ardeur d'un combat dont les
Chreftiens eurent tout le defavantage, il donna
dans une embufcade de Maures, fut abandonné
des fiens & environné des infidelles, & il y a
apparence qu'il euft efté tué, fon cheval l'ayant
defia efté fous luy, fi noftre Amazone ne l'euft
remonté fur le fien, &, fecondant fa vaillance
par des efforts difficiles à croire, n'euft donné
aux Chreftiens le temps de fe reconnoiftre & de
venir degager ce vaillant Empereur. Une fi
belle action ne fut pas fans recompenfe. L'Empereur donna à l'inconnu Dom Fernand une
Commanderie de Sainct-Jacques de grand revenu, & le Regiment de Cavalerie d'un Seigneur Efpagnol qui avoit efté tué au dernier
combat; il luy fit donner auffi tout l'equipage
d'un homme de qualité, & depuis ce temps-là
il n'y eut perfonne dans l'armée qui fuft plus
eftimé & plus confideré que cette vaillante fille.
Toutes les actions d'un homme luy eftoient fi
naturelles, fon vifage eftoit fi beau & la faifoit

paroiftre fi jeune, fa vaillance eftoit fi admirable en une fi grande jeuneffe & fon efprit eftoit fi charmant, qu'il n'y avoit pas une perfonne de qualité ou de commandement dans les trouppes de l'Empereur qui ne recherchaft fon amitié. Il ne faut donc pas s'eftonner fi, tout le monde parlant pour elle, & plus encore fes belles actions, elle fut en peu de temps en faveur auprès de fon Maiftre.

Dans ce temps là, de nouvelles trouppes arivèrent d'Efpagne fur les vaiffeaux qui apportoient de l'argent & des munitions pour l'armée. L'Empereur les voulut voir fous les armes, accompagné de fes principaux Chefs, defquels eftoit noftre Guerriere. Entre ces foldats nouveaux venus, elle crut avoir veu Dom Carlos, & elle ne s'eftoit pas trompée. Elle en fut inquiete le refte du jour, le fit chercher dans le quartier de ces nouvelles trouppes, & on ne le trouva pas, parce qu'il avoit changé de nom. Elle n'en dormit point toute la nuict, fe leva auffi toft que le Soleil & alla chercher elle-mefme ce cher Amant qui luy avoit tant fait verfer de larmes. Elle le trouva & n'en fut point reconnuë, ayant changé de taille, parce qu'elle avoit crû, & de vifage, parce que le Soleil d'Afrique avoit changé la couleur du fien. Elle feignit de le prendre pour un autre de fa connoiffance, & luy demanda des nouvelles de Seville & d'une perfonne qu'elle luy nomma du premier nom qui luy vint dans l'efprit. Dom Carlos luy

dit qu'elle fe meprenoit, qu'il n'avoit jamais efté
à Seville, & qu'il eftoit de Valence. Vous ref-
femblez extrefmement à une perfonne qui m'eftoit fort chere, luy dit Sophie, &, à caufe de
cette reffemblance, je veux bien eftre de vos
amis, fi vous n'avez point de repugnance à devenir des miens. La mefme raifon, luy repondit Dom Carlos, qui vous oblige à m'offrir
voftre amitié, vous auroit defia acquis la mienne
fi elle eftoit du prix de la voftre. Vous reffem-
blez à une perfonne que j'ay long-temps aymée;
vous avez fon vifage & fa voix, mais vous n'eftes
pas de fon fexe, & affeurement, adjoufta-t-il en
faifant un grand foupir, vous n'eftes pas de fon
humeur. Sophie ne put s'empefcher de rougir
à ces dernieres paroles de Dom Carlos; à quoy
il ne prit pas garde, à caufe peut-eftre que fes
yeux, qui commençoient à fe mouiller de larmes, ne purent voir les changemens du vifage
de Sophie. Elle en fut emeuë, & ne pouvant
plus cacher cette émotion, elle pria Dom Carlos
de la venir voir en fa tente, où elle l'alloit attendre, & le quitta après luy avoir appris fon
quartier, & qu'on l'appelloit dans l'armée le
Meftre de Camp Dom Fernand. A ce nom là,
Dom Carlos eut peur de ne luy avoir pas fait
affez d'honneur. Il avoit defia fçeu à quel point
il eftoit eftimé de l'Empereur, & que, tout inconnu qu'il eftoit, il partageoit la faveur de
fon Maiftre avec les premiers de la Cour. Il
n'eut pas grand peine à trouver fon quartier

& fa tente, qui n'eſtoient ignorez de perſonne, & il en fut reçeu autant bien qu'un ſimple Cavalier le pouvoit eſtre d'un des principaux Officiers du Camp. Il reconnut encore le viſage de Sophie dans celui de Dom Fernand, en fut encore plus eſtonné qu'il ne l'avoit eſté, & il le fut encore davantage du ſon de ſa voix, qui luy entroit dans l'âme & y renouveloit le ſouvenir de la perſonne du monde qu'il avoit le plus aymée. Sophie, inconnuë à ſon Amant, le fit manger avec luy, &, après le repas, ayant fait retirer les domeſtiques & donné ordre de n'eſtre viſitée de perſonne, ſe fit redire encore une fois par ce Cavalier qu'il eſtoit de Valence, & enſuite ſe fit conter ce qu'elle ſçavoit auſſi bien que luy de leurs aventures communes, juſqu'au jour qu'il avoit fait deſſein de l'enlever.

Croiriez-vous, luy diſoit Dom Carlos, qu'une fille de condition qui avoit tant reçeu de preuves de mon amour & qui m'en avoit tant donné de la ſienne fuſt ſans fidelité & ſans honneur, euſt l'adreſſe de me cacher de ſi grands défauts, & fuſt ſi aveuglée dans ſon choix qu'elle me prefera un jeune Page que j'avois, qui l'enleva un jour devant celuy que j'avois choiſi pour l'enlever? Mais en eſtes-vous bien aſſeuré? luy dit Sophie. Le hazard eſt maiſtre de toutes choſes, & prend ſouvent plaiſir à confondre nos raiſonnemens par des ſuccez les moins attendus. Voſtre Maiſtreſſe peut avoir eſté forcée à ſe ſeparer de vous, & eſt peut-eſtre plus malheureuſe que coupable. Pleuſt à Dieu, luy reſpondit Dom Carlos, que j'euſſe pu douter de ſa faute ! Toutes les pertes & les malheurs qu'elle m'a cauſés ne m'auroient pas eſté difficiles à ſouffrir, & meſme je ne me croirois pas malheureux ſi je pouvois croire qu'elle me ſuſt encore fidelle ; mais elle ne l'eſt qu'au perfide Claudio, & n'a jamais feint d'aymer le malheureux Dom Carlos que pour le perdre. Il paroiſt par ce que vous dites, luy repartit Sophie, que vous ne l'avez guère aymée, de l'accuſer ainſi ſans l'entendre, & de la publier encore plus méſchante que legere. Et peut-on l'eſtre davantage, s'ecria Dom Carlos, que ne l'a eſté cette imprudente fille, lorſque, pour ne faire pas ſoupçonner ſon page de ſon enlevement, elle laiſſa dans ſa chambre, la nuiĉt meſme qu'elle diſparut de chez ſon Pere, une lettre qui eſt de la derniere malice, & qui m'a rendu trop miſerable pour n'eſtre pas demeurée dans mon ſouvenir. Je vous la veux faire entendre, & vous faire juger par là de quelle diſſimulation cette jeune fille eſtoit capable.

LETTRE.

Vous n'avez pas deu me deffendre d'aymer Dom Carlos, après me l'avoir donné. Un merite auſſi grand que le ſien ne me pouvoit donner que beaucoup d'amour, & quand l'eſprit d'une jeune perſonne en eſt prevenu, l'intereſt n'y peut trouver de place. Je m'enfuy donc avec celuy que vous

avez trouvé bon que j'aymaffe dès ma jeuneffe,
& fans qui il me feroit autant impoffible de vivre
que de ne mourir pas mille fois le jour avec un
eftranger que je ne pourrois aymer, quand il fe-
roit encore plus riche qu'il n'eft pas. Noftre faute,
fi c'en eft une, merite voftre pardon ; fi vous nous
l'accordez, nous reviendrons le recevoir plus vifte
que nous n'avons fuy l'injufte violence que vous
nous vouliez faire.

SOPHIE.

Vous vous pouvez figurer, pourfuivit Dom
Carlos, l'extrefme douleur que fentirent les parens de Sophie quand ils eurent leu cette
lettre. Ils efperèrent que je ferois encore avec
leur fille caché dans Valence, ou que je n'en
ferois pas loing. Ils tinrent leur perte fecrette à
tout le monde, hormis au Vice-roy, qui eftoit
leur parent, & à peine le jour commençoit-il
de paroiftre que la Juftice entra dans ma
chambre & me trouva endormy. Je fus furpris
d'une telle vifite autant que j'avois fujet de
l'eftre, & quand, après qu'on m'euft demandé où
eftoit Sophie, je demanday auffi où elle eftoit,
mes parties s'en irritèrent & me firent conduire
en prifon avec une extrefme violence. Je fus in-
terrogé & je ne pus rien dire pour ma défence
contre la lettre de Sophie. Il paroiffoit par là
que je l'avois voulu enlever ; mais il paroiffoit
encore plus que mon page avoit difparu en

mefme temps qu'elle. Les parens de Sophie :
faifoient chercher, & mes amis, de leur cofi
faifoient toutes fortes de diligences pour deco
vrir où ce page l'avoit emmenée. C'eftoit :
feul moyen de faire voir mon innocence ; ma
on ne put jamais apprendre des nouvelles :
ces Amans fugitifs, & mes ennemis m'accu-
rent alors de la mort de l'un & de l'autre. E>
fin l'injuftice, appuyée de la force, l'empo>
fur l'innocence opprimée ; je fus adverty que :
ferois bientoft jugé, & que je le ferois à mo.
Je n'efperay pas que le Ciel fit un miracle :
ma faveur, & je voulus donc hafarder ma de
vrance par un coup de defefpoir. Je me joi>
à des Bandolliers, prifonniers comme m<
& tous gens de refolution. Nous forçafmes :
portes de noftre prifon, &, favorifez de r:
amis, nous eufmes plus toft gagné les Mon-
gnes les plus proches de Valence que le Vi-
roy n'en peuft eftre adverty. Nous fufmes lo>
temps maiftres de la Campagne. L'Infidel>
de Sophie, la perfecution de fes Parens, t<
ce que je croyois que le Vice-roy avoit fait d'>
jufte contre moy, & enffin la perte de mon b>
me mirent dans un tel defefpoir que je haf
day ma vie dans toutes les rencontres où n
Camarades & moy trouvafmes de la réfiftan>
& je m'acquis par là une telle reputation par>
eux qu'ils voulurent que je fuffe leur Chef.I
le fus avec tant de fuccez que notre troupe >
vint redoutable aux Royaumes d'Aragon &t

Valence, & que nous eufmes l'infolence de mettre ces pays à contribution. Je vous fais icy une confidence bien delicate, adjoufta Dom Carlos ; mais l'honneur que vous me faites & mon inclination me donnent tellement à vous que je veux vous faire Maiftre de ma vie, vous en revelant des fecrets fi dangereux. Enffin, pourfuivit-il, je me laffay d'eftre mefchant ; je me derobay de mes Camarades, qui ne s'y attendoient pas, & je pris le chemin de Barcelonne, où je fus reçcu fimple Cavalier dans les recrues qui s'embarquoient pour l'Affrique, & qui ont joint depuis peu l'armée. Je n'ay pas fujet d'aymer la vie, &, après m'eftre mal fervy de la mienne, je ne la puis mieux employer que contre les ennemis de ma loy & pour votre fervice, puifque la bonté que vous avez pour moy eft la feule douceur dont mon âme ait efté capable depuis que la plus ingratte fille du monde m'a rendu le plus malheureux de tous les hommes.

Sophie inconnüe prit le party de Sophie injuftement accufée, & n'oublia rien pour perfuader à fon amant de ne point faire de mauvais jugemens de fa Maiftreffe avant que d'eftre mieux informé de fa faute. Elle dit au malheureux Cavalier qu'elle prenoit grande part dans fes infortunes, qu'elle voudroit de bon cœur les adoucir, & pour luy en donner des marques plus effectives que des paroles, qu'elle le prioit de vouloir eftre à elle, & que, lorfque l'occafion

s'en prefenteroit, elle employeroit auprez de
l'Empereur fon credit & celuy de tous fes amis
pour le delivrer de la perfecution des Parens
de Sophie & du Vice-roy de Valence. Dom Carlos ne fe rendit jamais à tout ce que le faux
Dom Fernand luy put dire pour la juftification
de Sophie; mais il fe rendit à la fin aux offres
qu'on luy fit de fa table & de fa maifon. Dès
le jour mefme cette fidelle Amante parla au
Meftre de Camp de Dom Carlos & luy fit trouver bon que ce Cavalier, qu'elle luy dift eftre
fon parent, prift party avec luy, je veux dire
avec elle.

Voilà noftre Amant infortuné au fervice de
fa Maiftreffe, qu'il croioit morte ou infidelle. Il
fe voit, dès le commencement de fa fervitude,
tout à fait bien avec celuy qu'il croit fon
Maiftre, & eft en peine luy-mefme de fçavoir
comment il a pu faire en fi peu de temps pour
s'en faire tant aymer. Il eft à la fois fon Intendant, fon fecretaire, fon Gentilhomme & fon
Confident. Les autres domeftiques n'ont guere
moins de refpect pour luy que pour Dom Fernand, & il feroit fans doute heureux, fe connoif-
fant aymé d'un Maiftre qui luy paroift tout aymable, & qu'un fecret inftinct le force d'aymer,
fi Sophie perduë, fi Sophie infidelle ne luy revenoit fans ceffe à la penfée & ne luy caufoit
une trifteffe que les careffes d'un fi cher Maiftre & fa fortune renduë meilleure ne pouvoient
vaincre. Quelque tendreffe que Sophie euft pour

luy, elle eftoit bien aife de le voir affligé, ne
doutant point qu'elle ne fuft la caufe de fon
affliction. Elle luy parloit fi fouvent de Sophie.
& juftifioit quelquefois avec tant d'emportement
& mefme de colere & d'aigreur celle que Dom
Carlos n'accufoit pas moins que d'avoir manqué à fa fidelité & à fon honneur, qu'enffin il
vint à croire que ce Dom Fernand, qui le mettoit toujours fur le mefme fujet, avoit peut-eftre
efté autrefois amoureux de Sophie, & peut-eftre
l'eftoit encore.

La guerre d'Affrique s'acheva de la façon
qu'on le voit dans l'hiftoire. L'Empereur la fit
depuis en Allemagne, en Italie, en Flandres
& en divers lieux. Noftre guerriere, fous le nom
de Dom Fernand, augmenta fa reputation de
vaillant & experimenté Capitaine par plufieurs
actions de valeur & de conduite, quoy que la
derniere de ces qualitez-là ne fe rencontre que
rarement en une perfonne auffi jeune que le
fexe de cette vaillante fille la faifoit paroiftre.

L'Empereur fut obligé d'aller en Flandres
& de demander au Roy de France paffage par
fes Eftats. Le grand Roi qui regnoit alors voulut furpaffer en generofité & en franchife un
mortel ennemy qui l'avoit toufiours furmonté
en bonne fortune & n'en avoit pas toufiours
bien ufé. Charles-Quint fut receu dans Paris
comme s'il euft efté Roy de France. Le beau
Dom Fernand fut du petit nombre des perfonnes de qualité qui l'accompagnèrent, & fi

fon maiftre euft fait un plus long fejour dans
la Cour du monde la plus galante, cette belle
Efpagnolle, prife pour un homme, eût donné
de l'amour à beaucoup de Dames françoifes,
& de la jaloufie aux plus accomplis de nos
Courtifans.

Cependant le Vice-roy de Valence mourut
en Efpagne. Dom Fernand efpera affez de fon
merite & de l'affeétion que luy portoit fon
Maiftre pour luy ofer demander une fi importante charge, & il l'obtint fans qu'elle luy fuft
enviée. Il fit fçavoir le plus toft qu'il put le
bon fuccez de fa pretention à Dom Carlos, & luy
fit efperer qu'auffitoft qu'il auroit pris poffeffion de la Vice-royauté de Valence, il feroit fa
paix avec les parens de Sophie, obtiendroit fa
grâce de l'Empereur pour avoir efté Chef de
Bandolliers, & mefme effayeroit de le remettre
dans la poffeffion de fon bien, fans ceffer de
luy en faire dans toutes les occafions qui s'en
prefenteroient. Dom Carlos euft pu recevoir
quelque confolation de toutes ces belles promeffes, fi le malheur de fon amour luy euft
permis d'eftre confolable.

L'Empereur arriva en Efpagne & alla droit
à Madrid, & Dom Fernand alla prendre poffeffion de fon Gouvernement. Dès le jour qui
fuivit celuy de fon entrée dans Valence, les
parens de Sophie prefentèrent requête contre
Dom Carlos, qui faifoit auprès du Vice-roy la
charge d'Intendant de fa Maifon & de Secre-

taire de ſes Commandemens. Le Vice-roy promit de leur rendre juſtice & à Dom Carlos de
proteger ſon innocence. On fit de nouvelles in-
formations contre luy, l'on fit ouïr des teſmoins
une ſeconde fois, & enfin les parens de Sophie,
animez par le regret qu'ils avoient de la perte
de leur fille, & par un deſir de vengeance qu'ils
croyoient legitime, preſſèrent ſi fort l'affaire,
qu'en cinq ou ſix jours elle fut en eſtat d'eſtre
jugée. Ils demandèrent au Vice-roy que l'ac-
cuſé entraſt en priſon. Il leur donna ſa parole
qu'il ne ſortiroit pas de ſon Hoſtel, & leur marqua un jour pour le juger. La veille de ce jour
fatal, qui tenoit en ſuſpens toute la ville de
Valence, Dom Carlos demanda une audience
particuliere au Vice-roy, qui la luy accorda. Il
ſe jetta à ſes pieds & luy dit ces paroles : C'eſt
demain, Monſeigneur, que vous devez faire
connoiſtre à tout le monde que je ſuis innocent. Quoyque les temoins que j'ay fait ouïr
me dechargent entierement du crime dont on
m'accuſe, je viens encore jurer à Voſtre Alteſſe,
comme ſi j'eſtois devant Dieu, que non ſeulement je n'ay pas enlevé Sophie, mais que le
jour devant celuy qu'elle fut enlevée, je ne la
vis point ; je n'eus point de ſes nouvelles, & n'en
ay pas eu depuis. Il eſt bien vray que je la
devois enlever ; mais un malheur qui juſqu'icy
m'eſt inconnu la fit diſparoiſtre, ou pour ma
perte ou pour la ſienne. — C'eſt aſſez, Dom
Carlos, luy dit le Vice-roy ! va dormir en re-

pos. Je fuis ton Maiftre & ton amy, & mieux
informé de ton innocence que tu ne penfes;
& quand j'en pourrois douter, je ferois obligé
à n'eftre pas exact à m'en eclaircir, puifque tu
es dans ma maifon, & de ma maifon, & que tu
n'es venu icy avec moy que fous la promeffe
que je t'ay faite de te proteger.

Dom Carlos remercia un fi obligeant Maiftre
de tout ce qu'il eut d'éloquence. Il s'alla coucher, & l'impatience qu'il eut de fe voir bientoft abfous ne luy permit pas de dormir. Il fe
leva auffitoft que le jour parut, &, propre & paré
plus qu'à l'ordinaire, fe trouva au lever de fon
Maiftre. Mais je me trompe, il n'entra dans fa
chambre qu'après qu'il fut habillé; car depuis
que Sophie avoit deguifé fon fexe, la feule
Dorotée, deguifée comme elle, & la confidente
de fon deguifement, couchoit dans fa chambre
& luy rendoit tous les fervices qui, rendus par
un autre, luy euffent pu donner connoiffance
de ce qu'elle vouloit tenir fi caché. Dom Carlos entra donc dans la chambre du Vice-roy
quand Dorotée l'eut ouverte à tout le monde,
& le Vice-roy ne le vit pas plus toft qu'il luy
reprocha qu'il s'eftoit levé bien matin pour un
homme accufé qui fe vouloit faire croire innocent, & luy dift qu'une perfonne qui ne dormoit point devoit fentir fa confcience chargée.
Dom Carlos luy repondit, un peu troublé, que
la crainte d'eftre convaincu ne l'avoit pas tant
empefché de dormir que l'efperance de fe voir

bientoft à couvert des pourfuites de fes Ennemis par la bonne juftice que luy rendroit Son
Alteffe. Mais vous eftes bien paré & bien galant, luy dift encore le Vice-roy, & je vous
trouve bien tranquille le jour que l'on doit deliberer fur voftre vie. Je ne fçay plus ce que je
dois croire du crime dont on vous accufe. Toutes
les fois que nous nous entretenons de Sophie,
vous en parlez avec moins de chaleur & plus
d'indifference que moy : on me m'accufe pourtant pas comme vous d'en avoir efté aymé & de
l'avoir tuée, & poffible le jeune Claudio auffi,
fur qui vous voulez faire tomber l'accufation de
fon enlevement. Vous me dites que vous l'avez
aymée, continua le Vice-roy, & vous vivez après
l'avoir perduë, & vous n'oubliez rien pour vous
voir abfous & en repos, vous qui devriez haïr
la vie & tout ce qui vous la pourroit faire aymer. Ha ! inconftant Dom Carlos ! il faut bien
qu'une autre amour vous ait fait oublier celle
que vous deviez conferver à Sophie perduë, fi
vous l'aviez veritablement aymée, quand elle
eftoit toute à vous & ofoit tout faire pour vous.
Dom Carlos, demy-mort à ces paroles du Vice-
roy, voulut y refpondre ; mais il ne le luy permit pas. Taifez-vous, luy dit-il d'un vifage fevere, & refervez voftre éloquence pour vos
Juges ; car pour moy, je n'en feray pas furpris, & je n'iray pas pour un de mes domeftiques
donner à l'Empereur mauvaife opinion de mon
equité. Et cependant, adjouta le Vice-roy, fe

tournant vers le Capitaine de fes gardes, que
l'on s'affeure de luy : qui a rompu fa prifon
peut bien manquer à la parole qu'il m'a donnée de ne chercher point fon impunité dans fa
fuite. On ofta auffitoft l'efpée à Dom Carlos,
qui fit grand'pitié à tous ceux qui le virent environné de gardes, pâle & defait, & qui avoit
bien de la peine à retenir fes larmes.

Cependant que le pauvre Gentilhomme fe
repent de ne s'eftre pas affez defié de l'efprit
changeant des grands Seigneurs, les Juges qui
le doivent juger entrèrent dans la chambre
& prirent leurs places, après que le Vice-roy
eut pris la fienne. Le Comte italien, qui eftoit
encore à Valence, & le pere & la mere de Sophie, parurent & produifirent leurs tefmoins
contre l'accufé, qui eftoit fi defefperé de fon
procez, qu'il n'avoit pas quafi le courage de repondre. On luy fit reconnoiftre les lettres qu'il
avoit autrefois ecrites à Sophie; on luy con-
fronta les voifins & les domeftiques de la maifon de Sophie, & enffin on produifit contre luy
la lettre qu'elle avoit laiffée dans fa chambre
le jour que l'on pretendoit qu'il l'avoit enlevée.
L'Accufé fit ouïr fes domeftiques, qui temoignèrent d'avoir veu coucher leur Maiftre; mais
il pouvoit s'eftre levé après avoir fait femblant
de s'endormir. Il juroit bien qu'il n'avoit pas
enlevé Sophie & reprefentoit aux Juges qu'il
ne l'auroit pas enlevée pour fe feparer d'elle;
mais on ne l'accufoit pas moins que de l'avoir

tuée & le page auffi, le Confident de fon amour.
Il ne reftoit plus qu'à le juger, & il alloit eftre
condamné tout d'une voix, quand le Vice-roi
le fit approcher & luy dit : Malheureux Dom
Carlos! tu peux bien croire, après toutes les
marques d'affection que je t'ay données, que, fi
je t'euffe foupçonné d'eftre coupable du crime
dont on t'accufe, je ne t'aurois pas amené à
Valence. Il m'eft impoffible de ne te condamner
pas, fi je ne veux commencer l'exercice de ma
charge par une injuftice, & tu peux juger du
deplaifir que j'ay de ton malheur par les larmes
qui m'en viennent aux yeux. On pourroit rechercher d'accorder tes parties, fi elles eftoient
de moindre qualité, ou moins animées à ta
perte. Enfin, fi Sophie ne paroift elle-mefme
pour te juftifier, tu n'as qu'à te preparer à bien
mourir. Carlos, defefperé de fon falut, fe jetta
aux pieds du Vice-roy & luy dit : Vous vous
fouvenez bien, Monfeigneur, qu'en Affrique
& dès le temps que j'eus l'honneur d'entrer au
fervice de Voftre Alteffe, & toutes les fois qu'elle
m'a engagé au recit ennuyeux de mes infortunes, que je les lui ay toufiours contées d'une
mefme maniere, & elle doit croire qu'en ce
païs-là, & partout ailleurs, je n'aurois pas advoüé
à un Maiftre qui me faifoit l'honneur de m'aymer ce qu'icy j'aurois deu nier devant un Juge.
J'ay toufiours dit la verité à Voftre Alteffe
comme à mon Dieu, & je luy dis encore que
j'aymay, que j'adoray Sophie. Dis que tu l'a-

dores, ingrat! interrompit le Vice-roy, furprenant tout le monde. — Je l'adore, reprit Dom
Carlos, fort eftonné de ce que le Vice-roy venoit de dire. Je lui ay promis de l'époufer, continua-t-il, & j'ay convenu avec elle de l'emmener à Barcelonne. Mais fi je l'ay enlevée ; fi je
fçay où elle fe cache, je veux qu'on me faffe
mourir de la mort la plus cruelle. Je ne puis
l'eviter ; mais je mourray innocent, fi ce n'eft
meriter la mort que d'avoir aymé plus que ma
vie une fille inconftante & perfide. Mais, s'é-
cria le Vice-roy, le vifage furieux, que font de-
venus cette fille & ton page ? Ont-ils monté au
ciel ? font-ils cachez fous la terre ? Le Page eftoit
galant, luy repondit Dom Carlos, elle eftoit
belle ; il eftoit homme, elle eftoit femme. Ha!
traiftre ! luy dit le Vice-Roy, que tu découvres
bien icy tes lâches foupçons & le peu d'eftime
que tu as euë pour la malheureufe Sophie !
Maudite foit la femme qui fe laiffe aller aux
promeffes des hommes & s'en fait meprifer par
fa trop facile croyance ! Ny Sophie n'eftoit
point une femme de vertu commune, mefchant !
ny ton Page Claudio un homme. Sophie eftoit
une fille conftante, & ton Page une fille perdue, amoureufe de toy & qui t'a volé Sophie,
qu'elle trahiffoit comme une Rivale. Je fuis
Sophie, injufte Amant, Amant ingrat ! Je fuis
Sophie, qui ay fouffert des maux incroyables
pour un homme qui ne meritoit pas d'eftre aymé
& qui m'a cru capable de la derniere infamie.

Sophie n'en put pas dire davantage. Son
pere, qui la reconnut, la prit entre fes bras ; fa
mere fe pâma d'un cofté, & Dom Carlos de
l'autre. Sophie fe debarraffa des bras de fon
pere pour courir aux deux perfonnes evanoüies,
qui reprirent leurs efprits tandis qu'elle douta
à qui des deux elle courroit. Sa mere luy
moüilla le vifage de larmes ; elle moüilla de
larmes le vifage de fa mere ; elle embraffa, avec
toute la tendreffe imaginable, fon cher Dom
Carlos, qui penfa en evanoüir encore. Il tint
pourtant bon pour ce coup, &, n'ofant pas encore baifer Sophie de toute fa force, fe recom-
pença fur fes mains, qu'il baifa mille fois l'une
après l'autre. Sophie pouvoit à peine fuffire
à toutes les embraffades & à tous les complimens qu'on luy fit. Le Comte Italien, en faifant
le fien comme les autres, luy voulut parler des
pretentions qu'il avoit fur elle, comme luy ayant
efté promife par fon pere & par fa mere. Dom
Carlos, qui l'oüit, en quitta une des mains de
Sophie, qu'il baifoit alors avidement, &, portant
la fienne à fon efpée, qu'on luy venoit de rendre, fe mit en une pofture qui fit peur à tout
le monde, &, jurant à faire abifmer la ville de
Valence, fit bien connoiftre que toutes les puif-
fances humaines ne luy ofteroient pas Sophie,
fi elle-mefme ne luy deffendoit de fonger davantage en elle ; mais elle declara qu'elle n'auroit jamais d'autre mary que fon cher Dom
Carlos, & conjura fon pere & fa mere de le

trouver bon, ou de fe refoudre à la voir enfermer dans un couvent pour toute fa vie. Ses
parens luy laiffèrent la liberté de choifir tel
Mary qu'elle voudroit, & le Comte Italien, dès
le jour mefme, prit la pofte pour l'Italie ou
pour tout autre païs où il voulut aller. Sophie
conta toutes fes aventures, qui furent admirées de tout le monde. Un courrier alla porter
la nouvelle de cette merveille à l'Empereur,
qui conferva à Dom Carlos, après qu'il auroit
epoufé Sophie, la Vice-royauté de Valence
& tous les bienfaits que cette vaillante fille
avoit merités fous le nom de Dom Fernand,
& donna à ce bien-heureux Amant une Princi-
pauté dont fes defcendans joüiffent encore. La
ville de Valence fit la defpenfe des noces avec
toute forte de magnificence, & Dorotée, qui
reprit fes habits de femme en mefme temps
que Sophie, fut mariée en mefme temps qu'elle
avec un Cavalier proche parent de Dom Carlos.

CHAPITRE XV.

Effronterie du fieur de la Rappiniere.

E Confeiller de Renes achevoit de lire fa nouvelle, quand la Rappiniere arriva dans l'hoftellerie. Il entra en eftourdy dans la chambre où on luy avoit dit qu'eftoit Monfieur de la Garouffiere ; mais fon vifage epanoüi fe changea vifiblement quand il vit le Deftin dans un coin de la chambre, & fon valet qui eftoit auffi deffait & effrayé qu'un criminel que l'on juge. La Garouffiere ferma la porte de la chambre par dedans, & enfuitte demanda au brave la Rappiniere s'il ne devinoit pas bien pourquoy il l'avoit envoyé querir. N'eft-ce pas à caufe d'une Comedienne dont j'ay voulu avoir ma part ? repondit en fe riant le fcelerat. Comment, voftre part ! luy dit la Garouffiere, prenant un vifage ferieux : font-ce là les difcours d'un juge comme vous eftes, & avez-vous jamais fait pendre un fi mechant homme que

vous ? La Rappiniere continua de tourner la
chofe en raillerie & de la vouloir faire paffer
pour un tour de bon compagnon ; mais le fe-
nateur le prit toufiours d'un ton fi fevere,
qu'enfin il advoüa fon mauvais deffein, & en fit
de mauvaifes excufes au Deftin, qui avoit eu
befoin de toute fa fageffe pour ne fe pas faire
raifon d'un homme qui l'avoit voulu offenfer
fi cruellement, après luy eftre obligé de la vie,
comme l'on a pu voir au commencement de
ces aventures Comiques. Mais il avoit encore à
demêler avec cet inique Prevoft une autre affaire qui luy eftoit de grande importance & qu'il
avoit communiquée à Monfieur de la Garouffiere, qui luy avoit promis de luy faire avoir
raifon de ce mechant homme.

Quelque peine que j'aye prife à bien eftudier
la Rappiniere, je n'ay jamais pu decouvrir s'il
eftoit moins mechant envers Dieu qu'envers les
hommes, & moins injufte envers fon prochain
que vicieux en fa perfonne. Je fçay feulement
avec certitude que jamais homme n'a eu tant
de vices enfemble & en plus eminent degré. Il
advoüa qu'il avoit eu envie d'enlever Mademoifelle de l'Eftoille auffi hardiment que s'il fe fuft
vanté d'une bonne action, & il dit effrontement
au Confeiller & au Comedien que jamais il
n'avoit moins douté du fuccez d'une pareille
entreprife : car, continua-t-il, fe tournant vers
le Deftin, j'avois gagné voftre vallet, voftre
fœur avoit donné dans le panneau, &, penfant

vous venir trouver où je luy avois fait dire que
vous eftiez bleffé, elle n'eftoit pas à deux lieuës
de la maifon où je l'attendois quand je ne fçay
qui diable l'a oftée à ce grand fot qui me l'a-
menoit, & qui m'a perdu un bon cheval, après
s'eftre bien fait battre. Le Deftin paliffoit de
colere, & quelquefois auffi rougiffoit de honte
de voir de quel front ce fcelerat luy ofoit parler à luy-mefme de l'offençe qu'il luy avoit
voulu faire, comme s'il luy euft conté une chofe
indifferente. La Garouffiere s'en fcandalifoit
auffi & n'avoit pas une moindre indignation
contre un fi dangereux homme. Je ne fçay pas,
luy dit-il, comment vous ofez nous apprendre
fi franchement les circonftances d'une mauvaife
action pour laquelle Monfieur le Deftin vous
auroit donné cent coups, fi je ne l'en euffe empefché. Mais je vous advertis qu'il le pourra
bien faire encore, fi vous ne lui reftituez une
boefte de diamans que vous luy avez autrefois
volée dans Paris dans le temps que vous y ti-
riez la laine. Doguin, voftre complice alors
& depuis voftre valet, luy a advoüé en mourant
que vous l'aviez encore ; & moy je vous declare
que, fi vous faites la moindre difficulté de la
rendre, vous m'avez pour auffi dangereux enne-
ny que je vous ay efté utile protecteur. »

La Rappiniere fut foudroyé de ce difcours,
à quoy il ne s'attendoit pas. Son audace à nier
abfolument une méchanceté qu'il avoit faite
luy manqua au befoin. Il avoüa en begayant,

comme un homme qui fe trouble, qu'il avoit
cette boefte au Mans, & promit de la rendre
avec des fermens execrables qu'on ne luy demandoit point, tant on faifoit peu de cas de
tous ceux qu'il euft pu faire. Ce fut peut-eftre
là une des plus ingenuës actions qu'il fit de fa
vie, & encore n'eftoit-elle pas nette; car il eft
bien vray qu'il rendit la boefte comme il l'a-
voit promis, mais il n'eftoit pas vray qu'elle
fuft au Mans, puifqu'il l'avoit fur luy à l'heure
mefme, à deffein d'en faire un prefent à Mademoifelle de l'Eftoille, en cas qu'elle n'euft pas
voulu fe donner à luy pour peu de chofe.
C'eft ce qu'il confeffa en particulier à Monfieur de la Garouffiere, dont il voulut par là
regaigner les bonnes grâces, luy mettant entre
les mains cette boefte de portrait pour en dif-
pofer comme il luy plairoit. Elle eftoit compofée de cinq diamans d'un prix confiderable.
Le pere de Mademoifelle de l'Eftoille, y eftoit
peint en email, & le vifage de cette belle fille
avoit tant de rapport à ce portrait, que cela
feul pouvoit fuffire pour la faire reconnoiftre
à fon pere. Le Deftin ne fçavoit comment
remercier affez Monfieur de la Garouffiere
quand il luy donna la boefte de diamans. Il fe
voyoit exempté par là d'avoir à fe la faire
rendre par force de la Rappiniere, qui ne fçavoit rien moins que de reftituer, & qui euft
pu fe prevaloir contre un pauvre Comedien de
fa charge de Prevoft, qui eft un dangereux

baſton entre les mains d'un mechant homme.
Quand cette boeſte fut oſtée au Deſtin, il en
avoit eu un deſplaiſir tres grand, qui s'augmenta encore par celuy qu'en eut la mere de
l'Eſtoille, qui gardoit cherement ce bijou comme
un gage de l'amitié de ſon mary. On peut donc
aiſement ſe figurer qu'il eut une extreſme joye
de l'avoir recouvrée. Il alla en faire part à
l'Eſtoille, qu'il trouva chez la ſœur du Curé du
bourg, en la compagnie d'Angelique & de
Leandre. Ils deliberèrent enſemble de leur
retour au Mans, qui fut reſolu pour le lendemain. Monſieur de la Garouffiere leur offrit un
carroſſe, qu'ils ne voulurent pas prendre. Les
Comediens & les Comediennes ſoupèrent avec
Monſieur de la Garouffiere & ſa compagnie.
On ſe coucha de bonne heure dans l'hoſtellerie, & dès la pointe du jour, le Deſtin & Leandre, chacun ſa Maiſtreſſe en croupe, prirent
le chemin du Mans, où Ragotin, la Rancune
& l'Olive eſtoient deſia retournés. Monſieur
de la Garouffiere fit cent offres de ſervices
au Deſtin ; pour la Bouvillon, elle fit la malade plus qu'elle ne l'eſtoit, pour ne point
recevoir l'adieu du Comedien, dont elle n'eſtoit
pas ſatisfaite.

CHAPITRE XVI.

Difgrâce de Ragotin.

ES deux Comediens qui retournè-
rent au Mans avec Ragotin furent
detournés du droit chemin par le
petit homme, qui les voulut traiter
dans une petite maifon de campagne,
qui eftoit proportionnée à fa petiteffe. Quoy
qu'un fidele & exact Hiftorien foit obligé à
particularifer les accidens importans de fon Hiftoire, & les lieux où ils fe font paffez, je ne
vous diray pas au jufte en quel endroit de
notre Hemifphere eftoit la maifonnette où Ragotin mena fes confreres futurs, que j'appelle
ainfi parcequ'il n'eftoit pas encore reçeu dans
l'ordre vagabon des Comediens de campagne.
Je vous diray donc feulement que la maifon
eftoit au deçà du Gange, & n'eftoit pas loin de
Sillé-le-Guillaume[3]. Quand il y arriva, il la
trouva occupée par une compagnie de Bohemiens, qui, au grand deplaifir de fon fermier,

s'y eſtoient arreſtez ſous pretexte que la femme
du Capitaine avoit eſté preſſée d'accoucher, ou
pluſtoſt par la facilité que ces voleurs eſperè-
rent de trouver à manger impunement des
volailles d'une metairie ecartée du grand chemin. D'abord Ragotin ſe fâcha en petit homme
fort colere, menaça les Bohemiens du Prevoſt
du Mans, dont il ſe dit allié, à cauſe qu'il
avoit epouſé une Portail[4], & là deſſus il fit un
long diſcours pour apprendre aux auditeurs de
quelle façon les Portails eſtoient parens des
Ragotins, ſans que ſon long diſcours apportaſt
aucun temperament à ſa cholere immoderée,
& l'empechaſt de jurer ſcandaleuſement. Il les
menaça auſſi du lieutenant de Prevoſt la Rappiniere, au nom duquel tout genou flechiſſoit ;
mais le Capitaine Boheme le fit enrager à
force de luy parler civilement, & fut aſſez effronté pour le louër de ſa bonne mine, qui
ſentoit ſon homme de qualité, & qui ne le faiſoit pas peu repentir d'eſtre entré par ignorance
dans ſon chaſteau (c'eſt ainſi que le ſcelerat
appeloit ſa maiſonnette, qui n'eſtoit fermée
que de hayes). Il adjouſta encore que la Dame
en mal d'enfant feroit bientoſt delivrée du
ſien, & que la petite trouppe delogeroit après
avoir payé à ſon fermier ce qu'il leur avoit
fourny pour eux & pour leurs beſtes. Ragotin
ſe mouroit de depit de ne pouvoir trouver à
quereller avec un homme qui luy rioit au nez
& luy faiſoit mille reverences ; mais ce flegme

du Bohemien alloit enfin echauffer la bile de
Ragotin, quand la Rancune & le frere du Capitaine fe reconnurent pour avoir efté autrefois
grands camarades, & cette reconnoiffance fit
grand bien à Ragotin, qui s'alloit fans doute
engager en une mauvaife affaire, pour l'avoir
prife d'un ton trop haut. La Rancune le pria
donc de s'apaifer, ce qu'il avoit grande envie de
faire, & ce qu'il euft fait de luy-mefme fi fon
orgueil naturel euft pu y confentir.

Dans ce mefme temps la Dame Bohemienne
accoucha d'un garçon. La joye en fut grande
dans la petite trouppe, & le Capitaine pria à
fouper les Comediens & Ragotin, qui avoit
defia fait tuer des poulets pour en faire une
fricaffée. On fe mit à table. Les Bohemiens
avoient des perdrix & des lievres qu'ils avoient
pris à la chaffe, & deux poulets d'Inde & autant de cochons de laiét qu'ils avoient volez. Ils
avoient auffi un jambon & des langues de
bœuf, & on y entama un pâté de lievre dont
la crouftc mefme fut mangée par quatre ou
cinq Bohemillons qui fervirent à table. Ad-
jouftez à cela la fricaffée de fix poulets de Ragotin, & vous advouerez que l'on n'y fit pas
mauvaife chair. Les Convives, outre les Comediens, eftoient au nombre de neuf, tous bons
danfeurs & encore meilleurs larrons. On commença des fantez par celle du Roy & de Meffieurs les Princes, & on but en general celle
de tous les bons feigneurs qui recevoient dans

leurs villages les petites troupes. Le Capitaine
pria les Comediens de boire à la memoire
de deffunt Charles Dodo, oncle de la Dame
accouchée, & qui fut pendu pendant le siege
de La Rochelle par la trahifon du Capitaine la
Grave. On fit de grandes imprecations contre
ce Capitaine faux frere & contre tous les Pre-
vofts, & on fit une grande diffipation du vin
de Ragotin, dont la vertu fut telle que la de-
bauche fut fans noife, & que chacun des con-
viéz, fans mefme en excepter le mifantrope la
Rancune, fit des proteftations d'amitié à fon
voifin, le baiza de tendreffe & luy mouilla le
vifage de larmes. Ragotin fit tout à fait bien
les honneurs de fa maifon, & beut comme une
eponge. Après avoir beu toute la nuiét, ils
devoient vrayfemblablement fe coucher quand
le foleil fe leva ; mais ce mefme vin qui les
avoit rendus fi tranquilles beuveurs leur infpira
à tous en mefme temps un efprit de feparation,
fi j'ofe ainfi dire. La caravane fit fes paquets,
non fans y comprendre quelques guenilles du
fermier de Ragotin, & le joly feigneur monta
fur fon mulet, &, auffi ferieux qu'il avoit efté
importé pendant le repas, prit le chemin du
Mans, fans fe mettre en peine fi la Rancune
& l'Olive le fuivoient, & n'ayant de l'attention
qu'à fuccer une pipe à Tabac qui eftoit vide il
avoit plus d'une heure. Il n'euft pas fait
demy-lieuë, toufiours fucçant fa pipe vide qui
ne luy rendoit aucune fumée, que celles du

vin luy eſtourdirent tout à coup la teſte. Il
tomba de ſon mulet, qui retourna avec beaucoup de prudence à la metairie d'où il eſtoit
party, & pour Ragotin, après quelques ſoule-
vemens de ſon eſtomach trop chargé, qui fit
enſuitte parfaitement ſon devoir, il s'endormit
au milieu du chemin. Il n'y avoit pas long-
temps qu'il dormoit, ronflant comme une Pe-
dalle d'orgue, quand un homme nud, comme on
peint noſtre premier Pere, mais effroyablement
barbu, ſalle & craſſeux, s'approcha de luy & ſe
mit à le deshabiller. Cet homme ſauvage fit de
grands efforts pour oſter à Ragotin les bottes
neufves que dans une hoſtellerie la Rancune
s'eſtoit appropriées par la ſuppoſition des
ſiennes, de la maniere que je vous l'ay conté
en quelque endroit de cette veritable Hiſtoire,
& tous ces efforts, qui euſſent éveillé Ragotin
s'il n'euſt eſté mort yvre (comme on dit), & qui
l'euſſent fait crier comme un homme que l'on
tire à quatre chevaux, ne firent autre effet que
de le traîner à ecorche-cul la longueur de ſept
ou huit pas. Un couſteau en tomba de la poche
du beau dormeur ; ce vilain homme s'en ſaiſit,
& comme s'il euſt voulu ecorcher Ragotin, il
luy fendit ſur la peau ſa chemiſe, ſes bottes, &
tout ce qu'il euſt de la peine à luy oſter de
de deſſus le corps, &, ayant fait un paquet de
toutes les hardes de l'yvrogne depouillé, l'emporta, fuyant comme un loup avec ſa proye.

Nous laiſſerons courir avec ſon butin cet

homme, qui eftoit le mefme fou qui avoit autrefois fait fi grand peur au Deftin quand il commença la quefte de Mademoifelle Angelique,
& ne quitterons pas Ragotin, qui ne veille pas
& qui a grand befoin d'eftre reveillé. Son corps
nud, expofé au foleil, fut bientoft couvert & piqué de mouches & de moucherons de differentes
efpeces, dont pourtant il ne fut point éveillé ;
mais il le fut quelque temps après par une
troupe de païfans qui conduifoient une charrette. Le corps nud de Ragotin ne leur donna
pas pluftoft dans la veue qu'ils s'ecrièrent : Le
voilà ! & s'approchant de luy, faifant le moins
de bruit qu'ils purent, comme s'ils euffent eu
peur de l'eveiller, ils s'affeurèrent de fes pieds
& de fes jambes, qu'ils lièrent avec de groffes
cordes, &, l'ayant ainfi garotté, le portèrent
dans leur charrette, qu'ils firent auffitoft partir
avec autant de hafte qu'en a un galant qui
enleve une maiftreffe contre fon gré & celuy
de fes parens. Ragotin eftoit fi yvre que toutes
les violences qu'on luy fit ne le purent eveiller,
non plus que les rudes cahots de la charrette,
que ces païfans faifoient aller fort vifte & avec
tant de precipitation qu'elle verfa en un mauvais pas plein d'eau & de bouë, et Ragotin par
confequent verfa auffi. La fraicheur du lieu où
il tomba, dont le fond avoit quelques pierres
ou quelque chofe d'auffi dur, & le rude branle
de fa cheute, l'eveillèrent, & l'eftat furprenant
où il fe trouva l'etonna furieufement. Il fe

voyoit lié pieds & mains & tombé dans la
bouë, il fe fentoit la tefte toute eftourdie de
fon yvreffe & de fa cheute, & ne fçavoit que juger
de trois ou quatre païfans qui le relevoient,
& d'autant d'autres qui relevoient une charrette. Il eftoit fi effrayé de fon aventure, que
mefme il ne parla pas en un fi beau fujet de
parler, luy qui eftoit grand parleur de fon
naturel, & un moment après il n'euft pu parler
à perfonne quand il l'euft voulu : car les païfans, ayant tenu enfemble un confeil fecret, de-
lièrent le pauvre petit homme feulemeut, &, au
lieu de luy en dire la raifon ou de luy en faire
quelque civilité, obfervant entre eux un grand
filence, tournèrent la charrette du cofté qu'elle
eftoit venue, & s'en retournèrent avec autant
de precipitation qu'ils en avoient euë à venir là.

Le lecteur difcret eft poffible en peine de
fçavoir ce que les païfans vouloient à Ragotin,
& pourquoy ils ne luy firent rien. L'affaire eft
affeurément difficile à deviner, & ne fe peut
fçavoir à moins que d'eftre relevée. Et pour
moy, quelque peine que j'y aye prife, & après
y avoir employé tous mes amis, je ne l'ay fçeu
depuis peu de temps que par hafard, & lorfque
je l'efperois le moins, de la façon que je vous
le vay dire. Un Preftre du bas Maine, un peu
fou melancolique, qu'un procès avoit fait venir
à Paris, en attendant que fon procès fuft en
eftat d'eftre jugé voulut faire imprimer quelques penfées creufes qu'il avoit euës fur l'Apo-

calypfe. Il eftoit fi fecond en chimeres & fi
amoureux des dernieres productions de fon
efprit, qu'il en haïffoit les vieilles, & ainfi penfa
faire enrager un Imprimeur, à qui il faifoit
vingt fois refaire une mefme feuille. Il fut obligé par là d'en changer fouvent, & enffin il s'eftoit addreffé à celuy qui a imprimé le prefent
livre, chez qui il lut une fois quelques feuilles
qui parloient de cette mefme aventure que je
vous raconte. Ce bon Preftre en avoit plus de
connaiffance que moy, ayant fçeu des mefmes
païfans qui enlevèrent Ragotin de la façon que
je vous ay dit, le motif de leur entreprife, que
je n'avois pu fçavoir, Il connut donc d'abord
où l'hiftoire eftoit defectueufe, &, en ayant
donné connoiffance à mon Imprimeur, qui en
fut fort eftonné, car il avoit cru comme beaucoup d'autres que mon Roman eftoit un livre
fait à plaifir, il ne fe fit pas beaucoup prier
par l'Imprimeur pour me venir voir. Lors j'appris du venerable Manceau que les païfans qui
lièrent Ragotin endormy eftoient les proches
parens du pauvre fou qui couroit les champs,
que le Deftin avoit rencontré de nuict, & qui
avoit depouillé Ragotin en plein jour. Ils
avoient fait deffein d'enfermer leur parent,
avoient fouvent effayé de le faire, & avoient
fouvent efté bien battus par le fou, qui eftoit
un fort & puiffant homme. Quelques perfonnes
du village, qui avoient veu de loin reluire au
foleil le corps de Ragotin, le prirent pour le

fou endormy, &, n'en ayant ofé approcher de
peur d'eftre battus, elles en avoient averty ces
païfans, qui vinrent avec toutes les precau-
tions que vous avez veuës, prirent Ragotin
fans le reconnoiftre, &, l'ayant reconnu pour
n'eftre pas celuy qu'ils cherchoient, le laiffèrent
les mains liées, afin qu'il ne pût rien entreprendre contre eux. Les memoires que j'eus de
ce Preftre me donnèrent beaucoup de joye,
& j'advouë qu'il me rendit un grand fervice,
mais je ne luy en rendis pas un petit en luy
confeillant en amy de ne pas faire imprimer
fon livre, plein de vifions ridicules.

Quelqu'un m'accufera peut-eftre d'avoir
conté icy une particularité fort inutile ; quelque autre m'en louëra de beaucoup de fincerité.
Retournons à Ragotin, le corps crotté & meur-
try, la bouche feiche, la tefte pefante & les
mains liées derriere le dos. Il fe leva le mieux
qu'il put, &, ayant porté fa veuë de part
& d'autre, le plus loing qu'elle fe put eftendre,
fans voir ny maifons ny hommes, il prit le
premier chemin battu qu'il trouva, bandant
tous les refforts de fon efprit pour connoiftre
quelque chofe de fon aventure. Ayant les mains
liées comme il avoit, il recevoit une furieufe
incommodité de quelques moucherons opi-
niaftres qui s'attachoient par malheur aux parties de fon corps où fes mains garottées ne
pouvoient aller, & l'obligeoient quelquefois à
fe coucher par terre pour s'en delivrer en les

ecrafant, ou en leur faifant quitter prife. Enffin
il attrapa un chemin creux, reveftu de haies
& plein d'eau, & ce chemin alloit au gué d'une
petite riviere. Il s'en rejouit, faifant eftat de fe
laver le corps, qu'il avoit plein de bouë ; mais
en approchant du gué, il vit un caroffe verfé,
d'où le cocher et un païfan tiroient, par les
exhortations d'un venerable homme d'Eglife,
cinq ou fix Religieufes fort mouïllées. C'eftoit
la vieille Abeffe d'Eftival⁵, qui revenoit du
Mans, où une affaire importante l'avoit fait aller,
& qui, par la faute de fon cocher, avoit fait
naufrage. L'Abeffe & les Religieufes, tirées du
caroffe, aperceurent de loin la figure nuë de
Ragotin qui venoit droit à elles, dont elles,
furent fort fcandalizées, & encore plus qu'elles
le Pere Giflot, Directeur difcret de l'Abbaye.
Il fit tourner viftement le dos aux bonnes
Meres, de peur d'irregularité, & cria de toute
fa force à Ragotin qu'il n'approchaft pas de
plus près. Ragotin pouffa toufiours en avant,
& commença d'enfiller une longue planche qui
eftoit là pour la commodité des gens de pied,
& le pere Giflot vint au devant de luy, fuivy
du cocher & du païfan, & douta d'abord s'il le
devoit exorcifer, tant il trouvoit fa figure dia-
bolique. Enffin il luy demanda qui il eftoit, d'où
il venoit, pourquoy il eftoit nud, pourquoy il
avoit les mains liées, & luy fit toutes ces quef-
tions-là avec beaucoup d'eloquence, & ajuftant
à fes paroles le ton de la voix & l'action des ·

mains. Ragotin luy repondit incivilement :
Qu'en avez-vous à faire ? Et voulant paffer outre
fur la planche, il pouffa fi rudement le Reve-
rend Pere Giflot qu'il le fit choir dans l'eau. Le
bon Preftre entraîna avec luy le cocher & le
païfan, & Ragotin trouva leur maniere de tomber dans l'eau fi divertiffante qu'il en eclata de
rire. Il continua fon chemin vers les religieufes,
qui, le voile baiffé, luy tournèrent le dos en
haye, toutes le vifage tourné vers la campagne.
Ragotin eut beaucoup d'indifference pour les
vifages des Religieufes, & paffoit outre, penfant
en eftre quitte, ce que ne penfoit pas le Pere
Giflot. Il fuivit Ragotin, fecondé du païfan
& du cocher, qui, le plus en colere des trois,
& defia de mauvaife humeur à caufe que Madame l'Abeffe l'avoit grondé, fe detacha du
gros, joignit Ragotin, & à grands coups de
fouët fe vengea fur la peau d'autruy de l'eau
qui avoit mouïllé la fienne. Ragotin n'attendit
pas une feconde decharge ; il s'enfuit comme
un chien qu'on fouëtte, & le cocher, qui n'eftoit
pas fatisfait d'un feul coup de fouët, fe hafta
d'aller de plufieurs autres, qui tous tirèrent le
fang de la peau du fuftigé. Giflot, quoy que
effouflé d'avoir couru, ne fe laffoit pas de crier :
Fouëtez, fouëtez ! de toute fa force, & le cocher,
de toute la fienne, redoubloit fes coups fur
Ragotin, & commençoit à s'y plaire, quand un
moulin fe prefenta au pauvre homme comme
un azyle. Il y courut, ayant toufiours fon bour-

reau à fes trouffes, &, trouvant la porte d'une
baffe-court ouverte, y entra & y fut receu d'a-
bord par un mâtin qui le prit aux feffes. Il en
jetta des cris douloureux & gagna un jardin
ouvert avec tant de precipitation, qu'il renverfa
fix ruches de mouches à miel qui y eftoient
pofées à l'entrée, & ce fut là le comble de fes
infortunes. Ces petits Elephans ailés, pourveus
de probofcides & armez d'aiguillons, s'achar-
nèrent fur ce petit corps nud, qui n'avoit point
de mains pour fe defendre, & le bleffèrent d'une
horrible maniere. Il en cria fi haut que le chien
qui le mordoit s'enfuit de la peur qu'il en euft,
ou pluftoft des mouches. Le cocher impitoyable
fit comme le chien, & Pere Giflot, à qui la
la colere avoit fait obtenir pour un temps la
charité, fe repentit d'avoir efté trop vindicatif,
& alla luy-mefme hafter le Meufnier & fes gens,
qui à fon gré venoient trop lentement au fecours d'un homme qu'on affaffinoit dans leur
jardin. Le Meufnier retira Ragotin d'entre les
glaives pointus & venimeux de ces ennemis
volans, & quoyqu'il fuft enragé de la cheute de
fes ruches, il ne laiffa pas d'avoir pitié du miferable. Il luy demanda où Diable il fe venoit
fourrer nud & les mains liées entre des paniers
à mouches ; mais quand Ragotin euft voulu luy
repondre, il ne l'euft pu dans l'extrefme douleur
qu'il fentoit par tout fon corps. Un petit Ours
nouveau-né, qui n'a point encore efté leché de
fa mere, eft plus formé en fa figure ourfine que

ne le fuſt Ragotin en ſa figure humaine, après
que les piqueures des mouches l'eurent enflé
depuis les pieds juſqu'à la teſte. La femme du
Meuſnier, pitoyable comme une femme, luy fit
dreſſer un lict & le fit coucher. Pere Giflot, le
cocher & le païſan retournèrent à l'Abbeſſe
d'Eſtival & à ſes Religieuſes, qui ſe rembar-
quèrent dans leur caroſſe, &, eſcortées du Re-
verend Pere Giflot monté ſur une jument, continuèrent leur chemin. Il ſe trouva que le moulin
eſtoit à l'Eleu du Rignon⁶ ou à ſon gendre
Bagottiere (je n'ay pas bien ſceu lequel). Ce du
Rignon eſtoit parent de Ragotin, qui, s'eſtant
fait connoître au Meuſnier & à ſa femme, en fuſt
ſervy avec beaucoup de ſoin & panſé heureuſement juſqu'à ſon entiere convaleſcence par le
Chirurgien d'un bourg voiſin. Auſſitoſt qu'il
puſt marcher, il retourna au Mans, où la joye
de ſçavoir que la Rancune & l'Olive avoient
trouvé ſon mulet & l'avoient ramené avec eux
luy fit oublier la cheute de la charrette, les
coups de fouët du cocher, les morſures du
chien & les piqueures des mouches.

CHAPITRE XVII

Ce qui ſe paſſa entre le petit Ragotin & le grand Baguenodiere.

E Deſtin & l'Eſtoille, Leandre & An‑
gelique, deux couples de beaux
& parfaits Amans, arrivèrent dans
la capitale du Mayne ſans faire de
mauvaiſe rencontre. Le Deſtin re‑
mit Angelique dans les bonnes grâces de ſa
mere, à qui il ſceut ſi bien faire valoir le merite,
la condition & l'amour de Leandre, que la
bonne Caverne commença d'approuver la paſ‑
ſion que ce jeune garçon & ſa fille avoient l'un
pour l'autre autant qu'elle s'y eſtoit oppoſée.
La pauvre troupe n'avoit pas encore bien fait
ſes affaires dans la ville du Mans ; mais un
homme de condition qui aimoit fort la comedie
ſuplea à l'humeur chiche des Manceaux. Il
avoit la plus grande partie de ſon bien dans le
Mayne, avoit pris une maiſon dans le Mans
& y attiroit ſouvent des perſonnes de condition

de fes amis, tant Courtifans que Provinciaux,
& mefme quelques beaux efprits de Paris, entre
lefquels il fe trouvoit des Poëtes du premier
ordre, & enfin il eftoit une maniere de Mece-
nas moderne. Il aymoit paffionnement la Comedie & tous ceux qui s'en mêloient, & c'eft ce
qui attiroit tous les ans dans la capitale du
Mayne les meilleures trouppes de Comediens du
Roiaume. Ce Seigneur que je vous dy arriva
au Mans dans le temps que nos pauvres Comediens en vouloient fortir, mal fatisfaits de
l'auditoire Manceau. Il les pria d'y demeurer
encore quinze jours pour l'amour de luy, & pour
les y obliger leur donna cent piftoles, & leur
en promit autant quand ils s'en iroient. Il eftoit
bien aife de donner le divertiffement de la Comedie à plufieurs perfonnes de qualité, de l'un
& de l'autre fexe, qui arrivèrent au Mans dans
le mefme temps & qui y devoient faire fejour à
fa priere. Ce feigneur, que j'appelleray le Marquis d'Orfé[7], eftoit grand chaffeur & avoit fait
venir au Mans fon equipage de chaffe, qui
eftoit des plus beaux qui fuft en France. Les
landes & les forêts du Maine font un des plus
agreables païs de chaffe qui fe puiffe trouver
dans tout le refte de la France, foit pour le
cerf, foit pour le lievre, & en ce temps-là la
ville du Mans fe trouva pleine de Chaffeurs,
que le bruit de cette grande fefte y attira, la
plufpart avec leurs femmes, qui furent ravies
de voir des Dames de la Cour pour en pouvoir

parler le refte de leurs jours auprès de leur feu.
Ce n'eft pas une petite ambition aux Provinciaux que de pouvoir dire quelquefois qu'ils
ont veu en tel lieu & en tel temps des gens de
la Cour, dont ils prononcent toufiours le nom
tout fec, comme par exemple : Je perdis mon
argent contre Roquelaure, Crequi a tant gagné,
Coaquin court le cerf en Touraine. Et fi on
leur laiffe quelquefois entamer un difcours de
Politique ou de guerre, ils ne deparlent pas (fi
j'ofe ainfi dire) tant qu'ils ayent epuifé la ma-
tiere autant qu'ils en font capables.

Finiffons la digreffion. Le Mans donc fe
trouva plein de Nobleffe, groffe & menuë. Les
hoftelleries furent pleines d'hoftes, & la plufpart
des gros Bourgeois qui logèrent des perfonnes
de qualité ou des Nobles Campagnards de leurs
amis falirent en peu de temps tous leurs draps
fins & leur linge damaffé. Les Comediens ou-
vrirent leur Theâtre en humeur de bien faire,
comme des Comediens payez par avance. Le
bourgeois du Mans fe rechauffa pour la Comedie. Les Dames de la ville & de la Province
eftoient ravies d'y voir tous les jours des Dames
de la Cour, de qui elles apprirent à fe bien
habiller, au moins mieux qu'elles ne faifoient,
au grand profit de leurs Tailleurs, à qui elles
donnèrent à reformer quantité de vieilles robes.
Le bal fe donnoit tous les foirs, où de tres
mefchans danfeurs danfèrent de tres mefchantes
courantes[8], & où plufieurs jeunes gens de la

ville danfèrent en bas de drap de Hollande ou
d'Uffeau & en fouliers cirez. Nos Comediens
furent fouvent appellez pour joüer en vifite.
L'Eftoille & Angelique donnèrent de l'amour
aux Cavaliers & de l'envye aux Dames. Inezille,
qui dança la farabande[9], à la priere des Comediens, fe fit admirer : Roquebrune en penfa
mourir de repletion d'amour, tant le fien augmenta tout à coup, & Ragotin advoüa à la Rancune que, s'il differoit plus longtemps à le
mettre bien dans l'efprit de l'Eftoille, la France
alloit eftre fans Ragotin. La Rancune luy
donna de bonnes efperances, &, pour luy temoigner l'eftime particuliere qu'il faifoit de luy,
le pria de luy prefter pour vingt cinq ou trente
francs de monnoye. Ragotin pâlit à cette priere
incivile, fe repentit de ce qu'il luy venoit de
dire, & renonça quafi à fon amour. Mais enfin,
en enrageant tout vif, il fit la fomme en toutes
fortes d'efpeces, qu'il tira de differens bourçons,
& la donna fort triftement à la Rancune, qui
luy promit que dès le jour d'aprez, il enten-
droit parler de lui.

Ce jour-là on joüa le Dom Japhet[10], ouvrage
de Theâtre auffi enjoué que celuy qui l'a fait
a fujet de l'eftre peu. L'auditoire fut nombreux ;
la Piece fut bien reprefentée, & tout le monde
fut fatisfait, à la referve du defaftreux Ragotin. Il vint tard à la Comedie, &, pour la punition de fes pefchez, il fe plaça derriere un Gentilhomme Provincial, homme à large échine

& couvert d'une groſſe caſaque qui groſſiſſoit beaucoup ſa figure. Il eſtoit d'une taille ſi haute au
deſſus des plus grandes, qu'encore qu'il fût aſſis,
Ragotin, qui n'eſtoit ſeparé de luy que d'un
rang de ſieges, crût qu'il eſtoit debout & luy
cria inceſſamment qu'il s'aſſît comme les autres,
ne pouvant croire qu'un homme aſſis ne duſt
pas avoir ſa teſte au niveau de toutes celles de
la compagnie. Ce Gentilhomme, qui ſe nommoit la Baguenodiere[11], ignora long-temps que
Ragotin parlaſt à luy. Enfin Ragotin l'appella
Monſieur à la plume verte, & comme veritablement il en avoit une bien touffuë, bien ſalle
& peu fine, il tourna la teſte & vit le petit impatient, qui luy dit aſſez rudement qu'il s'aſſiſt.
La Baguenodiere en fut ſi peu emeu qu'il ſe
retourna vers le Theâtre comme ſi de rien n'euſt
eſté. Ragotin luy recria encore qu'il s'aſſiſt. Il
tourna encore la teſte devers luy, le regarda,
& ſe retourna vers le Theâtre. Ragotin recria ;
Baguenodiere tourna la teſte pour la troiſieme
fois, pour la troiſieme fois regarda ſon homme,
&, pour la troiſieme fois, ſe retourna vers le
Theâtre. Tant que dura la Comedie, Ragotin
luy cria de meſme force qu'il s'aſſiſt, & la Baguenodiere le regarda touſiours d'un meſme
flegme, capable de faire enrager tout le genre
humain. On euſt pu comparer la Baguenodiere
à un grand Dogue & Ragotin à un Roquet qui
abboye après luy, ſans que le Dogue en faſſe
autre choſe que d'aller piſſer contre une mu-

raille. Enfin tout le monde prit garde à ce qui
fe paffoit entre le plus grand homme & le plus
petit de la compagnie, & tout le monde commença d'en rire dans le temps que Ragotin
commença d'en jurer d'impatience, fans que la
Baguenodiere fit autre chofe que de le regarder froidement. Ce Baguenodiere eftoit le plus
grand homme & le plus grand brutal du monde.
Il demanda avec fa froideur accouftumée à
deux Gentilshommes qui eftoient auprès de luy
de quoy ils rioient ; ils luy dirent ingenuëment
que c'eftoit de luy & de Ragotin, & penfoient
bien par là le congratuler pluftoft que luy deplaire. Ils luy depleurent pourtant, & un *Vous
eftes de bons fots,* que la Baguenodiere d'un vifage renfrogné leur lâcha affez mal à propos,
leur apprit qu'il prenoit mal la chofe & les
obligea à luy repartir chacun pour fa part d'un
grand foufflet. La Baguenodiere ne put d'abord
que les pouffer des coudes à droite & à gauche,
fes mains eftant embarraffées dans fa cafaque,
&, devant qu'il les euft libres, les Gentilshommes, qui eftoient freres & fort actifs de leur
naturel, luy purent donner demy-douzaine de
foufflets, dont les intervalles furent par hafard
fi bien compaffez, que ceux qui les ouïrent fans
les voir donner crurent que quelqu'un avoit
frappé fix fois des mains l'une contre l'autre à
égaux intervalles. Enfin Baguenodiere tira fes
mains de deffous fa lourde cafaque ; mais, preffé
comme il eftoit des deux freres, qui le gour-

moient comme des Lions, fes longs bras n'eurent pas leurs mouvemens libres. Il fe voulut
reculer & il tomba à la renverfe fur un homme
qui fe trouvoit derriere luy, & le renverfa luy
& fon fiege fur le malheureux Ragotin, qui fut
renverfé fur un autre, qui fut auffi renverfé fur
un autre, & ainfi de mefme jufqu'où finiffoient
les fieges, dont une file entiere fut renverfée
comme des quilles. Le bruit des tombans, des
Dames foulées, des belles qui avoient peur, des
enfans qui crioient, des gens qui parloient, de
ceux qui rioient, de ceux qui fe plaignoient
& de ceux qui battoient des mains, fit une rumeur infernale. Jamais un auffi petit fujet ne
caufa de plus grands accidens, & ce qu'il y eut
de merveilleux, c'eft qu'il n'y eut pas une epée
tirée, quoyque le principal demèlé fûft entre des
perfonnes qui en portoient, & qu'il y en euft
plus de cent dans la compagnie. Mais ce qui
fut encore plus merveilleux, c'eft que la Baguenodiere fe gourma & fut gourmé fans s'emou-
voir non plus que de l'affaire du monde la plus
indifferente, & de plus on remarqua que de
toute l'après-dînée il n'avoit pas ouvert la bouche que pour dire les quatre malheureux mots
qui luy attirèrent cette grefle de fouffletades,
& ne l'ouvrit pas jufqu'au foir, tant ce grand
homme avoit flegme & une taciturnité proportionnée à fa taille.

Ce hideux cahos de tant de perfonnes & de
fieges mêlez les uns dans les autres fut long-

temps à fe debrouïller. Tandis que l'on y tra-
vailloit & que les plus charitables fe mettoient
entre la Baguenodiere & fes deux ennemis, on
entendoit des hurlemens effroyables qui fortoient comme de deffous terre. Qui pouvoit-ce
eftre que Ragotin ? En verité, quand la Fortune a commencé de perfecuter un miferable,
elle le perfecute toufiours. Le fiege du pauvre
petit eftoit juftement pofé fur l'aix qui couvre
l'egoût du tripot. Cet egoût eft toufiours au
milieu, immediatement fous la corde. Il fert à
recevoir l'eau de la pluye, & l'aix qui le couvre
fe leve comme un deffus de boefte. Comme les
ans viennent à bout de toutes chofes, l'aix de
ce tripot où fe faifoit la Comedie eftoit fort
pourri & s'eftoit rompu fous Ragotin, quand
un homme honneftement pefant l'accabla de
fon corps & de fon fiege. Cet homme fourra
une jambe dans le trou où Ragotin eftoit tout
entier ; cette jambe eftoit bottée & l'eperon en
piquoit Ragotin à la gorge, ce qui luy faifoit
faire ces furieux hurlemens qu'on ne pouvoit
deviner. Quelqu'un donna la main à cet homme,
& dans le temps que fa jambe engagée dans le
trou changea de place. Ragotin luy mordit le
pied fi ferré, que cet homme crut eftre mordu
d'un ferpent & fit un cri qui fit treffaillir celuy
qui le fecouroit, qui de peur en lâcha prife.
Enfin il fe reconnut, redonna la main à fon
homme, qui ne crioit plus parce que Ragotin
ne le mordoit plus, & tous deux enfemble de-

terrèrent le petit, qui ne vit pas plus toſt la
lumiere du jour, que menaçant tout le monde
de la teſte & des yeux & principalement ceux
qu'il vit rire en le regardant, il ſe fourra dans
la preſſe de ceux qui ſortoient, meditant quelque choſe de bien glorieux pour luy & bien fu-
neſte pour la Baguenodiere. Je n'ay pas ſceu de
quelle façon la Baguenodiere fut accommodé
avec les deux freres; tant y a qu'il le fut, du
moins n'ai-je pas oüy dire qu'ils ſe ſoient depuis
rien fait les uns aux autres. Et voilà ce qui
troubla en quelque façon la premiere repreſen-
tation que firent nos Comediens devant l'illuſtre compagnie qui ſe trouvoit lors dans la
ville du Mans.

CHAPITRE XVIII

Qui n'a pas befoin de tiltre.

N reprefenta le jour fuivant le Ni-comede de l'inimitable Monfieur de Corneille. Cette Comedie eft ad-mirable, à mon jugement, & celle de cet excellent Poëte de Theâtre en laquelle il a plus mis du fien & a plus fait paroiftre la fecondité & la grandeur de fon ge-nie, donnant à tous les Acteurs des caracteres fiers, tous differens les uns des autres. La repre-fentation n'en fut point troublée, & ce fut peut-être à caufe que Ragotin ne s'y trouva pas. Il ne fe paffoit guere de jour qu'il ne s'attiraft quelque affaire, à quoy fa mauvaife gloire & fon efprit violent & prefomptueux contribuoient au-tant que fa mauvaife fortune, qui jufqu'alors ne luy avoient point fait de quartier. Le petit homme avoit paffé l'après-difnée dans la cham-

bre du mary d'Inezille, l'Operateur Ferdinando
Ferdinandi, Normand, fe difant Venitien,
comme je vous ay defià dit. Medecin Spagy-
rique de profeffion, &, pour dire franchement
ce qu'il eftoit, grand charlatan, & encore plus
grand fourbe. La Rancune, pour fe donner
quelque relafche des importunitez que luy faifoit fans ceffe Ragotin, à qui il avoit promis
de le faire aymer de Mademoifelle de l'Eftoille,
lui avoit fait à croire que l'Operateur eftoit un
grand Magicien, qui pouvoit faire courir en
chemife, après un homme, la femme du monde
la plus fage ; mais qu'il ne faifoit de femblables
merveilles que pour fes amis particuliers dont
il connoiffoit la difcretion, à caufe qu'il s'eftoit
mal trouvé d'avoir fait agir fon art pour des
plus grands Seigneurs de l'Europe. Il confeilla
à Ragotin de mettre tout en ufage pour gagner
fes bonnes grâces, ce qui luy affeura ne luy devoir pas eftre difficile, l'Operateur eftant homme
d'efprit, qui devenoit aifement amoureux de
ceux qui en avoient, & qui, quand une fois il
aymoit quelqu'un, n'avoit plus rien de refervé
pour luy. Il n'y a qu'à loüer ou à refpecter un
homme glorieux, on luy fait faire ce que l'on
veut. Il n'en eft pas de mefme d'un homme patient, il n'eft pas aifé à gouverner, & l'expe-
rience apprend qu'une perfonne humble, & qui
a le pouvoir fur foy de remercier quand on l'a
refufée, vient pluftoft à bout de ce qu'elle en-
treprend que celle qui s'offenfe d'un refus. La

Rancune perfuada à Ragotin ce qu'il voulut,
& Ragotin, dès l'heure mefme, alla perfuader
à l'Operateur qu'il eftoit un grand Magicien.
Je ne vous rediray point ce qu'il lui dit ; il fuffit
que l'Operateur, qui avoit efté adverty par la
Rancune, joüa bien fon perfonnage & nia qu'il
fuft Magicien d'une maniere à faire croire qu'il
l'eftoit. Ragotin paffa l'après-difnée auprès de
luy qui avoit un matras fur le feu pour quelque operation Chymique, & pour ce jour-là
n'en put rien tirer d'affirmatif, dont l'impatient
Manceau paffa une nuict fort mauvaife. Le jour
fuivant, il entra dans la chambre de l'Operateur, qui eftoit encore dans le lict. Inezille le
trouva fort mauvais ; car elle n'eftoit plus d'âge
à fortir de fon lict fraifche comme une rofe,
& elle avoit befoin tous les matins d'eftre long-
temps enfermée en particulier, devant que
d'eftre en eftat de paroiftre en public. Elle fe
coula donc dans un petit cabinet, fuivie de fa
fervante Morifque, qui luy porta toutes fes munitions d'amour, & cependant Ragotin remit le
fieur Ferdinandi fur la magie, & le fieur Ferdinandi s'ouvrit plus qu'il n'avoit fait, mais fans
luy vouloir rien promettre. Ragotin luy voulut
donner des marques de fa largeffe. Il fit fort
bien apprefter à difner, & y convia les Comediens & les Comediennes. Je ne vous diray
point les particularitez du repas ; vous fçaurez
feulement qu'on s'y refiouit beaucoup & qu'on y
mangea de grande force. Après difné, Inezille

fut priée par le Deftin & les Comediennes de
leur lire quelque hiftoriette Efpagnolle de
celles qu'elle compofoit ou traduifoit tous les
jours, à l'ayde du Divin Roquebrune, qui luy
avoit juré par Apollon & les neuf Sœurs qu'il
luy apprendroit dans fix mois toutes les grâces
& les fineffes de noftre langue. Inezille ne fe
fit point prier, &, tandis que Ragotin fit la Cour
au Magicien Ferdinandi, elle leut d'un ton de
voix charmant la Nouvelle que vous allez lire
dans le fuivant Chapitre.

CHAPITRE XIX

Les deux Freres Rivaux.

OROTÉE & Feliciane de Mont-
falve[12] eſtoient les deux plus ay-
mables filles de Seville, &, quand
elles ne l'euſſent pas eſté, leur
bien & leur condition les euſſent
fait rechercher de tous les cavaliers qui avoient
envye de ſe bien marier. Dom Manuel, leur
Pere, ne s'eſtoit point encore declaré en faveur
de perſonne, & Dorotée, ſa fille, qui, comme
aiſnée, devoit eſtre mariée devant ſa ſœur,
avoit comme elle ſi bien ménagé ſes regards
& ſes actions, que le plus preſomptueux de ſes
pretendans avoit encore à douter ſi ſes pro-
meſſes amoureuſes eſtoient bien ou mal reçeuës.
Cependant ces belles filles n'alloient point à la
Meſſe ſans un cortege d'amans bien paréz ;
elles ne prenoient point d'eau beniſte que pluſieurs mains, belles ou laides, ne leur en of-
friſſent à la fois ; leurs beaux yeux ne ſe pou-

voient lever de deffus leurs livres de prieres qu'ils ne fe trouvaffent le centre de je ne fçay combien de regards immoderez, & elles ne fai-foient pas un pas dans l'Eglife qu'elles n'euf-fent des reverences à rendre. Mais fi leur me-rite leur caufoit tant de fatigues dans les lieux publics & dans les Eglifes, il leur attiroit fou-vent devant les feneftres de la maifon de leur Pere des divertiffemens qui leur rendoient fup-portable la fevere clofture à quoy les obli-geoient leur fexe & la couftume de la Nation. Il ne fe paffoit guere de nuict qu'elles ne fuf-fent regalées de quelque Mufique, & l'on cou-roit fort fouvent la bague devant leurs fenef-tres, qui donnoient fur une place publique.

Un jour, entre autres, un Eftranger s'y fit admirer par fon adreffe fur tous les Cavaliers de la ville, & fut remarqué pour un homme par-faitement bien fait par les deux belles Sœurs. Plufieurs Cavaliers de Seville, qui l'avoient connu en Flandres où il avoit commandé un Regiment de Cavalerie, le convièrent de cou-rir la bague avec eux ; ce qu'il fit habillé à la foldate. A quelques jours de là, on fit dans Seville la ceremonie de facrer un Evefque. L'Eftranger, qui fe faifoit appeler Dom Sanche de Sylva, fe trouva dans l'Eglife où fe faifoit la ceremonie, avec les plus galans de Seville, & les belles Sœurs de Montfalve s'y trouvèrent auffi, entre plufieurs Dames deguifées comme elles à la mode de Seville, avec une Mante de

groſſe etoffe & un petit chappeau couvert de
plumes ſur la teſte. Dom Sanche ſe trouva par
haſard entre les deux belles Sœurs & une
Dame, qu'il accoſta, mais qui le pria civilement
de ne parler point à elle & de laiſſer libre la place
qu'il occupoit à une perſonne qu'elle attendoit.
Dom Sanche luy obéit, &, s'approchant de Dorotée de Montſalve, qui eſtoit plus près de luy
que ſa Sœur & qui avoit vu ce qui s'eſtoit
paſſé entre cette Dame & luy : J'avois eſperé,
luy dit-il, qu'eſtant Eſtranger, la Dame à qui
j'ay voulu parler ne me refuſeroit pas ſa con-
verſation ; mais elle m'a puny d'avoir cru trop
temerairement que la mienne n'eſtoit pas à
mepriſer. Je vous ſupplie, continua-t-il, de n'a-
voir pas tant de rigueur qu'elle pour un Etranger qu'elle vient de maltraiter, &, pour la gloire
des Dames de Seville, de luy donner ſujet de
ſe loüer de leur bonté. Vous m'en donnez un
bien grand de vous traiter auſſi mal qu'a fait
cette dame, luy repondit Dorotée, puiſque vous
n'avez recours à moy qu'à ſon refus ; mais, afin
que vous n'ayez pas à vous plaindre des
Dames de mon païs, je veux bien ne parler
qu'avecque vous tant que durera la ceremonie, & par là vous jugerez que je n'ay point
donné icy de rendez-vous à perſonne. C'eſt de
quoy je ſuis eſtonné, faite comme vous eſtes,
luy dit Dom Sanche, & il faut que vous ſoyez
bien à craindre ou que les Galans de cette ville
oient bien timides, ou pluſtoſt que celuy dont

j'occupe le pofte foit abfent. Et penfez-vous,
luy dit Dorotée, que je fçache fi peu comment
il faut aimer qu'en l'abfence d'un Galant je ne
m'empêchaffe pas bien d'aller en une affemblée
où je le trouverois à redire ? Ne faites pas une
autre fois un fi mauvais jugement d'une perfonne que vous ne connoiffez pas. Vous connoiftrez bien, repliqua Dom Sanche, que je
juge de vous plus avantageufement que vous
ne penfez, fi vous me permettiez de vous fervir
autant que mon inclination m'y porte. Nos
premiers mouvements ne font pas toujours
bons à fuivre, luy dit Dorotée, & de plus il fe
trouve une grande difficulté dans ce que vous
me propofez. Il n'y en a point que je ne fur-
monte pour meriter d'eftre à vous, luy repartit
Dom Sanche. Ce n'eft pas un deffein de peu
de jours, luy repondit Dorotée ; vous ne fongez
peut-eftre pas que vous ne faites que paffer
par Seville & peut-eftre ne fçavez-vous pas auffi
que je ne trouverois pas bon qu'on ne m'aymaft
qu'en paffant. Accordez-moy feulement ce que je
vous demande, luy dit-il, & je vous promets que
je feray dans Seville toute ma vie. Ce que vous
me dites-là eft bien galant, repartit Dorotée,
& je m'eftonne fort qu'un homme qui fçait dire
de pareilles chofes n'ait point encore icy choifi
de Dame à qui il pût debiter fa galanterie.
N'eft-ce point qu'il ne croit pas qu'elles en
valent la peine ? C'eft pluftoft qu'il fe defie de
fes forces, luy dit Dom Sanche. Repondez-moy

precifément à ce que je vous demande, luy dit
Dorotée, & m'apprenez confidemment celle de
nos Dames qui auroit le pouvoir de vous arref-
ter dans Seville. Je vous ai defia dit que vous
m'y arrefteriez fi vous vouliez, luy repondit
Dom Sanche. Vous ne m'avez jamais veuë, luy
dit Dorotée ; declarez-vous donc fur quelque
autre. Je vous advoüeray donc, puifque vous me
l'ordonnez, luy dit Dom Sanche, que, fi Dorotée de Montfalve avoit autant d'efprit que
vous, je croirois un homme heureux dont elle
eftimeroit le merite & fouffriroit les foins. Il
fe trouve dans Seville plufieurs Dames qui l'e-
galent et mefme qui la furpaffent, luy dit Dorotée ; mais adjoufta-t-elle, n'avez-vous point
oüy dire qu'entre fes galans il s'en trouvât
quelqu'un qu'elle favorifât plus que les autres ?
Comme je me fuis veu fort eloigné de le meriter, luy dit Don Sanche, je ne me fuis pas
beaucoup mis en peine de m'informer de ce
que vous dites. — Pourquoy ne la meriteriez-
vous pas auffitoft qu'un autre ? luy demanda
Dorotée. Le caprice des Dames eft quelquefois
eftrange, & fouvent le premier abord d'un
nouveau venu fait plus de progrèz que plufieurs
années de fervice des galans qui font tous les
jours devant leurs yeux. Vous vous deffaites de
moy adroittement, dit Dom Sanche, en me
donnant courage d'en aymer une autre que
vous, & je vois bien par là que vous ne confi-
dererez guere les fervices d'un nouveau galant,

au prejudice de celuy avec qui il y a long-
temps que vous eftes engagée. Ne vous met-
tez pas cela dans l'efprit, luy repondit Dorotée,
& croyez pluftoft que je ne fuis pas affez facile
à perfuader par une simple cajollerie pour
croire la voftre l'effeét d'une inclination naif-
fante, & mefme ne m'ayant jamais veuë. —
S'il ne manque que cela à la declaration d'a-
mour que je vous fais pour la rendre recevable,
repartit Dom Sanche, ne vous cachez pas davantage à un Eftranger qui eft déjà charmé de
voftre efprit. Le voftre ne le feroit pas de mon
vifage, luy repondit Dorotée. Ha! vous ne
pouvez eftre que fort belle, repliqua Dom
Sanche, puifque vous avoüez fi franchement
que vous ne vouliez defaire de moy parce que
je vous ennuye, ou que toutes les places de
voftre cœur ne foient defia prifes. Il n'eft donc
pas jufte, adjoufta-t-il, que la bonté que vous
avez euë à me fouffrir fe laffe davantage, & je
ne veux pas vous laiffer croire que je n'aye eu
deffein que de paffer mon temps, lorfque je
vous offrois tout celuy de ma vie. Pour vous
temoigner, luy dit Dorotée, que je ne veux pas
avoir perdu celuy que j'ay employé à m'entretenir avec vous, je feray bien aife de ne m'en
feparer point que je ne fçache qui vous eftes.
Je ne puis faillir en vous obeiffant. Sçachez
donc aimable inconnuë, luy dit-il, que je porte
le nom de Sylva, qui eft celuy de ma mere;
que mon Pere eft gouverneur de Quitto dans

le Perou, que je fuis dans Seville par fon
ordre, & que j'ay paffé toute ma vie en Flandres, où j'ay merité des plus beaux employs de
l'armée & une Commanderie de Sainct-Jacques.
Voilà en peu de parolles ce que je fuis, continua-t-il, & il ne tiendra deformais qu'à vous
que je ne puiffe faire fçavoir, en un lieu moins
public, ce que je veux eftre toute ma vie. Ce
fera le plus toft que je pourray, luy dit Dorotée, & cependant, fans vous mettre en peine de
me connoiftre davantage, fi vous ne voulez vous
mettre en danger de ne me connoiftre jamais,
contentez-vous de fçavoir que je fuis de qualité
& que mon vifage ne fait pas peur.

Dom Sanche la quitta, luy faifant une profonde reverence, & alla joindre un grand
nombre de Galans à loüer qui s'entretenoient
enfemble. Quelques Dames triftes, de celles
qui font toujours en peine de la conduite des
autres & fort en repos de la leur, qui fe font
d'elles-mefmes. Arbitres du mal & du bien,
quoyqu'on puiffe faire des gageures fur leur
vertu comme fur tout ce qui n'eft pas bien
averé, & qui croyent qu'avec un peu de rudeffe
brutalle & de grimace devote elles ont de l'honneur à revendre, quoyque l'enjoüment de leur
jeuneffe ait efté plus fcandaleux que le cha-
grin de leurs rides n'a efté de bon exemple;
ces Dames donc, le plus fouvent de connoiffance tres courte, diront icy que Mademoifelle
Dorotée eft pour le moins une etourdie, non

feulement d'avoir fi brufquement fait de fi
grandes avances à un homme qu'elle ne connoiffoit que de veuë, mais auffi d'avoir fouffert
qu'on luy parlaft d'amour, & que, fi une fille
fur qui elles auroient du pouvoir en avoit fait
autant, elle ne feroit pas un quart d'heure dans
le monde. Mais que les ignorantes fçachent
que chaque pays a fes couftumes particulieres,
& que, fi en France les femmes, & mefme les
filles, qui vont partout fur leur bonne foy, s'of-
fençent, ou du moins le doivent faire, de la
moindre declaration d'amour, qu'en Efpagne,
où elles font refferrées comme des Religieufes,
on ne les offençe point de leur dire qu'on les
ayme, quand celuy qui le leur diroit n'auroit
pas de quoy fe faire aymer. Elles font bien
davantage : ce font toufiours prefque les Dames
qui font les premieres avances, & qui font les
premieres prifes, parce qu'elles font les dernieres à eftre veuës des Galans qu'elles voyent
tous les jours dans les Eglifes, dans le Cours,
& de leurs Balcons & Jaloufies.

Dorotée fit confidence à fa fœur Feliciane de
la converfation qu'elle avoit euë avec Dom
Sanche, & luy advoüa que cet Eftranger luy
plaifoit davantage que tous les cavaliers de
Seville; & fa fœur approuva fort le deffein
qu'elle avoit fait fur fa liberté. Les deux belles
fœurs moralifèrent longtemps fur les privileges
avantureux qu'avoient les hommes par deffus
les femmes, qui n'eftoient prefque jamais ma-

riées qu'au choix de leurs parens, qui n'eftoit
pas toufiours à leur gré, au lieu que les
hommes fe pouvoient choifir des femmes aymables. Pour moy, difoit Dorotée à fa fœur, je
fuis bien affeurée que l'amour ne me fera jamais rien faire contre mon devoir ; mais je fuis
auffi bien refolue de ne me marier jamais avec
un homme qui ne poffedera pas luy feul tout
ce que j'aurois à chercher en plufieurs autres,
& j'ayme bien mieux paffer ma vie dans un couvent qu'avec un mary que je ne pourrois pas
aymer. Feliciane dit à fa fœur qu'elle avoit pris
cette refolution-là auffi bien qu'elle, & elles s'y
fortifièrent l'une l'autre par tous les raifonne-
mens que leurs beaux Efprits leur fournirent
fur ce fujet.

Dorotée trouvoit de la difficulté à tenir à
Dom Sanche la parole qu'elle luy avoit donnée
de fe faire connoiftre à luy, & elle en temoignoit à fa fœur beaucoup d'inquietude ; mais
Feliciane, qui eftoit heureufe à trouver des
expediens, fit fouvenir fa fœur qu'une Dame
de leurs parentes, & de plus de leurs intimes
amies (car toutes les parentes n'en font pas),
la ferviroit de tout fon cœur dans une affaire
où il y alloit de fon repos. Vous fçavez bien,
luy difoit cette bonne fœur, la plus commode
du monde, que Marine, qui nous a fervie fi
long-temps, eft mariée à un Chirurgien qui
loüe de noftre Parente une petite maifon jointe
à la fienne, & que les deux maifons ont une

entrée l'une dans l'autre. Elles font dans un
quartier eloigné, & quand on remarqueroit que
nous irions vifiter noftre Parente plus fouvent
que nous n'aurions jamais fait, on ne prendra
pas garde que ce Dom Sanche entre chez un
chirurgien, outre qu'il y peut entrer de nuict
& deguifé.

Cependant que Dorotée dreffe à l'ayde de fa
fœur le plan de fon intrigue amoureufe, qu'elle
difpofe fa Parente à la fervir & inftruit Marine de ce qu'elle a à faire, Dom Sanche fonge
en fon inconnuë, ne fçay fi elle luy a promis
de luy faire fçavoir de fes nouvelles pour fe
moquer de luy, & la voit tous les jours fans la
connoiftre, ou dans les Eglifes, où à fon Balcon, recevant les adorations de fes Galans, qui
font tous de la connoiffance de Dom Sanche,
& les plus grands amis qu'il ait dans Seville.
Il s'habilloit un matin, fongeant à fon Inconnuë, quand on vint luy dire qu'une femme
voilée le demandoit. On la fit entrer, & il en
reçeut le billet que vous allez lire :

BILLET.

Je vous aurois plus toft fait fçavoir de mes
nouvelles fi je l'avois pu. Si l'envie que vous
avez eüe de me connoiftre vous dure encore,
trouvez-vous, au commencement de la nuict, où
celle qui vous a donné mon billet vous dira,
& d'où elle vous conduira où je vous attendray.

Vous pouvez vous figurer la joye qu'il eut.
Il embraffa avec emportement la bienheureufe
Ambaffadrice, & luy donna une chaîne d'or,
qu'elle prit après quelque petite ceremonie.
Elle luy donna heure au commencement de la
nuict en un lieu ecarté, qu'elle luy marqua, où
il fe devoit rendre fans fuitte, & prit congé de
luy, le laiffant l'homme du monde le plus impatient. Enfin la nuict vint : il fe trouva à l'affignation embelly & parfumé, où l'attendoit
l'Ambaffadrice du matin. Il fut introduit par
elle dans une petite maifon de mauvaife mine,
& enfuitte en un fort bel appartement, où il
trouva trois Dames, toutes le vifage couvert
d'un voile. Il reconnut fon Inconnue à fa taille,
& lui fit d'abord des plaintes de ce qu'elle ne
levoit pas fon voile. Elle ne fit point de façons,
& fa fœur & elle fe decouvrirent au bienheureux Dom Sanche pour les belles Dames de
Montfalve. Vous voyez, luy dit Dorotée en
oftant fon voile, que je difois la verité quand
je vous affeurois qu'un Eftranger obtenoit quelquefois en un moment ce que des Galans qu'on
voyoit tous les jours ne meritoient pas en plufieurs années ; & vous feriez, adjoufta-t-elle, le
plus ingrat de tous les hommes fi vous n'efti-
miez pas la faveur que je vous fais, ou fi vous
en faifiez des jugemens à mon defavantage.
J'eftimeray toujours tout ce qui me viendra de
vous comme s'il me venoit du Ciel, luy dit le
paffionné Dom Sanche, & vous verrez bien par

le foin que j'auray à me conferver le bien que
vous me ferez que, fi jamais je le perds, ce fera
pluftoft par mon malheur que ma faute.

> *Ils fe dirent en peu de temps,*
> *Tout ce que l'amour nous fait dire*
> *Quand il eft maiftre de nos fens.*

La maiftreffe du logis & Feliciane, qui fçavoient bien vivre, s'eftoient eloignées d'une
honnefte diftance de nos deux Amans, & ainfi
ils eurent toute la commodité qu'il leur falloit
pour s'entredonner de l'amour encore plus
qu'ils n'en avoient, quoyqu'ils en euffent defia
beaucoup, & prirent jour pour s'en donner, s'il
fe pouvoit, encore davantage. Dorotée promit
à Dom Sanche de faire ce qu'elle pourroit pour
fe voir fouvent avec luy ; il l'en remercia le plus
fpirituellement qu'il put ; les deux autres Dames
fe mêlèrent en mefme temps dans leur converfation, & Marine les fit fouvenir de fe feparer
quand il en fut temps. Dorotée en fut trifte,
Dom Sanche en changea de vifage ; mais il
fallut pourtant fe dire Adieu. Le brave Cavalier ecrivit dès le jour fuivant à fa belle Dame,
qui luy fit une reponfe telle qu'il la pouvoit
fouhaiter. Je ne vous feray point voir icy de
leurs Billets amoureux, car il n'en eft point
tombé entre mes mains. Ils fe virent fouvent
dans le mefme lieu & de la mefme façon qu'ils
s'eftoient veus la premiere fois, & vinrent à

s'aymer fi fort, que, fans repandre leur fang
comme Pirame & Thifbé, ils ne leur en deu-
rent guere en tendreffe impetueufe.

On dit que l'amour, le feu & l'argent ne fe peuvent long-temps cacher. Dorotée, qui avoit fon
Galant Eftranger dans la tefte, n'en pouvoit
parler petitement, & elle le mettoit fi haut au
deffus de tous les Gentilshommes de Seville,
que quelques Dames qui avoient leurs interefts
cachez auffi bien qu'elle, & qui l'entendoient
inceffamment parler de Dom Sanche & l'elever
au mepris de ce qu'elles aymoient, y prirent
garde & s'en piquèrent. Feliciane l'avoit fouvent avertie en particulier d'en parler avec plus
de retenuë, & cent fois, en compagnie, quand
elle la voyoit fe laiffer emporter au plaifir
qu'elle prenoit de parler de fon galant, luy avoit
marché fur les pieds jufqu'à luy faire mal. Un
Cavalier amoureux de Dorotée en fut adverty
par une Dame de fes intimes amies, & n'eut
point de peine à croire que Dorotée aymoit
Dom Sanche, parcequ'il fe fouvint que depuis
que cet Eftranger eftoit dans Séville, les Efclaves de cette belle fille, defquels il eftoit le
plus enchaîné, n'en avoient pas reçeu le moindre
petit regard favorable. Ce rival de Dom Sanche
eftoit riche, de bonne maifon, & eftoit agreable
de Dom Manuel, qui ne preffoit pourtant pas
fa fille de l'epoufer, à caufe que toutes les fois
qu'il luy en parloit elle le conjuroit de ne la
marier pas fi jeune. Ce Cavalier (je me viens

de fouvenir qu'il s'appeloit Dom Diegue) voulut s'affeurer davantage de ce qu'il ne faifoit
encore que foupçonner. Il avoit un vallet de
Chambre de ceux qu'on appelle braves garçons,
qui ont d'auffi beau linge que leurs maiftres
ou qui portent le leur, qui font les modes entre
les autres vallets, & qui en font autant enviés
qu'eftimés des fervantes. Ce vallet fe nommoit
Gufman, &, ayant eu du Ciel une demy-tein-
ture de Poëfie, faifoit la plufpart des Romances
de Seville, ce qui eft à Paris des chanfons de
Pont-Neuf; il les chantoit fur fa guiterre & ne
les chantoit pas toutes unies & fans y faire de
la broderie des levres ou de la langue. Il danfoit la farabande, n'eftoit jamais fans cafta-
gnettes, avoit eu envie d'eftre Comedien, & faifoit entrer dans la compofition de fon merite
quelque bravoure, mais, pour vous dire les
chofes comme elles font, un peu filouttiere.
Tous ces beaux talens, joints à quelque eloquence de memoire que luy avoit communiquée
celle de fon maiftre, l'avoient rendu fans con-
tredit le blanc (fi j'ofe ainfi dire) de tous les
defirs amoureux des fervantes qui fe croyoient
aymables. Dom Diegue luy commanda de fe
radoucir pour Ifabelle, jeune fille qui fervoit
les Dames de Montfalve. Il obeït à fon maiftre.
Ifabelle s'en aperçeut & fe crut heureufe d'eftre
aymée de Gufman, qu'elle ayma en peu de
temps, & qui, de fon cofté, vint auffi à l'aymer
& à continuer tout de bon ce qu'il n'avoit com-

mencé que pour obeir à fon Maiftre. Si Gufman eveilloit la convoitife des fervantes de la
plus haute ambition, Ifabelle eftoit un party
avantageux pour le vallet d'Efpagne qui euft
eu les penfées les plus hautes. Elle eftoit aymée de fes maiftreffes, qui eftoient fort libe-
ralles, & avoit quelque bien à attendre de fon
pere, qui eftoit un honnefte Artifan. Gufman
fongea donc ferieufement à eftre fon mary ; elle
l'agrea pour tel ; ils fe donnèrent mutuellement
la foy de mariage, & vecurent depuis enfemble
comme s'ils euffent efté mariez. Ifabelle avoit
bien du deplaifir de ce que Marine, la femme
du Chirurgien chez qui Dorotée & Dom Sanche
fe voyoient fecrettement, & qui avoit fervy fa
maiftreffe devant elle, eftoit encore fa confidente
dans une affaire de cette nature, où la liberalité d'un Amant fe faifoit toujours paroiftre.
Elle avoit eu connoiffance de la chaîne d'or que
dom Sanche avoit donnée à Marine, de plufieurs autres prefens qu'ils luy avoit faits, & s'i-
maginoit qu'elle en avoit reçeu bien d'autres.
Elle en haïffoit Marine à mort, & c'eft ce qui
m'a fait croire que la belle fille eftoit fi peu in-
tereffée. Il ne faut donc pas s'etonner fi, à la
premiere priere que luy fit Gufman de luy
advoüer s'il eftoit vray que Dorotée aimât quelqu'un, elle fit part du fecret de fa Maiftreffe à
un homme à qui elle s'eftoit donnée toute entiere. Elle luy apprit tout ce qu'elle fçavoit de
l'intrigue de nos jeunes Amans, & exagera long-

temps la bonne fortune de Marine, que dom
Sanche enrichiſſoit, & enſuitte peſta contre elle
d'emporter ainſi des profits qui eſtoient mieux
deus à une ſervante de la maiſon. Guſman la
pria de l'avertir du jour que Dorotée ſe trouveroit avec ſon Galant. Elle le fit, & il ne manqua pas d'en avertir ſon maiſtre, à qui il apprit tout ce qu'il avoit appris de la peu fidelle
Iſabelle.

Dom Diegue, habillé en pauvre, ſe poſta au-
pres de la porte du logis de Marine la nuiċt que
luy marqua ſon vallet, y vit entrer ſon Rival,
&, à quelque temps de là, arreſter un carroſſe
devant la maiſon de la Parente de Dorotée,
d'où cette belle-fille & ſa ſœur deſcendirent,
laiſſant Dom Diegue dans la rage que vous
pouvez vous imaginer. Il fit deſſein, dèz lors, de
ſe delivrer d'un ſi redoutable Rival en l'oſtant
du monde, s'aſſeura d'aſſaſſins de loüage, attendit Dom Sanche pluſieurs nuiċts de ſuitte, & enfin le trouva & l'attaqua, ſecondé de deux braves
bien armez auſſi bien que luy. Dom Sanche, de
ſon coſté, eſtoit en eſtat de ſe bien deffendre,
&, outre le poignard & l'eſpée, avoit deux piſto-
lets à ſa ceinture. Il ſe deffendit d'abord comme
un Lion, & connut bien que ſes ennemis en
vouloient à ſa vie & eſtoient couverts à l'é-
preuve des coups d'eſpée. Dom Diègue le preſ-
ſoit plus que les autres, qui n'agiſſoient qu'au
prix de l'argent qu'ils en avoient reçeu. Il lâcha
quelque temps le pié devant ſes ennemis pour

tirer le bruit du combat loin de la maifon où
eftoit fa Dorotée ; mais enfin, craignant de fe
faire tuer à force d'eftre difcret, & fe voyant
trop preffé de Dom Diègue, il luy tira un de
fes piftolets & l'eftendit par terre demy-mort
& demandant un Preftre à haute voix. Au bruit
du coup de piftolet les braves difparurent. Dom
Sanche fe fauva chez luy, & les voifins fortirent
dans la ruë & trouvèrent Dom Diegue, qu'ils
reconneurent, tirant à fa fin, & qui accufa Dom
Sanche de fa mort. Noftre Cavalier en fut
averty par fes amis, qui luy dirent que, quand
la Juftice ne le chercheroit pas, les parens de
Dom Diegue ne laifferoient pas la mort de leur
Parent impunie, & tâcheroient affeurément de
le tuer, en quelque lieu qu'ils le trouvaffent. Il
fe retira donc dans un Couvent, d'où il fit fçavoir de fes nouvelles à Dorotée, & donna ordre
à fes affaires pour pouvoir fortir de Seville
quand il le pourroit faire feurement.

La Juftice cependant fit fes diligences, chercha Dom Sanche & ne le trouva point. Après
que la première ardeur des pourfuites fut paffée, & que tout le monde fut perfuadé qu'il
s'eftoit fauvé, Dorotée & fa fœur, fous un pretexte de devotion, fe firent mener par leur Parente dans le Couvent où s'eftoit retiré Dom
Sanche, & là, par l'entremife d'un bon Pere,
les deux Amans fe vîrent dans une Chapelle,
fe promirent une fidelité à toutes epreuves, & fe
feparèrent avec tant de regret, & fe dirent des

chofes fi pitoyables, que fa fœur, fa Parente
& le bon Religieux, qui en furent temoins, en
pleurèrent, & en ont toujours pleuré depuis
toutes les fois qu'ils y ont fongé. Il fortit deguifé de Seville, & laiffa, devant que de partir,
des lettres au facteur de fon Pere, pour les luy
faire tenir aux Indes. Par ces lettres, il luy
faifoit fçavoir l'accident qui l'obligeoit à s'ab-
fenter de Seville, & qu'il fe retiroit à Naples.
Il y arriva heureufement, & fut bien venu auprès du Vice-roy, à qui il avoit l'honneur d'appartenir. Quoyqu'il en reçeut toutes fortes de
faveurs, il s'ennuya dans la ville de Naples
pendant une année entiere, puifqu'il n'avoit
point de nouvelles de Dorotée.

Le Vice-roy arma fix Galeres qu'il envoya en
courfe contre le Turc. Le courage de Dom
Sanche ne luy laiffa pas negliger une fi belle
occafion de l'exercer, & celuy qui commandoit
ces Galeres le reçeut dans la fienne & le logea
dans la chambre de Pouppe, ravy d'avoir avec
luy un homme de fa condition & de fon merite.
Les fix Galeres de Naples en trouvèrent huict
Turques prefque à la veuë de Meffine & n'he-
fitèrent point à les attaquer. Après un long
combat, les Chreftiens prirent trois Galeres en-
nemies & en coulèrent deux à fond. La Pa-
tronne des Galeres Chreftiennes s'eftoit attachée
à celle des Turcs, qui, pour eftre mieux armée
que les autres, avoit auffi plus de refiftance. La
mer cependant eftoit devenuë groffe, & l'orage

s'eftoit augmenté fi furieufement, qu'enfin les
Chreftiens & les Turcs fongèrent moins à s'en-
trenuire qu'à fe guarantir de l'orage. On déprit
donc de part & d'autre les crampons de fer dont
les Galeres avoient efté accrochées, & la Pa-
tronne Turque s'eloigna de la Chreftienne dans
le temps que le trop hardy Dom Sanche s'eftoit
jetté dedans & n'avoit efté fuivy de perfonne.
Quand il fe vit feul au pouvoir des ennemis,
il prefera la mort à l'efclavage, &, au hazard
de tout ce qui en pourroit arriver, fe lança dans
la mer, efperant en quelque façon, comme il
eftoit grand nageur, de gagner à la nage les
Galeres Chreftiennes ; mais le mauvais temps
empefcha qu'il n'en fuft aperçeu, quoyque le
General Chreftien, qui avoit efté temoin de
l'action de Dom Sanche, & qui fe defefperoit
de fa perte, qu'il croyoit inevitable, fift revirer
fa Galere du cofté qu'il s'eftoit jetté dans la
mer. Dom Sanche cependant fendoit les vagues
de toute la force de fes bras, & après avoir
nagé quelque temps vers la terre, où le vent
& la marée le portoient, il trouva heureufement
une planche des Galeres Turques que le canon
avoit brifées, & fe fervit utilement de ce fecours,
venu à propos, qu'il crut que le Ciel luy avoit
envoyé. Il n'y avoit pas plus d'une lieuë & demie
du lieu où le combat s'eftoit fait jufqu'à la cofte
de Sicile, & Dom Sanche y aborda plus vifte
qu'il ne l'efperoit, aydé comme il eftoit du vent
& de la marée. Il prit terre fans fe bleffer contre

le rivage, & apres avoir remercié Dieu de l'a-
voir tiré d'un peril fi evident, il alla plus avant
en terre, autant que fa laffitude le put permettre, & d'une eminence qu'il monta aperçeut un
hameau habité de Pefcheurs, qu'il trouva les
plus charitables du monde. Les efforts qu'il
avoit faits pendant le combat, qui l'avoient fort
échauffé, & ceux qu'il avoit fait dans la mer,
& le froid qu'il y avoit fouffert & enfuitte dans
fes habits mouïllés, lui cauférent une violente
fievre qui luy fit longtemps garder le lict ; mais
enfin il guerit fans y faire autre chofe que de
vivre de regime. Pendant fa maladie, il fit deffein de laiffer tout le monde dans la croyance
qu'on devoit avoir de fa mort, pour n'avoir
plus tant à fe garder de fes ennemis les parens
de Dom Diegue, & pour eprouver la fidelité
de Dorotée.

Il avoit fait grande amitié en Flandres avec
avec un marquis Sicilien de la maifon de Mon-
talte, qui s'appeloit Fabio. Il donna ordre à un
pefcheur de s'informer s'il eftoit à Meffine, où
il fçavoit qu'il demeuroit, & ayant fçeu qu'il y
eftoit, il y alla en habit de pefcheur, & entra
la nuict chez ce Marquis, qui l'avoit pleuré avec
tous ceux qui avoient efté affligez de fa perte.
Le marquis Fabio fut ravy de retrouver un
amy qu'il avoit cru perdu. Dom Sanche luy
apprit de quelle façon il s'eftoit fauvé, & luy
conta fon avanture de Seville, fans luy cacher
la violente paffion qu'il avoit pour Dorotée. Le

Marquis Sicilien s'offrit d'aller en Efpagne,
& mefme d'enlever Dorotée, fi elle y confentoit,
& de l'amener en Sicile. Dom Sanche ne voulut pas recevoir de fon amy de fi perilleufes
marques d'amitié ; mais il eut une extrefme joye
de ce qu'il vouloit bien l'accompagner en Efpagne. Sanchez, vallet de Dom Sanche, avoit
efté fi affligé de la perte de fon Maiftre, que,
quand les Galeres de Naples vinrent fe rafraif-
chir à Meffine, il entra dans un Couvent pour
y paffer le refte de fes jours. Le marquis Fabio
l'envoya demander au Superieur, qui l'avoit reçeu à la recommandation de ce Seigneur Sicilien, & qui ne luy avoit pas encore donné l'habit de Religieux. Sanchez penfa mourir de joye
quand il revit fon cher Maiftre, & ne fongea
plus à retourner dans fon Couvent. Dom Sanche
l'envoya en Efpagne preparer fes voyes & pour
luy faire fçavoir des nouvelles de Dorotée, qui cependant avoit cru avec tout le monde que Dom
Sanche eftoit mort. Le bruit en alla jufqu'aux
Indes ; le pere de Dom Sanche en mourut de regret & laiffa à un autre fils qu'il avoit quatre cent
mille efcus de bien, à condition d'en donner la
moitié à fon frere fi la nouvelle de fa mort fe
trouvoit fauffe. Le frere de Dom Sanche fe nommoit Dom Juhan de Peralte, du nom de fon
pere. Il s'embarqua pour l'Efpagne, avec tout
fon argent, & arriva à Seville un an après l'accident qui y eftoit arrivé à Dom Sanche. Ayant
un nom different du fien, il luy fut aifé de ca-

cher qu'il fuſt ſon frere, ce qu'il luy eſtoit important de tenir ſecret, à cauſe du long ſejour
que ſes affaires l'obligèrent de faire dans une
ville où ſon frere avoit des ennemis. Il vit Dorotée & en devint amoureux comme ſon frere ;
mais il n'en fut pas aymé comme luy. Cette
belle fille affligée ne pouvoit rien aymer après
ſon cher Dom Sanche : tout ce que Dom Juhan
de Peralte faiſoit pour luy plaire l'importunoit,
& elle refuſoit tous les jours les meilleurs partis
de Seville, que ſon Pere, Dom Manuel, luy
propoſoit.

Dans ce temps-là, Sanchez arriva à Seville,
&, ſuivant les ordres que luy avoit donnez ſon
Maiſtre, il voulut s'informer de la conduite de
Dorotée. Il ſceut du bruit de la ville qu'un Cavalier fort riche, venu depuis peu des Indes,
en eſtoit amoureux & faiſoit pour elle toutes
les galanteries d'un Amant bien raffiné. Il l'e-
crivit à ſon Maiſtre & luy fit le mal plus grand
qu'il n'eſtoit, & ſon Maiſtre ſe l'imagina encore plus grand que ſon vallet ne le luy avoit
fait. Le Marquis Fabio & Dom Sanche s'em-
barquèrent à Meſſine ſur les galeres d'Eſpagne
qui y retournoient, & arrivèrent heureuſement
à Sainct-Lucar, où ils prirent la poſte juſqu'à
Seville. Ils y entrèrent de nuict & deſcendirent
dans le logis que Sanchez leur avoit arreſté.
Ils gardèrent la chambre le lendemain, & la
nuit Dom Sanche & le Marquis Fabio allèrent
faire la ronde dans le quartier de Dom Ma-

nuel. Ils ouïrent accorder des inftrumens fous
les feneftres de Dorotée, & enfuite une excellente mufique, après laquelle une voix feule,
accompagnée d'un Theorbe, fe plaignit long-
temps des rigueurs d'une Tigreffe deguifée en
Ange. Dom Sanche fut tenté de charger Meffieurs de la ferenade ; mais le Marquis Fabio
l'en empefcha, luy reprefentant que c'eftoit
tout ce qu'il pourroit faire fi Dorotée avoit
paru à fon balcon pour obliger fon Rival, ou
fi les paroles de l'air qu'on avoit chanté eftoient
des remercîmens de faveurs reçuës pluftoft que
des plaintes d'un Amant qui n'eftoit pas content. La ferenade fe retira peut-eftre affez mal
fatisfaite, & Dom Sanche & le Marquis Fabio
fe retirèrent auffi.

Cependant Dorotée commençoit à fe trouver
importunée de l'amour du Cavalier Indien.
Son Pere Dom Manuel avoit une extréfme paffion de la voir mariée, & elle ne doutoit point
que, fi cet Indien, Dom Juhan de Peralte, riche
& de bonne maifon comme il eftoit, s'offroit à
luy pour fon gendre, il ne fuft preferé à tous
les autres, & elle plus preffée de fon pere qu'elle
n'avoit encore efté. Le jour qui fuivit la ferenade dont le Marquis Fabio & Dom Sanche
avoient eu leur part, Dorotée s'en entretint
avec fa fœur & luy dit qu'elle ne pouvoit plus
fouffrir les galanteries de l'Indien, & qu'elle
trouvoit eftrange qu'il les fift fi publiques devant que d'avoir fait parler à fon pere. C'eft

un procedé que je n'ay jamais approuvé, luy
dit Feliciane, &, fi j'eſtois en voſtre place, je
le traiterois fi mal la premiere fois que l'occafion s'en prefenteroit, qu'il feroit bientoſt defabuzé de l'efperance qu'il a de vous plaire. Pour
moy, il ne m'a jamais pleu, adjouſta-t-elle ; il
n'a point ce bon air qu'on ne prend qu'à la
Cour, & la grande depence qu'il fait dans Seville n'a rien de poly & rien qui ne fente fon
Eſtranger. Elle s'efforça enfuite de faire une
fort defagreable peinture de Dom Juhan de Peralte, ne fe fouvenant pas qu'au commencement
qu'il parut dans Seville elle avoit avoüé à fa
fœur qu'il ne luy deplaifoit pas, & que toutes
les fois qu'elle avoit eu à en parler elle l'avoit
fait en le loüant avec quelque forte d'emportement. Dorotée, remarquant fa fœur fi changée, ou qui feignoit de l'eſtre, dans les fentimens qu'elle avoit eus autrefois pour ce
Cavalier, la foupçonna d'avoir de l'inclination
pour luy, autant qu'elle luy vouloit faire croire
de n'en avoir point, & pour s'en eclaircir elle
luy dit qu'elle n'eſtoit point offencée des galanteries de Dom Juhan par l'averfion qu'elle euſt
pour fa perfonne, & qu'au contraire, luy trouvant dans le vifage quelque air de celuy de
Dom Sanche, il auroit eſté plus capable de luy
plaire qu'aucun autre Cavalier de Seville, outre
qu'elle fçavoit bien qu'eſtant riche & de bonne
maifon il obtiendroit aifement le confentement
de fon Pere. Mais, ajouta-t-elle, je ne puis rien

aymer après Dom Sanche, &, puifque je n'ay
pu eftre fa femme, je ne la feray jamais d'un
autre, & je pafferay le refte de mes jours dans
un Couvent. Quand vous ne feriez pas encore
bien refoluë à un fi eftrange deffein, luy dit
Feliciane, vous ne pouvez m'affliger davantage
que de me le dire. N'en doutez point, ma fœur,
luy repondit Dorotée ; vous ferez bientoft le
plus riche party de Seville, & c'eft ce qui me
faifoit avoir envye de voir Dom Juhan pour luy
perfuader d'avoir pour vous les fentimens d'a-
mour qu'il a pour moy, après l'avoir defabuzé
de l'efperance qu'il a que je puiffe jamais confentir à l'efpoufer; mais je ne le verray que
pour le prier de ne m'importuner plus de fes
galanteries, puifque je voy que vous avez tant
d'averfion pour luy. Et en verité, continua-
t-elle, j'en ay du deplaifir : car je ne voy perfonne dans Seville avec qui vous puiffiez eftre
auffi bien mariée que vous le feriez avec luy. Il
m'eft plus indifferent que haïffable, luy dit Feliciane, & fi je vous ay dit qu'il me deplaifoit,
ç'a efté pluftoft par quelque complaifance que
j'ay voulu avoir pour vous, que par une veritable averfion que j'euffe pour luy. Avouëz
pluftoft, ma chere fœur, luy repondit Dorotée, que vous ne me parlez pas ingenuëment,
& quand vous m'avez temoigné peu d'eftime
pour Dom Juhan, que vous ne vous eftes pas
fouvenuë que vous me l'avez quelquefois extrefmement loüé, ou que vous avez pluftoft

craint qu'il ne me pleuſt trop, que decouvert
qu'il ne vous plaiſoit guere.

Feliciane rougit à ces dernieres paroles de
Dorotée & ſe deffit extreſmement. Elle luy dit,
l'eſprit fort troublé, quantité de choſes mal ar-
rangées, qui la defendirent moins qu'elles ne
la convainquirent de ce que l'accuſoit ſa ſœur,
& enfin elle luy confeſſa qu'elle aymoit Dom
Juhan. Dorotée ne deſaprouva pas ſon amour,
& luy promit de la ſervir de tout ſon pouvoir.
Dès le jour meſme, Iſabelle, qui avoit rompu
tout commerce avec ſon Guſman depuis l'accident arrivé à Dom Sanche, eut ordre de Dorotée d'aller trouver Dom Juhan, de luy porter
la clef d'une porte du jardin de Dom Manuel,
& de luy dire que Dorotée & ſa ſœur l'y atten-
droient, & qu'il ſe rendiſt à l'aſſignation à minuit, quand leur pere ſeroit couché. Iſabelle,
qui avoit eſté gagnée de Dom Juhan, & qui
avoit fait ce qu'elle avoit pu pour le mettre
bien dans l'eſprit de ſa Maiſtreſſe, ſans y avoir
reuſſi, fut fort ſurpriſe de la voir ſi changée
& fort aiſe de porter une bonne nouvelle à une
perſonne à qui elle n'en avoit encore porté
que de mauvaiſes, & de qui elle avoit deſià
reçeu beaucoup de preſens. Elle vola chez ce
Cavalier, qui euſt eu peine à croire ſa bonne
fortune, ſans la fatale clef du jardin qu'elle luy
remit entre les mains. Il mit dans les ſiennes
une petite bource de ſenteur, pleine de cinquante piſtolles, dont elle eut pour le moins

autant de joye qu'elle venoit de luy en donner.

Le hazard voulut que, la mefme nuiĉt que
Dom Juhan devoit avoir entrée dans le jardin
du pere de Dorotée, Dom Sanche, accompagné
de fon amy le Marquis, vint encore faire la
ronde à l'entour du logis de cette belle fille
pour s'affeurer davantage des deffeins de fon
Rival. Le Marquis & luy eftoient fur les onze
heures dans la ruë de Dorotée, quand quatre
hommes bien armez s'arreftèrent auprès d'eux.
L'Amant jaloux crut que c'eftoit fon Rival ; il
s'approcha de ces hommes & leur dit que le
pofte qu'ils occupoient luy eftoit commode pour
un deffein qu'il avoit, & qu'il les prioit de le
luy céder. Nous le ferions par civilité, luy repondirent les autres, fi le mefme pofte que vous
nous demandez n'eftoit abfolument néceffaire
à un deffein que nous avons auffi, & qui fera
executé affez toft pour ne retarder pas long-
temps l'execution du voftre. La colere de Dom
Sanche eftoit defià au plus haut point où elle
pouvoit aller : mettre donc l'efpée à la main
& charger ces hommes, qu'il trouvoit incivils,
fut prefque la mefme chofe. Cette attaque im-
preveuë de Dom Sanche les furprit & les mit
en defordre, & le Marquis les chargeant d'auffi
grande vigueur qu'avoit fait fon amy, ils fe
deffendirent mal & furent pouffez plus vifte
que le pas jufqu'au bout de la ruë. Là Dom
Sanche reçeut une legere bleffeure dans un
bras, & perça celuy qui l'avoit bleffé d'un fi

grand coup qu'il fut longtemps à retirer fon
efpée du corps de fon ennemy, & crut l'avoir
tué. Le Marquis, cependant, s'eftoit opiniaftré
à pourfuivre les autres, qui fuirent devant luy
de toute leur force auffitoft qu'ils virent tomber leur camarade. Dom Sanche vit à l'un des
deux bouts de la ruë des gens avec de la lumiere qui venoient au bruit du combat ; il eut
peur que ce ne fuft la Juftice, & c'eftoit elle. Il
fe retira en diligence dans la ruë où le combat
avoit commencé, & de cette ruë dans une autre,
au milieu de laquelle il trouva tefte pour tefte
un vieux Cavalier qui s'eclairoit d'une lan-
terne, & qui avoit mis l'efpée à la main au bruit
que faifoit Dom Sanche, qui venoit à luy en
courant. Ce vieux Cavallier eftoit Dom Manuel, qui revenoit de jouer chez un de fes voifins, comme il faifoit tous les foirs, & alloit
entrer chez luy par la porte de fon jardin, qui
eftoit proche du lieu où le trouva Dom Sanche.
Il cria à noftre Amoureux Cavalier : Qui va
là ? Un homme, luy repondit Dom Sanche, à
qui il importe de paffer vifte fi vous ne l'en
empefchez. Peut-eftre, luy dit Dom Manuel,
vous eft-il arrivé quelque accident qui vous
oblige à chercher un azile ; ma maifon, qui
n'eft pas eloignée, vous en peut fervir. Il eft
vray, luy repondit Dom Sanche, que je fuis en
peine de me cacher à la juftice, qui peut-eftre
me cherche, & puifque vous eftes affez gene-
reux pour offrir voftre maifon à un Eftranger,

il vous fie fon falut en toute affeurance, & vous
promet de n'oublier jamais la grâce que vous
luy faites, & de ne s'en fervir qu'autant de
temps qu'il luy eft neceffaire pour laiffer paffer
outre ceux qui le cherchent. Dom Manuel, là
deffus, ouvrit fa porte d'une clef qu'il avoit fur
luy, &, ayant fait entrer Dom Sanche dans fon
jardin, le mit dans un bois de lauriers en attendant qu'il iroit donner ordre à le cacher
mieux dans fa maifon fans qu'il fuft veu de
perfonne.

Il n'y avoit pas longtemps que Dom Sanche
eftoit caché entre ces lauriers, quand il vid
venir à luy une femme qui luy dit en l'approchant : Venez, mon Cavalier, ma Maiftreffe
Dorotée vous attend. A ce nom-là, Dom Sanche
penfa qu'il pouvoit bien eftre dans la maifon
de fa Maiftreffe, & que le vieux Cavalier eftoit
fon Pere. Il foupçonna Dorotée d'avoir donné
affignation dans le mefme lieu à fon Rival,
& fuivit Ifabelle plus tourmenté de fa jaloufie
que de la peur de la Juftice. Cependant Dom
Juhan vint à l'heure qu'on luy avoit donnée, ouvrit la porte du jardin de Dom Manuel avec
la clef qu'Ifabelle luy avoit donnée, & fe ca-
cha dans les mefmes lauriers d'où Dom Sanche
venoit de fortir. Un moment après, il vit venir
un homme droit à luy, il fe mit en eftat de fe deffendre s'il eftoit attaqué, & fut bien furpris quand
il reconnut cet homme pour Dom Manuel, qui
luy dit qu'il le fuivift & qu'il l'alloit mettre

en un lieu où il n'auroit pas à craindre d'eftre
pris. Dom Juhan conjeᵉura des paroles de Dom
Manuel qu'il pouvoit avoir fait fauver dans fon
jardin quelque homme pourfuivy de la Juftice.
Il ne put faire autre chofe que de le fuivre, en
le remerciant du plaifir qu'il luy faifoit, & l'on
peut croire qu'il ne fut pas moins troublé du
peril qu'il couroit que fâché de l'obftacle qui
faifoit manquer fon amoureux deffein. Dom
Manuel le conduifit dans fa chambre, & l'y laiffa
pour s'aller faire dreffer un liᵉt dans une autre.

Laiffons-le dans la peine où il doit eftre,
& reprenons fon frere Dom Sanche de Sylva.
Ifabelle le conduifit dans une chambre baffe
qui donnoit fur le jardin, où Dorotée & Feliciane attendoient Dom Juhan de Peralte, l'une
comme un Amant à qui elle a grande envye de
plaire, l'autre pour luy declarer qu'elle ne peut
l'aymer & qu'il feroit mieux de tâcher de plaire
à fa fœur. Dom Sanche entra donc où eftoient
les deux belles fœurs, qui furent bien furprifes
de le voir. Dorotée en demeura fans fentiment,
comme une perfonne morte, & fi fa fœur ne
l'euft fouftenuë & ne l'euft mife dans une
chaife, elle feroit tombée de fa hauteur. Dom
Sanche demeura immobile ; Ifabelle penfa mourir de peur & crut que Dom Sanche mort leur
apparoiffoit pour venger le tort que luy faifoit
fa maiftreffe. Feliciane, quoyque fort effrayée
de voir Dom Sanche reffufcité, eftoit encore
plus en peine de l'accident de fa fœur, qui

reprit enfin fes efprits, & alors Dom Sanche
luy dit ces paroles : Si le bruit qui a couru de
ma mort, ingrate Dorotée! n'excufoit en quelque façon voftre inconftance, le defespoir
qu'elle me caufe ne me laifferoit pas affez de
vie pour vous en faire des reproches. J'ay
voulu faire croire à tout le monde que j'eftois
mort pour eftre oublié de mes ennemis, & non
pas de vous, qui m'avez promis de n'aymer jamais que moy, & qui avez fi toft manqué à
voftre promeffe. Je me pourrois venger, & faire
tant de bruit par mes cris & par mes plaintes
que voftre pere s'en eveilleroit & trouveroit
l'Amant que vous cachez dans fa maifon ; mais,
infenfé que je fuis, j'ay peur encore de vous
deplaire, & je m'afflige davantage de ce que je
ne dois plus vous aymer, que de ce que vous
en aymez un autre. Jouïffez, belle infidelle!
jouïffez de voftre cher Amant ; ne craignez plus
rien de vos nouvelles amours : je vous deli-
vreray bientoft d'un homme qui vous pourroit
reprocher toute voftre vie que vous l'avez
trahi lorfqu'il expofoit fa vie pour vous venir
revoir.

Dom Sanche voulut s'en aller après ces paroles ; mais Dorotée l'arrefta, & alloit tafcher
de fe juftifier, quand Ifabelle luy dit, fort effrayée, que Dom Manuel la fuivoit. Dom Sanche n'eut que le temps de fe mettre derriere la
porte. Le vieillard fit une reprimande à fes
filles de ce qu'elles n'eftoient pas encore cou-

chées, &, cependant qu'il eut le dos tourné
vers la porte de la chambre, Don Sanche en
fortit, &, gagnant le jardin, s'alla remettre dans
le mefme bois de lauriers où il s'eftoit defià
mis, & où, preparant fon courage à tout ce qui
luy pourroit arriver, il attendit une occafion
de fortir quand elle fe prefenteroit. Dom Manuel eftoit entré dans la chambre de fes filles
pour y prendre de la lumiere & pour aller de
là ouvrir la porte de fon jardin aux Officiers
de la Juftice, qui y frappoient pour la faire
ouvrir, parce qu'on leur avait dit que Dom
Manuel avoit retiré dans fa maifon un homme
qui pouvoit eftre de ceux qui venoient de fe
battre dans la ruë. Dom Manuel ne fit pas de
difficulté de les laiffer chercher dans fa maifon,
croyant bien qu'ils ne feroient pas ouvrir fa
chambre, & que le cavalier qu'ils cherchoient y
eftoit enfermé. Dom Sanche, voyant qu'il ne
pouvoit eviter d'eftre trouvé par le grand
nombre de fergens qui s'eftoient repandus par
le jardin, fortit du bois de lauriers où il eftoit,
&, s'approchant de Dom Manuel, fort furpris
de le voir, luy dit à l'oreille qu'un Cavalier
d'honneur gardoit fa parole & n'abandonnoit
jamais une perfonne qu'il avoit prife en fa protection. Dom Manuel pria le Prevoft, qui eftoit fon amy, de lui laiffer Dom Sanche en fa
garde, ce qui luy fut aifement accordé, & à
caufe de fa qualité, & parceque le bleffé ne
l'eftoit pas dangereufement. La Juftice fe reti-

ra, & Dom Manuel ayant reconnu, par les
mefmes difcours qu'il avoit tenus à Dom Sanche quand il le trouva & que ce Cavalier luy
redit, que c'eftoit veritablement celuy qu'il
avoit reçeu dans fon jardin, ne douta point
que l'autre ne fuft quelque Galand introduit
dans fa maifon par fes filles ou par Ifabelle.
Pour s'en eclaircir, il fit entrer Dom Sanche
de Sylva dans une chambre, & le pria d'y demeurer jufqu'à ce qu'il le vinft trouver. Il alla
dans celle où il avoit laiffé Dom Juhan de Peralte, à qui il feignit que fon vallet eftoit entré en mefme temps que les Officiers de la
juftice, & qu'il demandoit à parler à luy. Dom
Juhan fçavoit bien que fon vallet de Chambre
eftoit fort malade & peu en eftat de le venir
trouver, outre qu'il ne l'euft pas fait fans
fon ordre quand il euft fçeu où il eftoit, ce
qu'il ignoroit. Il fut donc fort troublé de ce
que luy dit Dom Manuel, à qui, à tout hazard,
il repondit que fon vallet n'avoit qu'à l'aller attendre dans fon logis. Dom Manuel le reconnut
alors pour ce jeune Gentilhomme Indien qui
faifoit tant de bruit dans Seville, &, eftant bien
informé de fa qualité & de fon bien, refolut de
ne le laiffer point fortir de fa maifon qu'il
n'euft epoufé celle de fes filles avec qui il auroit le moindre commerce. Il s'entretint quelque temps avec luy pour s'eclaircir davantage
des doutes dont il avoit l'efprit agité. Ifabelle,
du pas de la porte, les vit parlant enfemble

& l'alla dire à fa Maiftreffe. Dom Manuel en-
trevit Ifabelle & crut qu'elle venoit de faire
quelque meffage à Dom Juhan de la part de fa
fille. Il le quitta pour courir après elle dans le
temps que le flambeau qui eclairoit la chambre
acheva de brûler & s'eteignit de luy-mefme.

Cependant que le vieillard ne trouve pas
Ifabelle où il la cherche, cette fille apprend à
Dorotée & à Feliciane que Don Sanche eftoit
dans la chambre de leur Pere, & qu'elles les
avoit veus parler enfemble. Les deux fœurs y
coururent fur fa parolle. Dorotée ne craignoit
point de trouver fon cher Don Sanche avec fon
Pere, refolue qu'elle eftoit de luy confeffer
qu'elle l'aymoit & qu'elle en avoit efté aymée,
& de luy dire à quelle intention elle avoit
donné affignation à Dom Juhan. Elle entra donc
dans la chambre, qui eftoit fans lumiere, & s'eftant rencontré avec Dom Juhan dans le temps
qu'il en fortoit, elle le prit pour Dom Sanche,
l'arrefta par le bras, & luy parla en cette forte :
Pourquoy me fuis-tu, cruel Dom Sanche !
& pourquoy n'as-tu pas voulu entendre ce que
j'aurois pu repondre aux injuftes reproches que
tu m'as faites ? J'avoüe que tu ne m'en pourrois
faire d'affez grands fi j'eftois auffi coupable que
tu as en quelque façon fujet de le croire ; mais tu
fçais bien qu'il y a des chofes fauffes qui ont
quelquefois plus d'apparence de verité que la
verité mefme, & qu'elle fe decouvre toujours
avec le temps ; donne-moy donc celuy de te la

faire voir en débroüillant la confufion où ton
malheur & le mien, & peut-eftre celuy de plufieurs autres, nous vient de mettre. Ayde-moy
à me juftifier, & ne te hazarde pas d'eftre injufte pour eftre trop precipité à me condamner
devant que de m'avoir convaincuë. Tu peux
avoir oüy dire qu'un Cavalier m'ayme, mais
as-tu oüy dire que je l'ayme auffi? Tu peus
l'avoir trouvé icy, car il eft vray que je l'ay fait
venir: mais quand tu fçauras à quel deffein je
l'ay fait, je fuis affeurée que tu auras un cruel
remords de m'avoir offençée lorfque je te donne
la plus grande marque de fidelité que je te
puis donner. Que n'eft-il en ta prefence, ce
Cavalier dont l'amour m'importune? Tu con-
noiftrois par ce que je luy dirois fi jamais il a
pu me dire qu'il m'aymaft, & fi j'ay jamais
voulu lire les lettres qu'il m'a ecrites. Mais
mon malheur, qui me l'a toujours fait voir
quand fa veuë m'a pu nuire, m'empefche de le
voir quand il me pourroit fervir à te defabufer.

Dom Juhan eut la patience de laiffer parler
Dorotée fans l'interrompre, pour en apprendre
encore davantage qu'elle ne luy en venoit de
decouvrir. Enfin, il alloit peut-eftre la quereller,
quand Dom Sanche, qui cherchoit de chambre
en chambre le chemin du jardin, qu'il avoit manqué, & qui oüit la voix de Dorotée qui parloit
à Dom Juhan, s'approcha d'elle avec le moindre
bruit qu'il put & fut pourtant oüy de Dom
Juhan & des deux fœurs. Dans ce mefme temps

Dom Manuel entra dans la mefme chambre
avec de la lumiere, que portoient devant luy
quelques uns de fes domeftiques. Les deux
Rivaux fe virent & furent veus fe regardant
fierement l'un l'autre, la main fur la garde de
leurs efpées. Dom Manuel fe mit au milieu
d'eux & commanda à fa fille d'en choifir un
pour mary afin qu'il fe battift contre l'autre.
Dom Juhan prit la parolle & dit que, pour luy,
il cedoit toutes fes pretentions, s'il en pouvoit
avoir, au Cavalier qu'il voyoit devant luy.
Dom Sanche dit la mefme chofe & adjoufta
que, puifque Dom Juhan avoit efté introduit
chez Dom Manuel par fa fille, il y avoit apparence qu'elle l'aymoit & en eftoit aymée; que,
pour luy, il mourroit mille fois pluftoft que de
fe marier avec le moindre fcrupule. Dorotée fe
jetta aux pieds de fon Pere & le conjura de
l'entendre. Elle luy conta tout ce qui s'eftoit
paffé entre elle & Dom Sanche de Sylva devant qu'il euft tué Dom Diegue pour l'amour
d'elle. Elle luy apprit que Dom Juhan de Peralte eftoit enfuite devenu amoureux d'elle, le
deffein qu'elle avoit eu de le defabuzer & de
luy propofer de demander fa fœur en mariage,
& elle conclut que, fi elle ne pouvoit perfuader fon innocence à Dom Sanche, elle vouloit
dèz le jour fuivant entrer dans un couvent
pour n'en fortir jamais. Par fa relation les
deux freres fe reconneurent : Dom Sanche fe
raccommoda avec Dorotée, qu'il demanda en

mariage à Dom Manuel; Dom Juhan luy demanda Feliciane, & Dom Manuel les reçeut
pour ſes gendres avec une ſatisfaction qui ne ſe
peut exprimer.

Auſſitoſt que le jour parut, Dom Sanche envoya querir le Marquis Fabio, qui vint prendre
part en la joye de ſon Amy. On tint l'affaire
ſecrette juſqu'à tant que Dom Manuel & le
Marquis eurent diſpoſé un Couſin, heritier de
Dom Diegue, à oublier la mort de ſon Parent
& à s'accommoder avec Dom Sanche. Pendant
la negociation, le Marquis Fabio devint amoureux de la ſœur de ce Cavalier & la luy demanda en mariage. Il reçeut avec beaucoup de
joye une propoſition ſi avantageuſe à ſa ſœur,
& dèz lors ſe laiſſa aller à tout ce qu'on luy
propoſa en faveur de Dom Sanche. Les trois
mariages ſe firent en un meſme jour; tout y
alla bien de part & d'autre, & meſme long-
temps, ce qui eſt à conſiderer.

CHAPITRE XX.

De quelle façon le sommeil de Ragotin fut interrompu.

'AGRÉABLE Inezille acheva de lire sa Nouvelle & fit regretter à tous ses auditeurs de ce qu'elle n'estoit pas plus longue. Tandis qu'elle la leut, Ragotin, qui, au lieu de l'ecouter, s'estoit mis à entretenir son mary sur le sujet de magie s'endormit dans une chaise basse où il estoit, ce que l'Operateur fit aussi. Le sommeil de Ragotin n'estoit pas tout à fait volontaire, & s'il eust peu resister aux vapeurs des viandes qu'il avoit mangé en grande quantité, il eust esté attentif par bienseance à la lecture de la Nouvelle d'Inezille. Il ne dormoit donc pas de toute sa force, laissant souvent aller sa teste jusqu'à ses genoux, & la relevant, tantost demy endormy, & tantost se reveillant en sursaut, comme on fait plus

fouvent qu'ailleurs au fermon, quand on s'y
ennuye.

Il y avoit un Belier dans l'hoftellerie, à qui
la canaille qui va & vient d'ordinaire en de
femblables maifons avoit accouftumé de pré-
fenter la tefte, les mains devant, contre lefquelles le Belier prenoit fa courfe, & choquoit
rudement de la fienne, je veux dire de fa tefte,
comme tous les Beliers font de leur naturel.
Cet animal alloit fur fa bonne foy par toute
l'hoftellerie, & entroit mefme dans les chambres, où l'on luy donnoit fouvent à manger. Il
eftoit dans celle de l'Operateur dans le temps
qu'Inezille lifoit fa Nouvelle. Il aperçeut Ragotin à qui le chapeau eftoit tombé de la
tefte, & qui comme je vous ay defià dit, la
hauffoit & baiffoit fouvent. Il crut que c'eftoit
un champion qui fe prefentoit à luy pour
exercer fa valeur contre la fienne. Il recula
quatre ou cinq pas en arriere, comme l'on
fait pour mieux fauter, & partant comme un
cheval dans une carriere, alla heurter de fa
tefte armée de cornes celle de Ragotin, qui
eftoit chauve par le haut. Il la luy auroit cassée
comme un pot de terre, de la force qu'il le
choqua; mais, par bonheur pour Ragotin, il la
prit dans le temps qu'il la hauffoit, & ainfi ne
fit que luy froiffer fuperficiellement le vifage.
L'action du Belier furprit tellement ceux qui la
virent qu'ils en demeurèrent comme en extafe,
fans toutefois oublier d'en rire; fi bien que le

Belier, qu'on faifoit toujours choquer plus d'une
fois, put fans empefchement reprendre autant
de champ qu'il luy en falloit pour une feconde
courfe, & vint inconfiderement donner dans les
genoux de Ragotin, dans le temps que, tout
etourdy du choc du Belier & le vifage ecorché
& fanglant en plufieurs endroits, il avoit porté
fes mains à fes yeux, qui luy faifoient grand
mal, ayant efté egalement fouléz l'un & l'autre
chacun de fa corne en particulier, parceque celles du Belier eftoient entre elles à la
mefme diftance qu'eftoient entre eux les
yeux du malheureux Ragotin. Cette feconde
attaque du Belier les luy fit ouvrir, & il n'euft
pas pluftoft reconnu l'autheur de fon dom-
mage, qu'en la colere où il eftoit il frappa de
fa main fermée le Belier par la tefte, & fe fit
grand mal contre fes cornes. Il en enragea
beaucoup, & encore plus d'oüir rire toute l'af-
fiftance, qu'il querella en general, & fortit de la
chambre en furie. Il fortoit auffi de l'hoftellerie,
mais l'hofte l'arrefta pour compter, ce qui luy
fut peut-eftre auffi fafcheux que les coups de
cornes du Belier.

LE

ROMAN COMIQUE

DE

M. SCARRON.

———

TROISIÈME PARTIE.

A MONSIEUR

MONSIEUR BOULLIOUD

Ecuyer & Conseiller du Roi
en la senechaussée & siége presidial de Lyon.

MONSIEVR,

e ne sçais si c'est vous donner une grande marque de mon respect [13] que de vous interesser dans le bon ou dans le mauvais accueil que le public pourra faire à cet ouvrage. Comme je ne vous offre rien du mien, je ne devrois pas pretendre que vous me sçussiez gré de mon present, &, puisqu'il n'est peut-être pas digne de vous, il est encore à craindre que vous n'ayez point pour lui toute l'indulgence que j'oserai m'en promettre. En effet, Monsieur, vous pourriez bien vous

faire le juge d'une chofe dont je ne vous fais que
le proteĉeur, & defavouer le deffein de celui qui
vous la prefente, fi vous ne trouvez pas qu'elle
merite votre approbation. Je l'expofe beaucoup en
l'expofant aux yeux d'un homme auffi fage & auffi
eclairé que vous, & toute la bonne opinion que
j'en ai conçue ne me perfuade pas que vous en
deveniez plus favorable à un Roman comique.
Car enfin ce n'eft pas en ces fortes de livres que
l'on recherche le folide ou le delicat ; il femble
qu'ils ne tiennent ordinairement ni de l'un ni
de l'autre, & tout l'avantage que l'on fe propofe
dans leur leĉture, c'eft d'y perdre affez agréablement quelques momens & de s'y delaffer l'efprit
d'une occupation ou plus importante ou plus
ferieufe. Ainfi, comme le vôtre ne s'attache qu'à
ce qui a de la force ou de l'elevation, ne vous
furprendrai-je point lorfque je vous demanderai
votre aveu pour cette produĉtion d'un efprit enjoué, & que je l'autoriferai de votre nom pour
la rendre recommandable ? Non, Monfieur, il ne
faut pas que vous condamniez d'abord ma liberté,
ou (pour mieux dire) que vous defapprouviez ce
temoignage public de ma reconnoiffance ; je vous

ai de si singulières obligations & je suis à vous
en tant de manières, qu'il me falloit satisfaire à
tous ces devoirs, & joindre à mon ressentiment
des marques de la fidèle passion que je vous ai
vouée. Ce n'etoit pas repondre tout-à-fait à vos
bontés que d'en conserver un juste souvenir ; elles
exigeoient de moi quelque chose de plus particulier, & je n'ai pas cru, enfin, pouvoir les reconnoître par une plus forte preuve de mon respect,
dans l'impuissance où je me vois de les reconnoître
autant que j'y suis sensible. Aussi oserai-je me
flatter que vous la recevrez de fort bonne grâce
& qu'elle achèvera de vous persuader que l'on
ne peut pas vous honorer avec plus de zèle ni avec
une plus parfaite deference. Mais, Monsieur,
après avoir agreé mon present, ne jugerez-vous
pas favorablement de mon auteur, & le croirez-
vous sans merite, puisque je ne doute presque
plus que vous ne l'estimez ? Ses expressions sont
naturelles, son style est aisé, ses aventures ne sont
point mal imaginées, &, pour s'accommoder à
son sujet, il etale partout un tour d'agrement
qui lui tient lieu de force & de delicatesse. En un
mot, il vient de fournir une carrière qu'un

illuſtre de notre temps avoit laiſſée imparfaite,
& il a fouillé juſque dans ſes cendres pour y
reprendre ſon génie & pour nous le redonner
après ſa mort. C'eſt de la ſorte que l'on peut
parler des deux premiers volumes du Roman
comique, & c'eſt dans ce troiſième que M. Scarron revivra tout entier, ou du moins par la
meilleure partie de lui-même. Il eſt peu de gens
qui ne ſçachent que cet homme eut un talent merveilleux pour tourner toutes choſes au plaiſant,
& qu'il s'eſt rendu inimitable dans cette inge-
nieuſe & charmante manière d'écrire. Elle a été
reçue avec applaudiſſement de tout le monde; les
eſprits forts, qui s'offenſent de tout ce qui ſemble
oppoſé à une vertu ſevère, n'ont pu s'empêcher de
la goûter, & les moins raiſonnables ont été forcés
de l'approuver malgré leur caprice. Si bien
que vous me permettrez, Monſieur, d'eſperer un
heureux ſuccès dans mon deſſein, & de croire
non ſeulement que ma liberté ne vous deplaira
pas, mais même que vous appuierez avec joie la
ſuite d'un ouvrage dont la reputation eſt ſi bien
etablie. Après tout, ne ſera-ce pas votre interêt
plutôt que le mien? & depuis que de mes mains

elle fera paſſée dans les vôtres, pourrez-vous la regarder que comme une choſe qui eſt abſolument à vous ? Auſſi n'aura-t-elle point de meilleur titre pour s'autoriſer ou pour ſe produire avec avantage. Un magiſtrat d'un caractère tout à fait ſingulier, & qui, dans un âge ſi peu avancé, poſſède des lumières & des qualités que l'on admire, ſera ſa plus grande recommandation, & ſon aveu lui procurera celui de tous eſprits raiſonnables. Mais, puiſqu'elle peut ſervir à votre gloire & qu'elle publiera à ſon tour les bontés & le merite de ſon protecteur, ſouffrez qu'elle ſoit aujourd'hui un hommage que je vous rends & un temoignage eclatant de la reſpectueuſe paſſion avec laquelle je me dois dire,

Monſeigneur,

Voſtre tres humble, tres obeïſſant & tres obligé ſerviteur,

A. OFFRAY.

AVIS AU LECTEUR.

ECTEUR, qui que tu fois, qui verras cette troifième partie du *Roman comique* paroître au jour après la mort de l'incomparable Monfieur Scarron, auteur des deux premières, ne t'etonne pas fi un genie beaucoup au deffous du fien a entrepris ce qu'il n'a pu achever. Il avoit promis de te le faire revu, corrigé & augmenté, mais la mort le prevint dans ce deffein & l'empêcha de continuer les hiftoires du Deftin & de Leandre, non plus que celle de la Caverne, qu'il fait paroître au Mans fans dire de

quelle manière elle & ſa mère ſortirent du
château du baron de Sigognac, & c'eſt ſur
quoi tu feras eclairci dans cette troiſième
partie. Je ne doute point que l'on ne m'accuſe de temerité d'avoir voulu en quelque
ſorte donner la perfeĉtion à l'ouvrage d'un
ſi grand homme, mais ſçache que pour peu
d'eſprit que l'on ait, on peut bien inventer
des hiſtoires fabuleuſes telles que ſont celles
qu'il nous a données dans les deux premières
parties de ce roman. J'avoue franchement
que ce que tu y verras n'eſt pas de ſa force,
& qu'il ne repond pas ni au ſujet ni à l'ex-
preſſion de ſon diſcours; mais ſçache du
moins que tu y pourras ſatisfaire ta curio-
ſité, ſi tu en as aſſez pour déſirer une con-
cluſion au dernier ouvrage d'un eſprit ſi
agreable & ſi ingenieux. Au reſte j'ai attendu longtemps à la donner au public, ſur
l'avis que l'on m'avoit donné qu'un homme
d'un mérite fort particulier y avoit travaillé
ſur les Memoires de l'auteur : s'il l'eût entrepris, il auroit ſans doute beaucoup mieux
reuſſi que moi; mais après trois années

d'attente fans en avoir rien vu paroître, j'ai hafardé le mien, nonobftant la cenfure des critiques. Je te le donne donc, tout defectueux qu'il eft, afin que, quand tu n'auras rien de meilleur à faire, tu prennes la peine de le lire.

LE

ROMAN COMIQUE

TROISIÈME PARTIE.

CHAPITRE PREMIER.

Qui fait l'ouverture de cette troisième partie.

OUS avez vu en la feconde partie
de ce roman le petit Ragotin, le
vifage tout fanglant du coup que
le belier lui avoit donné quand il
dormoit affis fur une chaife baffe
dans la chambre des comediens, d'où il etoit
forti fi fort en colère que l'on ne croyoit point
qu'il y retournât jamais ; mais il etoit trop
piqué de mademoifelle de l'Etoile, & il avoit
trop d'envie de fçavoir le fuccès de la magie

de l'operateur, ce qui l'obligea (après s'être
lavé la face) à retourner fur fes pas, pour voir
quel effet auroit la promeffe del fignore Ferdinando Ferdinandi, qu'il crut avoir trouvé en la
perfonne d'un avocat qu'il rencontra & qui alloit au palais. Il etoit fi etourdi du coup du
belier, & avoit l'efprit fi troublé de celui que
l'Etoile lui voit donné au cœur fans y penfer,
qu'il fe perfuada facilement que cet avocat etoit
l'operateur; auffi il l'aborda fort civilement
& lui tint ce difcours : « Monfieur, je fuis ravi
d'une fi heureufe rencontre ; je la cherchois
avec tant d'impatience que je m'en allois exprès
à votre logis pour apprendre de vous l'arrêt de
ma vie ou de ma mort. Je ne doute pas que
vous n'ayez employé tout ce que votre fcience
magique vous a pu fuggerer pour me rendre le
plus fortuné de tous les hommes ; auffi ne fe-
rai-je pas ingrat à le reconnoître. Dites-moi
donc fi cette miraculeufe Etoile me departira
de fes benignes influences ? » L'avocat, qui n'entendoit rien en tout ce beau difcours, non plus
que de raillerie, l'interrompit auffitôt, & lui dit
fort brufquement : « Monfieur Ragotin, s'il etoit
un peu plus tard, je croirois que vous êtes
ivre ; mais il faut que vous foyez fou tout à
fait. Eh! à qui penfez-vous parler ? Que diable
m'allez-vous dire de magie & d'influence des
aftres ? Je ne fuis ni forcier ni aftrologue ; eh
quoi ! ne me connaiffez-vous pas ? — Ah ! monfieur, repartit Ragotin, que vous êtes cruel

vous êtes fi bien informé de mon mal, & vous
m'en refufez le remède! Ah! je ..» Il alloit
pourfuivre, quand l'avocat le laiffa là en lui difant : « Vous êtes un grand extravagant pour
un petit homme ; adieu ! » Ragotin le vouloit
fuivre, mais il s'aperçut de fa méprife, dont il
fut bien honteux ; auffi il ne s'en vanta pas,
& vous ne la liriez pas ici, fi je ne l'avois ap-
prife de l'avocat même, qui s'en divertit bien
avec fes amis.

Ce petit fou continua fon chemin & alla au
logis des comediens, où il ne fut pas plutôt entré qu'il ouït la propofition que la Caverne & le
Deftin faifoient de quitter la ville du Mans
& de chercher quelque autre pofte, ce qui le
demonta fi fort qu'il penfa tomber de fon haut,
& dont la chute n'eût pas eté perilleufe (quand
cet accident lui fût arrivé) à caufe de la modi-
fication de fon individu ; mais ce qui l'acheva
tout à fait, ce fut la refolution qui fut prife de
dire adieu le lendemain à la bonne ville du
Mans, c'eft-à-dire à fes habitants, & notamment
à ceux qui avoient eté leurs fidèles auditeurs,
& de prendre la route d'Alençon à l'ordinaire,
fur l'affurance qn'ils avoient eue que le bruit
de pefte qui avoit couru etoit faux. J'ai dit à
l'ordinaire, car cette forte de gens (comme beaucoup d'autres) ont leur cours limité, comme
celui du foleil dans le Zodiaque. En ce pays-
là ils viennent de Tours à Angers, d'Angers à
la Flèche, de la Flèche au Mans, du Mans à

Alençon, d'Alençon à Argentan ou à Laval, felon la route qu'ils prennent de Paris ou de
Bretagne ; quoi qu'il en foit, cela ne fait guère
à notre roman. Cette deliberation ayant eté
prife unanimement par les comediens & comediennes, ils fe refolurent de reprefenter le lendemain quelque excellente pièce, pour laiffer
bonne bouche à l'auditoire manceau. Le fujet
n'en eft pas venu à ma connoiffance. Ce qui
les obligea de quitter fi promptement, ce fut
que le marquis d'Orfé (qui avoit obligé la
troupe à continuer la comedie) fut preffé de
s'en aller en Cour ; tellement que, n'ayant plus
de bienfaiteur, & l'auditoire du Mans dimi-
nuant tous les jours, ils fe difpofèrent à en fortir. Ragotin voulut s'ingerer d'y former une
oppofition, apportant beaucoup de mauvaifes
raifons, dont il etoit toujours pourvu, auxquelles
l'on ne fit nulle confideration, ce qui fâcha fort
le petit homme, lequel les pria de lui faire au
moins la grâce de ne fortir point de la province
du Maine, ce qui etoit très facile, en prenant
le jeu de paume qui eft au faubourg du Mont-
Fort, lequel en depend, tant au fpirituel qu'au
temporel, & que de là ils pourroient aller à
Laval (qui eft auffi du Maine), d'où ils fe ren-
droient facilement en Bretagne, fuivant la promeffe qu'ils en avoient faite à Monfieur de la
Garouffière ; mais le Deftin lui rompit les
chiens en difant que ce ne feroit point le moyen
de faire affaires, car, ce mechant tripot etant,

comme il eſt, fort eloigné de la ville, & au deçà
de la rivière, la belle compagnie ne s'y rendroit
que rarement, à cauſe de la longueur du chemin ; que le grand jeu de paume du marché
aux moutons etoit environné de toutes les meilleures maiſons d'Alençon, & au milieu de la
ville ; que c'etoit là où il ſe falloit placer,
& payer plutôt quelque choſe de plus que de
ce malotru de tripot de Mont-Fort, le bon marché duquel etoit une des plus fortes raiſons de
Ragotin ; ce qui fut deliberé d'un commun accord; & qu'il falloit donner ordre d'avoir une
charrette pour le bagage & des chevaux pour les
demoiſelles. La charge en fut donnée à Leandre, parce qu'il avoit beaucoup d'intrigues dans
le Mans, où il n'eſt pas difficile à un honnête
homme de faire en peu de temps des connoiſ-
ſances.

Le lendemain l'on repreſenta la comedie,
tragedie paſtorale, ou tragicomedie, car je ne
ſais laquelle, mais qui eut pourtant le ſuccès
que vous pouvez penſer. Les comediennes furent
admirées de tout le monde. Le Deſtin y reuſſit
à merveille, ſurtout au compliment duquel il
accompagna leur adieu : car il temoigna tant
de reconnoiſſance, qu'il exprima avec tant de
douceur & de tendreſſe, qui furent ſuivies de
tant de grands remerciments, qu'il charma toute
la compagnie. L'on m'a dit que pluſieurs perſonnes en pleurèrent, principalement des jeunes
demoiſelles qui avoient le cœur tendre. Rago-

tin en devint fi immobile, que tout le monde
etoit dejà forti qu'il demeuroit toujours dans
fa chaife, où il auroit peut-être encore demeuré,
fi le marqueur du tripot[14] ne l'eût averti qu'il
n'y avoit plus perfonne, ce qu'il eut bien de la
peine à lui faire comprendre. Il fe leva enfin,
& s'en alla dans fa maifon, où il prit la refolution d'aller trouver les comediens de bon matin, pour leur decouvrir ce qu'il avoit fur le
cœur & dont il s'en etoit expliqué à la Rancune & à l'Olive.

CHAPITRE II.

Où vous verrez le deffein de Ragotin.

ES crieurs d'eau-de-vie n'avoient
pas encore reveillé ceux qui dor-
moient d'un profond fommeil [15] (qui
eft fouvent interrompu par cette
canaille, qui eft, à mon avis, la plus
importune engeance qui foit dans la république
humaine) que Ragotin etoit déjà habillé, à
deffein d'aller propofer à la troupe comique celui qu'il avoit fait d'y être admis. Il s'en alla
donc au logis des comediens & comediennes,
qui n'etoient pas encore levés ni levées, ni
même eveillés ni eveillées. Il eut la difcretion
de les laiffer repofer; mais il entra dans la
chambre où l'Olive étoit couché avec la Rancune, lequel il pria de fe lever, pour faire une
promenade jufques à la Couture [16], qui eft une
très belle abbaye fituée au faubourg qui porte
le même nom, & qu'après ils iroient déjeuner
à la grande Etoile d'or, où il l'avoit fait ap-

prêter. La Rancune, qui étoit du nombre de
ceux qui aiment les repues franches, fut auſſitôt
habillé que la propoſition en fut faite; ce qui
ne vous fera pas difficile à croire, ſi vous con-
ſiderez que ces gens-là ſont ſi accoutumés à
s'habiller & deshabiller derrière les tentes du
theâtre, ſur tout quand il faut qu'un ſeul acteur repreſente deux perſonnages, que cela eſt
auſſitôt fait que dit. Ragotin donc, avec la Rancune, s'acheminèrent à l'abbaye de la Couture ;
il eſt à croire qu'ils entrèrent dans l'égliſe, où
ils firent courte prière, car Ragotin avoit bien
d'autres choſes en tête. Il n'en dit pourtant
rien à la Rancune pendant le cours du chemin,
jugeant bien qu'il eût trop retardé le déjeuner,
que la Rancune aimoit beaucoup mieux que
tous ſes compliments. Ils entrèrent dans le logis, où le petit homme commença à crier de
ce que l'on n'avoit encore apporté les petits
pâtés qu'il avoit commandés ; à quoi l'hôteſſe
(ſans ſe bouger de deſſus le ſiége où elle etoit)
lui repartit : « Vraiement, monſieur Ragotin,
je ne ſuis pas devine, pour ſçavoir l'heure que
vous deviez venir ici ; à préſent que vous y
êtes, les pâtés y feront bientôt. Paſſez à la ſalle
où l'on a mis la nappe ; il y a un jambon, donnez
deſſus en attendant le reſte. » Elle dit cela d'un
ton ſi gravement cabaretique, que la Rancune
jugea qu'elle avoit raiſon, &, s'adreſſant à Ragotin, lui dit : « Monſieur, paſſons deçà & bu-
vons un coup en attendant. » Ce qui fut fait.

Ils fe mirent à table, qui fut un peu de temps
après couverte, & ils dejeunèrent à la mode du
Mans, c'eft-à-dire fort bien ; ils burent de
même, & fe le portèrent à la fanté de plufieurs
perfonnes. Vous jugez bien, mon lecteur, que
celle de l'Etoile ne fut pas oubliée : le petit
Ragotin la but une douzaine de fois, tantôt
fans bouger de fa place, tantôt debout & le
chapeau à la main ; mais la dernière fois il la
but à genoux & tête nue, comme s'il eût fait
amende honorable à la porte de quelque églife.
Ce fut alors qu'il fupplia très inftamment la
Rancune de lui tenir la parole qu'il lui avoit
donnée, d'être fon guide & fon protecteur en
une entreprife fi difficile, telle qu'etoit la con-
quête de mademoifelle de l'Etoile. Sur quoi la
Rancune lui repondit à demi en colère, ou fei-
gnant de l'être : « Sçachez, monfieur Ragotin,
que je fuis homme qui ne m'embarque point
fans bifcuit, c'eft-à-dire que je n'entreprends
jamais rien que je ne fois affuré d'y réuffir :
foyez le de la bonne volonté que j'ai de vous
fervir utilement. Je vous le dis encore, j'en fais
les moyens, que je mettrai en ufage quand il
fera temps. Mais je vois un grand obftacle à
votre deffein, qui eft notre depart ; & je ne
vois point de jour pour vous, fi ce n'eft en exe-
cutant ce que je vous ai déjà dit une autre
fois, de vous refoudre à faire la comedie avec
nous. Vous y avez toute les difpofitions imaginables ; vous avez grande mine, le ton de voix

agreable, le langage fort bon & la mémoire encore meilleure ; vous ne reffentez point du tout
le provincial, il femble que vous ayez paffé
toute votre vie à la Cour : vous en avez fi fort
l'air, que vous le fentez d'un quart de lieue.
Vous n'aurez pas reprefenté une douzaine de
fois que vous jetterez de la pouffière aux yeux
de nos jeunes godelureaux, qui font tant les
entendus & qui feront obligés à vous ceder les
premiers rôles, & après cela laiffez-moi faire ;
car pour le prefent (je vous l'ai dejà dit) nous
avons à faire à une etrange tête ; il faut fe me-
nager avec elle avec beaucoup d'adreffe. Je fçais
bien qu'il ne vous en manque pas, mais un peu
d'avis ne gâte pas les chofes. D'ailleurs raifon-
nons un peu : fi vous faifiez connoître votre
deffein amoureux avec celui d'entrer dans la
troupe, ce feroit le moyen de vous faire refufer
il faut donc cacher votre jeu. »

Le petit bout d'homme avoit eté fi attentif
au difcours de la Rancune, qu'il en etoit tout
à fait extafié, s'imaginant de tenir dejà (comme
l'on dit) le loup par les oreilles, quand, fe re-
veillant comme d'un profond fommeil, il fe leva
de table & paffa de l'autre côté pour embraffer
la Rancune, qu'il remercia en même temps
& fupplia de continuer, lui proteftant qu'il
ne l'avoit convié à dejeuner que pour lui declarer le deffein qu'il avoit de fuivre fon fentiment touchant la comedie, à quoi il etoit tellement refolu qu'il n'y avoit perfonne au monde

qui l'en pût divertir ; qu'il ne falloit que le
faire fçavoir à la troupe & en obtenir la faveur
de l'affociation, ce qu'il defiroit faire à la même
heure. Ils comptèrent avec l'hôteffe ; Ragotin
paya, &, etant fortis, ils prirent le chemin du
logis des comediens, qui n'etoit pas fort eloigné de celui où ils avoient dejeuné. Ils trouvèrent les demoifelles habillées ; mais comme la
Rancune eut ouvert le difcours du deffein de
Ragotin de faire la comedie, il en fut interrompu par l'arrivée d'un des fermiers du père
de Leandre, qu'il lui envoyoit pour l'avertir
qu'il étoit malade à la mort, & qu'il defiroit de
le voir devant que de lui payer le tribut que
tous les hommes lui doivent, ce qui obligea
tous ceux de la troupe à conférer enfemble pour
deliberer fur un evènement fi inopiné. Leandre
tira Angelique à part & lui dit que le temps
etoit venu pour vivre heureux, fi elle avoit la
bonté d'y contribuer ; à quoi elle repondit qu'il
ne tiendroit jamais à elle, & toutes les chofes
que vous verrez au chapitre fuivant.

CHAPITRE III.

*Deſſein de Leandre. — Harangue & reception
de Ragotin à la troupe comique.*

 E S jeſuites de la Flèche n'ayant
rien pu gagner ſur l'eſprit de
Leandre pour lui faire continuer
ſes etudes, & voyant ſon aſſiduité
à la comédie, jugerent auſſitoſt
qu'il etoit amoureux de quelqu'une des comediennes ; en quoi ils furent confirmés quand,
après le départ de la troupe, ils apprirent qu'il
l'avoit ſuivie à Angers. Ils ne manquèrent pas
d'en avertir ſon père par un meſſager exprès,
& qui arriva en même temps que la lettre de
Leandre lui ſut rendue, par laquelle il lui mar-
quoit qu'il alloit à la guerre & lui demandoit de l'argent, comme il l'avoit concerté
avec le Deſtin quand il lui decouvrit ſa qualité
dans l'hôtellerie où il etoit bleſſé. Son Père,
reconnoiſſant la ſourbe, ſe mit en une ſurieuſe
colère, qui, jointe à une extrême vieilleſſe, lui
cauſa une maladie qui ſut aſſez longue, mais

qui fe termina pourtant par la mort, de laquelle fe voyant proche, il commanda à un de fes fermiers de chercher fon fils pour l'obliger de fe retirer auprès de lui, lui difant qu'il le pourrait trouver en s'enquerant où il y avoit des comediens (ce que le fermier fçavoit affez, car c'étoit celui qui lui fourniffoit de l'argent après qu'il eut quitté le college); auffi, ayant apris qu'il y en avoit une troupe au Mans, il s'y achemina, & y trouva Leandre, comme vous avez vu au precedent chapitre. Ragotin fut prié par tous ceux de la troupe de les laiffer conferer un moment fur le fujet du fermier nouvellement arrivé; ce qu'il fit, fe retirant dans une autre chambre, où il demeura avec l'impatience qu'on peut s'imaginer. Auffitôt qu'il fut forti, Leandre fit entrer le fermier de fon père, lequel leur declara l'etat où il étoit & le defir qu'il avoit de voir fon fils devant que de mourir. Leandre demanda congé pour y fatisfaire, ce que tous ceux de la troupe jugèrent très raifonnable. Ce fut alors que le Deftin declara le fecret qu'il avoit tenu· caché jufque alors touchant la qualité de Leandre, ce qu'il n'avoit appris qu'après le raviffement de mademoifelle Angelique (comme vous avez vu en la feconde partie de cette veritable hiftoire), ajoutant qu'ils avoient bien pu s'apercevoir qu'il n'agiffoit pas avec lui, depuis qu'il l'avoit appris, comme il faifoit auparavant, puifque même il avoit pris un autre valet; que fi quelquefois il

etoit contraint de lui parler en maître, c'etoit
pour ne le decouvrir pas ; mais qu'à prefent il
n'etoit plus temps de le celer, tant pour defabufer mademoifelle de la Caverne, qui n'avoit
pu ôter de fon efprit que Leandre ne fût complice de l'enlèvement de fa fille, ou peut-être
l'auteur, que pour l'affurer de l'amour fincère
qu'il lui portoit & pour laquelle il s'etoit reduit à lui fervir de valet, ce qu'il auroit con-
tinué s'il n'eût eté obligé de lui declarer le
fecret, lorfqu'il le trouva dans l'hôtellerie,
quand il alloit à la quête de mademoifelle Angelique. Et tant s'en faut qu'il fût confentant
à fon enlèvement, qu'ayant trouvé les ravif-
feurs, il avoit hafardé fa vie pour la fecourir ;
mais qu'il n'avoit pu refifter à tant de gens,
qui l'avoient furieufement bleffé & laiffé pour
mort fur la place. Tous ceux de la troupe lui
demandèrent pardon de ce qu'ils ne l'avoient
pas traité felon fa qualité, mais qu'ils etoient
excufables, puifqu'ils n'en avoient pas la connoiffance. Mademoifelle de l'Etoile ajouta
qu'elle avoit remarqué beaucoup d'efprit & de
merite en fa perfonne, ce qui l'avoit fait long-
temps foupçonner quelque chofe, en quoi elle
avoit eté comme confirmée depuis fon retour,
à cela joint les lettres que la Caverne lui avoit
fait voir ; mais que pourtant elle ne favoit
quel jugement en faire, le voyant fi foumis au
fervice de fon frère ; mais qu'à préfent il n'y
avoit pas lieu de douter de fa qualité. Alors la

Caverne prit la parole, &, s'adreſſant à Leandre, lui dit : « Vraiment, monſieur, après avoir connu, en quelque façon, votre condition par le contenu des lettres que vous ecriviez à ma fille, j'avois toujours un juſte ſujet de me défier de vous, n'y ayant point d'apparence que l'amour que vous dites avoir pour elle fût legitime, comme le deſſein que vous aviez formé de la mener en Angleterre me le témoigne aſſez. Et en effet, monſieur, quelle apparence qu'un ſeigneur ſi relevé, comme vous eſperez d'être après la mort de monſieur votre père, voulût ſonger à epouſer une pauvre comedienne de campagne ? Je loue Dieu que le temps eſt venu que vous pourrez vivre content dans la poſſeſſion de ces belles terres qu'il vous laiſſe, & moi hors de l'inquiétude qu'à la fin vous ne me jouaſſiez quelque mauvais tour. »

Leandre, qui s'etoit fort impatienté en ecoutant ce diſcours de la Caverne, lui repondit : « Tout ce que vous dites, mademoiſelle, que je ſuis ſur le point de poſſeder, ne ſauroit me rendre heureux, ſi je ne ſuis aſſuré en même temps de la poſſeſſion de mademoiſelle Angelique, votre fille ; ſans elle je renonce à tous les biens que la nature, ou plutôt la mort de mon père, me donne, & je vous declare que je ne m'en vais recueillir ſa ſucceſſion qu'à deſſein de revenir auſſitôt pour accomplir la promeſſe que je fais devant cette honorable compagnie de n'avoir jamais pour femme autre

que mademoifelle Angelique, votre fille, pourvu
qu'il vous plaife me la donner & qu'elle y con-
fente, comme je vous en fupplie très humblement toutes deux. Et ne vous imaginez pas
que je la veuille emmener chez moi, c'eft à
quoi je ne penfe point du tout : j'ai trouvé
tant de charme en la vie comique que je ne
m'en fçaurois diftraire, & non plus que de me
feparer de tant d'honnêtes gens qui compofent
cette illuftre troupe. » Après cette franche declaration, les comediens & comediennes, parlant tous enfemble, lui dirent qu'ils lui avoient
de grandes obligations de tant de bonté, & que
mademoifelle de la Caverne & fa fille feroient
bien delicates fi elles ne lui donnoient la fatisfaction qu'il pretendoit. Angelique ne repondit
que comme une fille qui dependoit de la
volonté de fa mère, laquelle finit la converfation en difant à Leandre que, fi à fon retour
il etoit dans les mêmes fentimens, il pouvoit
tout efperer. Enfuite il y eut de grands embraffemens & quelques larmes jetées, les uns
par un motif de joie & les autres par la tendreffe, qui fait ordinairement pleurer ceux qui
font fi fufceptibles qu'ils ne fçauroient s'en
empêcher quand ils voient ou entendent dire
quelque chofe de tendre.

Après tous ces beaux complimens, il fut
conclu que Leandre s'en iroit le lendemain,
& qu'il prendroit un des chevaux que l'on
avoit loués ; mais il dit qu'il monteroit celui de

fon fermier, qui fe ferviroit du fien, qui le porteroit affez bien chez lui. « Nous ne prenons pas garde, dit le Deftin, que M. Ragotin s'impatiente ; il le faut faire entrer. Mais, à propos, n'y-a-t-il perfonne qui fçache quelque chofe de fon deffein ? » La Rancune, qui avoit demeuré fans parler, ouvrit la bouche pour lui declarer qu'il defiroit de s'affocier à la troupe & faire la comedie, fans prétendre de lui être à charge, d'autant qu'il avoit affez de bien, qu'il aimoit autant le depenfer en voyant le monde que de demeurer au Mans, à quoi il l'avoit fort perfuadé. Auffitôt Roquebrune s'avança pour dire poetiquement qu'il n'etoit pas d'avis qu'on le reçut, en etant des poetes comme des femmes : quand il y en a deux dans une maifon, il y en a une de trop ; que deux poetes dans une troupe y pourroient exciter des tempêtes dont la fource viendroit des contrariétés du Parnaffe ; d'ailleurs, que la taille de Ragotin etoit fi defectueufe, qu'au lieu d'apporter de l'ornement au theâtre il en feroit defhonoré. « Et puis, quel perfonnage pourrra-t-il faire ? Il n'eft pas capable des prepremiers rôles : M. le Deftin s'y oppoferoit, & l'Olive pour les feconds ; il ne fçauroit reprefenter un roi, non plus qu'une confidente, car il auroit auffi mauvaife mine fous le mafque qu'à vifage decouvert ; & partant je conclus qu'il ne foit pas reçu. — Et moi, repartit la Rancune, je foutiens qu'on le doit recevoir,

& qu'il fera fort propre pour reprefenter un
nain, quand il en fera befoin, ou quelque
monftre, comme celui de l'Andromède : cela
fera plus naturel que d'en faire d'artificiels.
Et quant à la declamation, je puis vous affurer que ce fera un autre Orphée qui attirera
tout le monde après lui. Dernièrement, quand
nous cherchions mademoifelle Angelique, l'O-
live & moi, nous le rencontrâmes monté fur
un mulet femblable à lui, c'eft-à-dire petit.
Comme nous marchions, il fe mit à déclamer
des vers de Pyrame avec tant d'emphafe, que
des paffans qui conduifoient des ânes s'appro-
chèrent du mulet & l'ecoutèrent avec tant d'attention qu'ils ôtèrent leurs chapeaux de leurs
têtes pour le mieux ouïr, & le fuivirent jufques
au logis où nous nous arrêtâmes pour boire un
coup. Si donc il a été capable d'attirer l'attention de ces âniers, jugez ce que ne feront pas
ceux qui font capables de faire le difcerne-
ment des belles chofes. »

Cette faillie fit rire tous ceux qui l'avoient
entendue & l'on fut d'avis de faire entrer Ragotin pour l'entendre lui-même. On l'appela,
il vint, il entra, &, après avoir fait une douzaine de reverences, il commença fa harangue
en cette forte : « Illuftres perfonnages, augufte
fenat du Parnaffe (il s'imaginoit fans doute
d'être dans le barreau du prefidial du Mans,
où il n'étoit guère entré depuis qu'il y avoit
reçu avocat, ou dans l'Academie des Puriftes),

l'on dit en commun proverbe que les mauvaiſes
compagnies corrompent les bonnes mœurs,
&, par un contraire, les bonnes diſſipent les
mauvaiſes & rendent les perſonnes ſemblables
à ceux qui les compoſent. » Cet exorde ſi bien
debité fit croire aux comediennes qu'il alloit
faire un ſermon, car elles tournèrent la tête
& eurent beaucoup de peine à s'empêcher de
rire. Quelque critique gloſera peut-être ſur ce
mot de ſermon ; mais pourquoi Ragotin n'eut-
il pas été capable d'une telle ſottiſe, puiſqu'il
avoit bien fait chanter des chants d'egliſe en
ſerenade avec des orgues? Mais il continua :
« Je me trouve ſi deſtitué de vertus, que je
deſire m'aſſocier à votre illuſtre troupe pour
en apprendre & pour m'y façonner, car vous
êtes les interprètes des Muſes, les echos vivans
de leurs chers nourriſſons, & vos merites ſont
ſi connus à toute la France que l'on vous admire juſques au-delà des poles. Pour vous,
meſdemoiſelles, vous charmez tous ceux qui
vous conſidèrent, & l'on ne ſçauroit ouïr l'har-
monie de vos belles voix ſans être ravi en admiration : auſſi, beaux anges en chair & en os,
tous les plus doćtes ont rempli leurs vers de
vos louanges ; les Alexandre & les Ceſar n'ont
jamais egalé la valeur de M. le Deſtin & des
autres heros de cette illuſtre troupe. Il ne ſaut
donc pas vous etonner ſi je deſire avec tant de
paſſion d'en accroître le nombre, ce qui vous
ſera facile ſi vous me faites l'honneur de m'y

recevoir, vous proteftant, au refte, de ne vous
être point à charge, ni pretendre de participer
aux emolumens du theâtre, mais feulement
vous être très-humble & très-obeiffant ferviteur. » On le pria de fortir pour un moment,
afin que l'on put refoudre fur le fujet de fa
harangue & y proceder avec les formes. Il
fortit, & l'on commençoit d'opiner quand le
poète fe jeta à la traverfe, pour former une feconde oppofition. Mais il fut relancé par la
Rancune, qui l'eût encore mieux pouffé, s'il
n'eût regardé fon habit neuf, qu'il avoit acheté
de l'argent qu'il lui avoit prêté. Enfin, il fut
conclu qu'il feroit reçu pour être le divertiffement de la compagnie. On l'appela, & quand
il fut entré, le Deftin prononça en fa faveur.
L'on fit les ceremonies accoutumées : il fut
ecrit fur le regiftre, prêta le ferment de fidelité ; l'on lui donna le mot avec lequel tous
les comediens fe reconnoiffent, & il foupa ce
foir-là avec toute la caravane.

CHAPITRE IV.

Départ de Leandre & de la troupe comique pour
aller à Alençon. Difgrâce de Ragotin.

 PRÈS le fouper, il n'y eut per-
fonne qui ne felicitât Ragotin de
l'honneur qu'on lui avoit fait de
le recevoir dans la troupe, de quoi
il s'enfla fi fort que fon pourpoint
s'en ouvrit en deux endroits. Cependant
Leandre prit occafion d'entretenir fa chère
Angelique, à laquelle il reitera le deffein qu'il
avoit fait de l'epoufer; mais il le dit avec
tant de douceurs, qu'elle ne lui repondit que
des yeux, d'où elle laiffa couler quelques
larmes. Je ne fçais fi ce fut de joie des belles
promeffes de Leandre, ou de trifteffe de fon
depart; quoi qu'il en foit, ils fe firent beaucoup de careffes, la Caverne n'y apportant plus
d'obftacle. La nuit etant dejà fort avancée, il

fallut fe retirer. Leandre prit congé de toute
la compagnie & s'en alla coucher. Le lendemain il fe leva de bon matin, partit avec le
fermier de fon père, & fit tant par fes journées
qu'il arriva en la maifon de fon père, qui etoit
malade, lequel lui temoigna d'être bien aife
de fa venue, & felon que fes forces le lui per-
mirent, lui exprima la douleur que lui avoit
caufée fon abfence, & lui dit enfuite qu'il avoit
bien de la joie de le revoir pour lui donner fa
dernière benediction, & avec elle tous fes biens,
nonobftant l'affliction qu'il avoit eue de fa
mauvaife conduite, mais qu'il croyoit qu'il en
uferoit mieux à l'avenir. Nous apprendrons la
fuite à fon retour.

Les comediens & comediennes etant habillés
& habillées, chacun amaffa fes nippes, l'on rem-
plit les coffres, l'on fit les balles du bagage comique, & l'on prepara tout pour partir. Il manquoit un cheval pour une des demoifelles, parce
que l'un de ceux qui les avoient loués s'etoit
dedit ; l'on prioit l'Olive d'en chercher un autre,
quand Ragotin entra, lequel, ayant ouï cette
propofition, dit qu'il n'en etoit pas befoin, parce
qu'il en avoit un pour porter Mademoifelle de
l'Etoile ou Angelique en croupe, attendu qu'à
fon avis l'on ne pourroit pas aller en un jour à
Alençon, y ayant dix grandes lieues du Mans;
qu'en y mettant deux jours, comme neceffaire-
ment il le falloit, fon cheval ne feroit pas trop
fatigué de porter deux perfonnes. Mais l'Etoile,

l'interrompant, lui dit qu'elle ne pourroit pas
fe tenir en croupe ; ce qui affligea fort le petit
homme, qui fut un peu confolé quand Angelique lui dit que fi feroit bien elle. Ils dejeunèrent tous, & l'opérateur & fa femme furent de
la partie ; mais pendant que l'on apprêtoit le
dejeuner, Ragotin prit l'occafion pour parler au
feigneur Ferdinandi, auquel il fit la même harangue qu'il avoit faite à l'avocat dont nous
avons parlé, quand il le prenoit pour lui, à laquelle il repondit qu'il n'avoit rien oublié à
mettre tous les fecrets de la magie en pratique,
mais fans aucun effet ; ce qui l'obligeoit à croire
que l'Etoile etoit plus grande magicienne que lui
n'etoit magicien, qu'elle avoit des charmes beaucoup plus puiffans que les fiens, & que c'etoit
une dangereufe perfonne, qu'il avoit grand fujet de craindre. Ragotin vouloit repartir ; mais
on les preffa de laver les mains & de fe mettre
à table, ce qu'ils firent tous. Après le dejeuner,
Inezille temoigna à tous ceux de la troupe,
& principalement aux demoifelles, le deplaifir
qu'elle & fon mari avoient d'un fi prompt départ, leur proteftant qu'ils euffent bien defiré de
les fuivre à Alençon pour avoir l'honneur de
leur converfation plus longtemps, mais qu'ils
feroient obligés de monter en théâtre pour debiter leurs drogues, & par conféquent faire des
farces : que, cela etant public & ne coûtant rien,
le monde y va plus facilement qu'à la comedie,
où il faut bailler de l'argent, & qu'ainfi au lieu

de les fervir ils leur pourroient nuire, & que, pour l'eviter, ils avoient refolu de monter au Mans après leur départ. A lors ils s'embraffèrent les uns les autres & fe dirent mille douceurs. Les demoifelles pleurèrent, & enfin tous fe firent de grands complimens, à la referve du poète, qui, en d'autres occafions, eût parlé plus que quatre, & en celle-ci il demeura muet, la feparation d'Inezille lui ayant eté un fi furieux coup de foudre, qu'il ne le put jamais parer, nonobftant qu'il s'eftimât tout couvert des lauriers du Parnaffe.

La charrette etant chargée & prête à partir, la Caverne y prit place au même endroit que vous avez vu au commencement de ce roman. L'Etoile monta fur un cheval que le Deftin conduifoit, & Angelique fe mit derrière Ragotin, qui avoit pris avantage, en montant à cheval, pour éviter un fecond accident de fa carabine, qu'il n'avoit pourtant pas oubliée, car il l'avoit pendue à fa bandoulière ; tous les autres allèrent à pied, au même ordre que quand ils arrivèrent au Mans. Quand ils furent dans un petit bois qui eft au bout du pavé, environ une lieue de la ville, un cerf, qui etoit pourfuivi par les gens de monfieur le marquis de Lavardin [17], leur traverfa le chemin & fit peur au cheval de Ragotin, qui alloit devant, ce qui lui fit quitter l'etrier & mettre à même temps la main à fa carabine ; mais comme il le fit avec precipitation, le talon fe trouva juftement fous

fon aiffelle, & comme il avoit la main à la de-
tente, le coup partit, & parce qu'il l'avoit beaucoup chargée, & à balle, elle repouffa fi furieufement qu'elle le renverfa par terre ; & en tom-
bant, le bout de la carabine donna contre les
reins d'Angelique qui tomba auffi, mais fans fe
faire aucun mal, car elle fe trouva fur fes pieds.
Pour Ragotin, il donna de la tête contre la
fouche d'un vieil arbre pourri qui etoit environ
un pied hors de terre, qui lui fit une affez groffe
boffe au deffus de la tempe ; l'on y mit une
pièce d'argent & on lui banda la tête avec un
mouchoir, ce qui excita de grands éclats de rire
à tous ceux de la troupe, ce qu'ils n'euffent
peut-être pas fait s'il y eût eu un plus grand mal ;
encore ne fçait-on, car il eft bien difficile de
s'en empêcher en pareilles occafions ; auffi ils
s'en regalèrent comme il faut, ce qui penfa faire
enrager le petit homme, lequel fut remonté fur
fon cheval, & femblablement Angelique, qui ne
lui permit pas de recharger fa carabine, comme
il le vouloit faire ; & l'on continua de marcher
jufqu'à la Guerche [18], où l'on fit repaître la
charrette, c'eft-à-dire les quatre chevaux qui y
etoient attelés, & les deux autres porteurs.
Tous les comediens goûtèrent ; pour les demoifelles, elles fe mirent fur un lit, tant pour fe
repofer que pour confiderer les hommes, qui
buvoient à qui mieux mieux, & furtout la Rancune & Ragotin (à qui l'on avoit debandé la
tête, à laquelle la pièce d'argent avoit repercuté

la confufion) qui fe le portoient à une fanté
qu'ils s'imaginoient que perfonne n'entendoit,
ce qui obligea Angelique de crier à Ragotin :
« Monfieur, prenez garde à vous, & fongez à
bien conduire votre voiture, » ce qui demonta
un peu le petit avocat encomedienné, lequel fit
auffitôt ceffation d'armes, ou plutôt de verres,
avec la Rancune.

L'on paya l'hôteffe, l'on remonta à cheval
& la caravane comique marcha. Le temps etoit
beau & le chemin de même, ce qui fut caufe
qu'ils arrivèrent de bonne heure à un bourg
qu'on appelle Vivain [19]. Ils defcendirent au Coq-
Hardi, qui eft le meilleur logis ; mais l'hôteffe
(qui n'etoit pas la plus agreable du pays du
Maine) fit quelque difficulté de les recevoir, difant qu'elle avoit beaucoup de monde, entre
autres un receveur des tailles de la province
& un autre receveur des epices [20] du prefidial du
Mans, avec quatre ou cinq marchands de toile.
La Rancune, qui fongea auffitôt à faire quelque tour de fon metier, lui dit qu'ils ne deman-
doient qu'une chambre pour les demoifelles,
& que pour les hommes, ils fe coucheroient
comme que ce fût, & qu'une nuit etoit bientôt
paffée ; ce qui adoucit un peu la fierté de la
dame cabaretière. Ils entrèrent donc, & l'on ne
dechargea point la charrette : car il y avoit dans
la baffe-cour une remife de carroffe où on la
mit, & on la ferma à clef ; & l'on donna une
chambre aux comediennes, où tous ceux de la

troupe foupèrent, & quelque temps après les
demoifelles fe couchèrent dans deux lits qu'il
y avoit, favoir, l'Etoile dans un & la Caverne
& fa fille Angelique dans l'autre. Vous jugez
bien qu'elles ne manquèrent pas à fermer la
porte, auffi bien que les deux receveurs, qui fe
retirèrent auffi dans une autre chambre, où ils
firent porter leurs valifes, qui etoient pleines
d'argent, fur lequel la Rancune ne put pas
mettre la main, car ils fe precautionnèrent bien ;
mais les marchands payèrent pour eux. Ce mechant homme eut affez de prevoyance pour être
logé dans la même chambre où ils avoient fait
porter leurs balles. Il y avoit trois lits, dont les
marchands en occupoient deux, & l'Olive & la
Rancune l'autre, lequel ne dormit point ; mais
quand il connut que les autres dormoient ou
devoient dormir, il fe leva doucement pour faire
fon coup, qui fut interrompu par un des marchands auquel il étoit furvenu un mal de ventre
avec une envie de le decharger, ce qui l'obligea
à fe lever & la Rancune à regagner le lit. Cependant le marchand, qui logeoit ordinairement dans ce logis & qui en fçavoit toutes les
iffues, alla par la porte qui conduifoit à une
petite galerie au bout de laquelle etoient les
lieux communs (ce qu'il fit pour ne donner pas
mauvaife odeur aux venerables comediens).
Quand il fe fut vidé, il retourna au bout de la
galerie ; mais, au lieu de prendre le chemin
qui conduifoit à la chambre d'où il etoit parti,

il prit de l'autre côté & defcendit dans la chambre où les receveurs etoient couchés (car les
deux chambres & les montées etoient difpofées
de la forte). Il s'approcha du premier lit qu'il
rencontra, croyant que ce fût le fien, & une
voix à lui inconnue lui demanda : « Qui eft
là ? » Il paffa fans rien dire à l'autre lit, où on
lui dit de meme, mais d'un ton plus elevé & en
criant : « L'hôte, de la chandelle ! il y a quelqu'un dans notre chambre. » L'hôte fit lever
une fervante ; mais devant qu'elle fût en etat
de comprendre qu'il falloit de la lumière, le
marchand eut loifir de remonter & de defcendre
par où il etoit allé. La Rancune, qui entendoit
tout ce debat (car il n'y avoit qu'une fimple
cloifon d'ais entre les deux chambres) ne perdit
pas de temps, mais denoua habilement les cordes
de deux balles, dans chacune desquelles il prit
deux pièces de toile, & renoua les cordes,
comme fi perfonne n'y eût touché, car il fçavoit
le fecret, qui n'eft connu que de ceux du mé-
tier, non plus que leur numero & leurs chiffres.
Il en vouloit attaquer un autre, quand le marchand entra dedans la chambre, &, y ayant ouï
marcher, dit : « Qui eft là ? » La Rancune, qui
ne manquoit point de repartie (après avoir
fourré les quatre pièces de toile dans le lit), dit
que l'on avoit oublié à mettre un pot de chambre, & qu'il cherchoit la fenêtre pour piffer. Le
marchand, qui n'etoit pas encore recouché, lui
dit : « Attendez, Monfieur, je la vais ouvrir,

car je fçais mieux où elle eft que vous. » Il
l'ouvrit & fe remit au lit. La Rancune s'approcha de la fenêtre, par laquelle il piffa auffi co-
pieufement que quand il arrofa un marchand
du bas Maine avec lequel il etoit couché dans
un cabaret de la ville du Mans, comme vous
avez vu dans le fixième chapitre de la première
partie de ce roman ; après quoi il fe retourna
coucher fans fermer la fenêtre. Le marchand
lui cria qu'il ne devoit pas l'avoir laiffée ouverte, & l'autre lui cria encore plus haut qu'il
la fermât s'il vouloit ; que pour lui, il n'eût pas
pu retrouver fon lit dans l'obfcurité, ce qui
n'etoit pas quand elle etoit ouverte, parce que
la lune luifoit bien fort dans la chambre. Le
marchand, apprehendant qu'il ne lui voulût
faire une querelle d'Allemand, fe leva fans lui
repartir, ferma la fenêtre & fe remit au lit, où
il ne dormoit pas, dont bien lui prit, car fa
balle n'eût pas eu meilleur marché que les deux
autres.

Cependant l'hôte & l'hôteffe crioient à la
chambrière d'allumer vite de la chandelle. Elle
s'en mettoit en devoir ; mais comme il arrive
ordinairement que plus l'on s'empreffe moins
l'on avance, auffi cette miférable fervante
fouffla les charbons plus d'une heure fans la
pouvoir allumer. L'hôte & l'hôteffe lui difoient
mille malediclions, & les receveurs crioient
toujours plus fort : « De la chandelle ! » Enfin,
quand elle fut allumée, l'hôte & l'hôteffe & la

fervante montèrent à leur chambre, où n'ayant
trouvé perfonne, ils leur dirent qu'ils avoient
grand tort de mettre ainfi tous ceux du logis
en alarme. Eux foutenoient toujours d'avoir vu
& ouï un homme & de lui avoir parlé. L'hôte
paffa de l'autre côté & demanda aux comediens
& aux marchands fi quelqu'un d'eux etoit forti.
Ils dirent tous que non, « à la réferve de
monfieur, dit un des marchands, parlant de la
Rancune, qui s'eft levé pour piffer par la
fenêtre, car l'on n'a point donné de pot de
chambre. » L'hôte cria fort la fervante de ce
manquement, & alla retrouver les receveurs,
auxquels il dit qu'il falloit qu'ils euffent fait
quelque mauvais fonge, car perfonne n'avoit
bougé ; & après leur avoir dit qu'ils dormiffent
bien, & qu'il n'etoit pas encore jour, ils fe retirèrent. Sitôt qu'il fut venu, je veux dire le
jour, la Rancune fe leva & demanda la clef de
la remife, où il entra pour cacher les quatre
pièces de toile qu'il avoit derobées, & qu'il mit
dans une des balles de la charrette.

CHAPITRE V.

Ce qui arriva aux comediens entre Vivain
& Alençon. Autre difgrâce de Ragotin.

OUS les heros & heroïnes de la troupe comique partirent de bon matin & prirent le grand chemin d'Alençon & arrivèrent heureufement au Bourg-le-Roi[21], que le vulgaire appelle le Boulerey, où ils dînèrent & fe repofèrent quelque temps, pendant lequel on mit en avant fi l'on pafferoit par Arfonnay, qui eft un village à une lieue d'Alençon, ou fi l'on prendroit de l'autre côté pour éviter Barrée, qui eft un chemin où pendant les plus grandes chaleurs de l'été il y a de la boue où les chevaux enfoncent jufqu'aux fangles. L'on confulta là-deffus le charretier, lequel affura qu'il pafferoit partout, fes quatre chevaux etant les meilleurs de tous les attelages du Mans ; d'ailleurs, qu'il n'y avoit qu'environ cinq cents pas de mauvais chemin & que celui des communes

de Saint-Pater, où il faudroit paffer, n'étoit
guère plus beau & beaucoup plus long ; qu'il
n'y auroit que les chevaux & la charrette qui
entreroient dans la boue, parce que les gens de
pied pafferoient dans les champs, quittes pour
ajamber certaines fafcines qui ferment les
terres afin que les chevaux n'y puiffent pas
entrer : on les appelle en ce pays-là des étha-
liers. Ils enfilèrent donc ce chemin-là. Mademoifelle de l'Etoile dit qu'on l'avertit quand
l'on en feroit près, parce qu'elle aimoit mieux
aller à pied en beau chemin, qu'à cheval dans
la boue. Angelique en dit autant, & femblablement la Caverne, qui apprehenda que la
charrette ne verfât. Quand ils furent fur le
point d'entrer dans ce mauvais chemin, Angelique defcendit de la croupe du cheval de Ragotin. Le Deftin fit mettre pied à terre à l'E-
toile, & l'on aida à la Caverne à defcendre de
la charrette. Roquebrune monta fur le cheval
de l'Etoile & fuivit Ragotin, qui alloit près de
la charrette. Quand ils furent au plus boueux
du chemin & à un lieu où il n'y avoit d'efpace
que pour la charrette, quoique le chemin fût
fort large, ils firent rencontre d'une vingtaine
de chevaux de voiture, que cinq ou fix payfans
conduifoient, qui fe mirent à crier au charretier de reculer. Le charretier leur crioit encore
plus fort : « Reculez vous-mêmes, vous le ferez
plus aifement que moi. » De détourner ni à
droite ni à gauche, cela ne fe pouvoit nulle-

ment, car de chaque côté il n'y avoit que des
fondrières infondables. Les voituriers, voulant
faire les mauvais, s'avancèrent fi brufquement
contre la charrette, en criant fi fort, que les
chevaux en prirent tant de peur qu'ils en rom-
pirent leurs traits & fe jetèrent dans les fondrières ; le timonier fe detourna tant foit
peu fur la gauche, ce qui fit avancer la roue
du même côté, qui, pour ne trouver point de
ferme, fit verfer la charrette. Ragotin, tout
bouffi d'orgueil & de colère, crioit comme un
demoniaque contre les voituriers, croyant pouvoir paffer au côté droit, où il fembloit y avoir
du vide : car il vouloit joindre les voituriers,
qu'il menaçoit de fa carabine pour les faire
reculer. Il s'avança donc ; mais fon cheval s'em-
bourba fi fort, que tout ce qu'il put faire, ce
fut de defetriver promptement & defarçonner à
même temps & de mettre pied à terre ; mais il
enfonça jufqu'aux aiffelles, & s'il n'eût pas
étendu les bras il eût enfoncé jufqu'au menton.
Cet accident fi imprevu fit arrêter tous ceux
qui paffoient dans les champs, pour penfer à y
remedier. Le poète, qui avoit toujours bravé la
fortune, s'arrêta doucement & fit reculer fon
cheval jufqu'à ce qu'il eût trouvé le fec. Les
voituriers, voyant tant d'hommes qui avoient
tous chacun un fufil fur l'épaule & une epée
au côté, reculèrent fans bruit, de peur d'être
battus, & prirent un autre chemin.

Cependant il fallut fonger à remedier à tout

ce defordre, & l'on dit qu'il falloit commencer
par M. Ragotin & par fon cheval, car ils etoient
tous deux en grand peril. L'Olive & la Rancune furent les premiers qui s'en mirent en
devoir ; mais quand il s'en voulurent approcher, ils enfoncèrent, jufqu'aux cuiffes, & ils
auroient encore enfoncé s'ils euffent avancé
davantage, tellement qu'après avoir fondé en plufieurs endroits fans y trouver du ferme, la Rancune avoit toujours des expediens d'un homme de
fon naturel, dit fans rire qu'il n'y avoit point
d'autre. remède pour fortir M. Ragotin du
danger où il etoit, que de prendre la corde de
la charrette (qu'auffi bien il la falloit decharger) & la lui attacher au cou & le faire tirer
par les chevaux, qui s'etoient remis dans le
grand chemin. Cette propofition fit rire tous
ceux de la compagnie, mais non pas Ragotin,
qui en eut autant de peur comme quand la
Rancune lui vouloit couper fon chapeau fur le
vifage, quand il l'avoit enfoncé dedans. Mais
le charretier, qui s'etoit hafardé pour relever les
chevaux, le fit encore pour Ragotin : il s'approcha de lui, & à diverfes reprifes le fortit
& le conduifit dans le champ où étoient les
comediennes, qui ne purent s'empêcher de rire,
le voyant en fi bel equipage ; elles s'en contraignirent pourtant tant qu'elles purent. Cependant le charretier retourna à fon cheval, qui,
etant affez vigoureux, fortit avec un peu d'aide
& alla trouver les autres ; en fuite de quoi

l'Olive & la Rancune, & le même charretier,
qui etoient déjà tous gâtés de la boue, dechar-
gèrent la charrette, la remuèrent & la rechar-
gèrent. Elle fut auffitôt reattelée, & les chevaux
la fortirent de ce mauvais pas. Ragotin remonta fur fon cheval avec peine, car le harnois
etoit tout rompu ; mais Angelique ne voulut
pas fe remettre derrière lui, pour ne gâter fes
habits. La Caverne dit qu'elle iroit bien à pied,
ce que fit auffi l'Etoile, que le Deftin continua
de conduire jufqu'aux Chênes-Verts, qui eft le
premier logis que l'on trouve en venant du
Mans au faubourg de Mont-Fort, où ils s'arrêtèrent, n'ofant pas entrer dans la ville dans un
fi etrange defordre.

Après que ceux qui avoient travaillé eurent
bu, ils employèrent le refte du jour à faire fe-
cher leurs habits, après en avoir pris d'autres
dans les coffres que l'on avoit dechargés : car
ils en avoient eu chacun en prefent de la nobleffe mancelle. Les comediennes foupèrent
legèrement, à caufe de la laffitude du chemin
qu'elles avoient eté contraintes de faire à pied,
ce qui les obligea à fe coucher de bonne
heure. Les comediens ne fe couchèrent qu'a-
près avoir bien foupé. Les uns & les autres
étoient à leur premier fommeil, environ les
onze heures, quand une troupe de cavaliers
frappèrent à la porte de l'hôtellerie. L'hôte repondit que fon logis etoit plein, & d'ailleurs
qu'il etoit heure indue. Ils recommencèrent à

frapper plus fort, en menaçant d'enfoncer la
porte. Le Deftin, qui avoit toujours Saldagne
en tête, crut que c'etoit lui qui venoit à force
ouverte pour enlever l'Etoile ; mais, ayant regardé par la fenêtre, il aperçut, à la faveur de
la clarté de la lune, un homme qui avoit les
mains liées par derrière ; ce qu'ayant dit fort
bas à fes compagnons, qui etoient tous auffi
bien que lui en etat de le bien recevoir, Ragotin dit que c'étoit M. de la Rappinière qui
avoit pris quelque voleur, car il en etoit à la
quête. Ils furent confirmés en cette opinion
quand ils ouïrent faire commandement à l'hôte
d'ouvrir de par le Roi. « Mais pourquoi diable
(dit la Rancune) ne l'a-t-il mené au Mans, ou
à Beaumont-le-Vicomte, ou au pis aller, à
Frefnay [22] ? car, encore que ce faubourg foit du
Maine, il n'y a point de prifons ; il faut qu'il y
ait là du myftère ! » L'hôte fut contraint d'ouvrir à la Rappinière, qui entra avec dix archers, lefquels menoient un homme attaché,
comme je viens de dire, & qui ne faifoit que
rire, furtout quand il regardoit la Rappinière,
qu'il faifoit fixement, contre l'ordinaire des cri-
minels ; & c'eft la première raifon pourquoi il
ne le mena pas au Mans.

Or vous fçaurez que, la Rappinière ayant
appris que l'on avoit fait plufieurs voleries &
pillé quelques maifons champêtres, il fe mit en
devoir de chercher les malfaiteurs. Comme lui
& fes archers approchoient de la forêt de Per-

faire, ils virent un homme qui en fortoit ;
mais quand il aperçut cette troupe d'hommes à
cheval, il reprit le chemin du bois, ce qui fit
juger à la Rappinière que ce pouvoit en être
un. Il piqua fi fort & fes gens auffi, qu'ils at-
trapèrent cet homme, qui ne répondit qu'en
termes confus aux interrogats que la Rappinière lui fit, mais qui ne parut point de l'être ;
au contraire, il fe mit à rire & à regarder fixement la Rappinière, lequel tant plus il le
confideroit, tant plus il s'imaginoit de l'avoir
vu autrefois, & il ne fe trompoit pas ; mais du
temps qu'ils s'etoient vus, l'on portoit les cheveux courts & de grandes barbes, & cet
homme-là avoit la chevelure fort longue & point
de barbe, & d'ailleurs les habits différents ; tout
cela lui en ôtoit la connoiffance. Il le fit néan-
moins attacher à un banc de la table de la
cuifine qui etoit à doffier à l'antique, & le laiffa
en la garde de deux archers, & s'en alla coucher après avoir fait un peu de collation.

Le lendemain, le Deftin fe leva le premier,
&, en paffant par la cuifine, il vit les archers
endormis fur une mechante paillaffe, & un
homme attaché à un des bancs de la table, lequel lui fit figne de s'approcher, ce qu'il fit ;
mais il fut fort etonné quand le prifonnier lui
dit : « Vous fouvient-il quand vous fûtes attaqué fur le Pont-Neuf, où vous fûtes volé,
& principalement d'une boîte de portrait ? J'e-
tois alors avec le fieur de la Rappinière, qui

etoit notre capitaine. Ce fut lui qui me fit
avancer pour vous attaquer; vous ſçavez tout
ce qui paſſa. J'ai appris que vous avez tout ſçu
de Doguin à l'heure de ſa mort, & que la Rappinière vous a rendu votre boite. Vous avez
une belle occaſion de vous venger de lui, car,
s'il me mène au Mans, comme il fera peut-
être, j'y ferai·pendu ſans doute; mais il ne
tiendra qu'à vous qu'il ne ſoit de la danſe :
il ne ſaudra que joindre votre depoſition à
la mienne, & puis vous ſçavez comme va la
juſtice du Mans. » Le Deſtin le quitta, & attendit que la Rappinière fût levé. Ce ſut
pour lors qu'il temoigna bien qu'il n'etoit pas
vindicatif, car il l'avertit du deſſein du criminel, en lui diſant tout ce qu'il avoit dit de lui,
& enſuite lui conſeilla de s'en retourner & de
laiſſer ce miſerable. Il vouloit attendre que les
comediennes fuſſent levées pour leur donner le
bon jour; mais le Deſtin lui dit franchement
que l'Etoile ne le pourroit pas voir ſans s'emporter furieuſement contre lui avec juſtice; il
lui dit de plus que, ſi le vice-bailli d'Alençon
(qui eſt le prevôt de ce bailliage-là) ſçavoit tout
ce manège, il le viendroit prendre. Il le crut,
fit detacher le priſonnier, qu'il laiſſa en liberté,
monta à cheval avec ſes archers, & s'en alla
ſans payer l'hôteſſe (ce qui lui etoit aſſez ordinaire) & ſans remercier le Deſtin, tant il etoit
troublé.

Après ſon depart, le Deſtin appela Roque-

brune, l'Olive & le Decorateur, qu'il mena dans
la ville, & allèrent directement au grand jeu
de paume, où ils trouvèrent fix gentilshommes
qui jouoient partie. Il demanda le maître du
tripot, & ceux qui etoient dans la galerie, ayant
connu que c'etoient des comediens, & qu'il y
en avoit un qui avoit fort bonne mine. Les
joueurs achevèrent leur partie & montèrent
dans une chambre pour fe faire frotter, tandis
que le Deftin traitoit avec le maître du jeu de
paume. Ces gentilshommes, etant defcendus à
demi vêtus, faluèrent le Deftin & lui demandèrent toutes les particularités de la troupe,
de quel nombre de perfonnes elle etoit compofée, s'il y avoit de bons acteurs, s'ils avoient
de beaux habits, & fi les femmes etoient belles.
Le Deftin repondit fur tous ces chefs ; en fuite
de quoi ces gentilshommes lui offrirent fervice,
ajoutant que, s'ils avoient patience qu'ils fuf-
fent tout à fait habillés, qu'ils boiroient enfemble ; ce que le Deftin accepta pour faire
des amis en cas que Saldagne le cherchât
encore, car il en avoit toujours de l'apprehenfion.

Cependant il convint du prix pour le louage
du tripot, & enfuite le Decorateur alla chercher un menuifier pour bâtir le theâtre fuivant
le modèle qu'il lui bailla ; & les joueurs etant
habillés, le Deftin s'approcha d'eux de fi bonne
grâce, & avec fa grande mine leur fit paroître
tant d'efprit, qu'ils conçurent de l'amitié pour

lui. Ils lui demandèrent où la troupe etoit logée, & lui leur ayant repondu qu'elle etoit aux Chênes-Verts en Mont-Fort, ils lui dirent : « Allons boire dans un logis qui fera votre fait ; nous voulons vous aider à faire le marché. » Ils y allèrent, furent d'accord du prix pour trois chambres, & y dejeunèrent très bien. Vous pouvez bien croire que leur entretien ne fut que de vers & de pièces de théâtre, en fuite de quoi ils firent grande amitié, & allèrent avec lui voir les comediennes, qui etoient fur le point de dîner, ce qui fût caufe que ces gentilshommes ne demeurèrent pas longtemps avec elles. Ils les entretinrent pourtant agréablement pendant le peu de temps qu'ils y furent ; ils leur offrirent fervice & protection, car c'etoient des principaux de la ville. Après le dîner l'on fit porter le bagage comique à la Coupe-d'Or, qui etoit le logis que le Deftin avoit retenu, & quand le theâtre fut en état, ils commencèrent à reprefenter.

Nous les laifferons dans cet exercice, dans lequel ils firent tous voir qu'ils n'etoient pas apprentis, & retournerons voir ce que fait Saldagne depuis fa chute.

CHAPITRE VI.

Mort de Saldagne.

OUS avez vu dans le douzième chapitre de la feconde partie de ce Roman comme Saldagne etoit demeuré dans un lit, malade de fa chute, dans la maifon du baron d'Arques, à l'appartement de Verville, & fes valets fi ivres dans une hôtellerie d'un bourg diftant de deux lieues de ladite maifon, que celui de Verville eut bien de la peine à leur faire comprendre que la demoifelle s'etoit fauvée, & que l'autre homme que fon maître leur avoit donné la fuivoit avec l'autre cheval. Après qu'ils fe furent bien frotté les yeux, & bâillé chacun trois ou quatre fois, & allongé les bras en s'etirant, ils fe mirent en devoir de la chercher. Ce valet leur fit prendre un chemin par lequel il fçavoit bien qu'ils ne la trou-

veroient pas, fuivant l'ordre que fon maître lui
en avoit donné ; auffi ils roulèrent trois jours,
au bout defquels ils s'en retournèrent trouver
Saldagne, qui n'etoit pas encore gueri de fa
chute, ni même en etat de quitter le lit, auquel
ils dirent que la fille s'etoit fauvée, mais que
l'homme que M. de Verville leur avoit baillé la
fuivoit à cheval. Saldagne penfa enrager à la
reception de cette nouvelle, & bien prit à fes valets
qu'il etoit au lit & attaché par une jambe, car
s'il eût eté debout, ou s'il eût pu fe lever, ils n'euffent pas feulement effuyé des paroles, comme
ils firent, mais il les auroit roués de coups de
bâton, car il pefta fi furieufement contre eux,
leur difant toutes les injures imaginables, & fe
mit fi fort en colère, que fon mal augmenta
& la fièvre le reprit, en forte que, quand le
chirurgien vint pour le panfer, il apprehenda
que la gangrène ne fe mit à fa jambe, tant elle
etoit enflammée, & même il y avoit quelque
lividité, ce qui l'obligea d'aller trouver Verville, auquel il conta cet accident, lequel fe
douta bien de ce qui l'avoit caufé, & qui alla
auffitôt voir Saldagne, pour lui demander la
caufe de fon alteration, ce qu'il favoit affez, car
il avoit eté averti par fon valet de tout le fuccès de l'affaire ; &, l'ayant appris de lui-même,
il lui redoubla fa douleur en lui difant que
c'etoit lui qui avoit tramé cette pièce pour lui
eviter la plus mauvaife affaire qui lui pût jamais arriver : « Car, lui dit-il, vous voyez bien

que perfonne n'a voulu retirer cette fille, & je
vous déclare que, fi j'ai fouffert que ma femme,
votre fœur, l'ait logée ceans, ce n'a eté qu'à
deffein de la remettre entre les mains de fon
frère & de fes amis. Dites-moi un peu, que
feriez-vous devenu fi l'on avoit fait des infor-
mations contre vous pour un rapt, qui eft un
crime capital & que l'on ne pardonne point ?
Vous croyez peut-être que la baffeffe de fa
naiffance & la profeffion qu'elle fait vous auroient excufé de cette licence, & en cela vous
vous flattez, car apprenez qu'elle eft fille de
gentilhomme & de demoifelle, & qu'au bout
vous n'y auriez pas trouvé votre compte. Et
après tout, quand les moyens de la juftice
auroient manqué, fçachez qu'elle a un frère qui
s'en feroit vengé ; car c'eft un homme qui a
du cœur, & vous l'avez eprouvé en plufieurs
rencontres, ce qui vous devroit obliger à avoir
de l'eftime pour lui, plutôt que de le perfecuter
comme vous faites. Il eft temps de ceffer ces
vaines pourfuites, où vous pourriez à la fin fuc-
comber, car vous fçavez bien que le defefpoir
fait tout hafarder ; il vaut donc mieux pour
vous le laiffer en paix. »

Ce difcours, qui devoit obliger Saldagne à
rentrer en lui-même, ne fervit qu'à lui redoubler fa rage & à lui faire prendre d'etranges
refolutions, qu'il diffimula en prefence de Verville, & qu'il tâcha depuis à exécuter. Il fe
depêcha de guerir, & fitôt qu'il fut en etat de

pouvoir monter à cheval il prit le chemin du
Mans, où il croyoit trouver la troupe; mais
ayant appris qu'elle en etoit partie pour aller
à Alençon, il fe refolut d'y aller. Il paffa par
Vivain, où il fit repaître fes gens & trois coupe-
jarrets qu'il avoit pris avec lui. Quand il entra
au logis du Coq-Hardi, où il mit pied à terre, il
entendit une grande rumeur : c'etoient les
marchands de toile, qui, etant allés au marché
à Beaumont, s'etoient aperçus du larcin que
leur avoit fait la Rancune, & etoient revenus
s'en plaindre à l'hôteffe, qui, en criant bien
fort, leur foutenoit qu'elle n'etoit pas refpon-
fable, puifqu'ils ne lui avoient pas baillé leurs
balles à garder, mais les avoient fait porter
dans leurs chambres; & les marchands repli-
quoient : « Cela eft vrai ; mais que diable
aviez-vous affaire d'y mettre coucher ces bate-
leurs ? car, fans doute, c'eft eux qui nous ont
volés. — Mais, repartit l'hôteffe, trouvâtes-
vous vos balles crevées, ou les cordes defaites ?
— Non, difoient les marchands; & c'eft ce qui
nous etonne, car elles etoient nouées comme fi
nous-mêmes l'euffions fait ! — Or, allez vous
promener ! » dit l'hôteffe. Les marchands vouloient repliquer, quand Saldagne jura qu'il les
battroit s'ils menoient plus de bruit. Ces pauvres marchands, voyant tant de gens, & de fi
mauvaife mine, furent contraints de faire filence, & attendirent leur depart pour recom-
mencer leur difpute avec l'hôteffe.

Après que Saldagne & fes gens & fes chevaux eurent repu, il prit la route d'Alençon, où
il arriva fort tard. Il ne dormit point de toute
la nuit, qu'il employa à penfer aux moyens de
venger fur le Deftin de l'affront qu'il lui avoit
fait de lui avoir ravi fa proie ; & comme
il etoit fort brutal, il ne prit que des refolutions brutales. Le lendemain il alla à la comedie avec fes compagnons, qu'il fit paffer
devant, & paya pour quatre. Ils n'etoient
connus de perfonne : ainfi il leur fut facile de
paffer pour etrangers. Pour lui, il entra le
vifage couvert de fon manteau & la tête en-
foncée dans fon chapeau, comme un homme
qui ne veut pas être connu. Il s'affit & affifta
à la comedie, où il s'ennuya autant que les
autres y eurent de fatisfaction, car tous admirèrent l'Etoile, qui reprefenta ce jour-là Cleo-
pâtre de la pompeufe tragedie du grand
Pompée, de l'inimitable Corneille. Quand elle
fut finie, Saldagne & fes gens demeurèrent
dans le jeu de paume, refolus d'y attaquer le
Deftin. Mais cette troupe avoit fi fort gagné
bonnes grâces de toute la nobleffe & de tous
les honnêtes bourgeois d'Alençon, que ceux
& celles qui la compofoient n'alloient point au
théâtre ni ne s'en retournoient point à leur
logis qu'avec grand cortége.

Ce jour-là une jeune dame veuve fort galante, qu'on appeloit madame de Villefleur,
convia les comediennes à fouper (ce que Sal-

dagne put facilement entendre). Elles s'en
excufèrent civilement, mais, voyant qu'elle per-
fiftoit de fi bonne grâce à les en prier, elles lui
promirent d'y aller. Enfuite elles fe retirèrent,
mais très bien accompagnées, & notamment
de ces gentilshommes qui jouoient à la paume
quand le Deftin vint pour louer le tripot,
& d'un grand nombre d'autres ; ce qui rompit
le mauvais deffein de Saldagne, qui n'ofa eclater devant tant d'honnêtes gens, avec lefquels
il n'eut pas trouvé fon compte. Mais il s'avifa
de la plus infigne méchanceté que l'on puiffe
imaginer, qui fut d'enlever l'Etoile quand elle
fortiroit de chez madame de Villefleur, & de
tuer tous ceux qui voudroient s'y oppofer, à la
faveur de la nuit. Les trois comediennes y
y allèrent fouper & paffer la veillée. Or, comme
je vous ai dejà dit, cette dame etoit fort jeune
& fort galante, ce qui attiroit à fa maifon toute
la belle compagnie, qui augmenta ce foir-là à
caufe des comediennes. Or Saldagne s'etoit
imaginé d'enlever l'Etoile avec autant de facilité que quand il l'avoit ravie lorfque le valet
du Deftin la conduifoit, fuivant la maudite
invention de la Rappinière. Il prit donc un
fort cheval qu'il fit tenir par un de fes laquais,
lequel il pofta à la porte de la maifon de ladite dame de Villefleur, qui etoit fituée dans
une petite rue proche du Palais, croyant qu'il
lui feroit facile de faire fortir l'Etoile fous
quelque prétexte, & la monter promptement

fur le cheval, avec l'aide de fes trois hommes,
qui battoient l'eftrade dans la grande place,
pour la mener après où il lui plairoit. Enfin il
fe repaiffoit de fes vaines chimères & tenoit
dejà la proie en imagination ; mais il arriva
qu'un homme d'églife (qui n'etoit pas de ceux
qui font fcrupule de tout & bien fouvent de
rien, car il frequentoit les honorables compagnies & aimoit fi fort la comedie qu'il faifoit
connoiffance avec tous les comediens qui venoient à Alençon, & l'avoit fait fort etroite-
ment avec ceux de cette illuftre troupe) alloit
veiller ce foir-là chez madame de Villefleur,
& ayant aperçu un laquais (qu'il ne connoiffoit
point, non plus que la livrée qu'il portoit)
tenant un cheval par la bride, & l'ayant en-
quis à qui il etoit & ce qu'il faifoit là, & fi fon
maître etoit dans la maifon, & ayant trouvé
beaucoup d'obfcurité en fes reponfes, il monta
à la falle où etoit la compagnie, à laquelle il
raconta ce qu'il avoit vu, & qu'il avoit ouï
marcher des perfonnes à l'entrée de la petite
rue. Le Deftin, qui avoit obfervé cet homme
qui fe cachoit le vifage de fon manteau, & qui
avoit toujours l'imagination frappée de Saldagne, ne douta point que ce ne fût lui ; pourtant il n'en avoit rien dit à perfonne, mais il
avoit mené tous fes compagnons chez madame
de Villefleur, pour faire efcorte aux demoifelles qui y veilloient. Mais ayant appris de la
bouche de l'ecclefiaftique ce que vous venez

d'ouïr, il fut confirmé dans la croyance que c'e-
toit Saldagne qui vouloit hafarder un fecond
enlèvement de fa chère l'Etoile. L'on confulta
ce que l'on devoit faire, & l'on conclut que
l'on attendroit l'evenement, & que, fi perfonne
ne paroiffoit devant l'heure de la retraite l'on
fortiroit avec toute la precaution que l'on peut
prendre en pareilles occafions. Mais l'on ne
demeura pas longtemps qu'un homme inconnu
entra & demanda mademoifelle de l'Etoile, à
laquelle il dit qu'une demoifelle de fes amies
lui vouloit dire un mot à la rue, & qu'elle la
pria de defcendre pour un moment. L'on jugea
alors que c'etoit par ce moyen que Saldagne
vouloit reuffir à fon deffein, ce qui obligea
tous ceux de la compagnie de fe mettre en état
de le bien recevoir. L'on ne trouva pas bon
qu'aucune des comediennes defcendit, mais
l'on fit avancer une des femmes de chambre
de madame de Villefleur, que Saldagne faifit auffitôt, croyant que ce fût l'Etoile. Mais il
fut bien etonné quand il fe trouva invefti
d'un grand nombre d'hommes armés, car
il en etoit paffé une partie par une porte
qui eft fur la grand place, & les autres par la
porte ordinaire. Mais comme il n'avoit du
jugement qu'autant qu'un brutal peut en avoir,
& fans confiderer fi fes gens etoient joints à
lui, il tira un coup de piftolet dont un des
comediens fut bleffé legèrement, mais qui fut
fuivi d'une demi-douzaine qu'on dechargea fur

lui. Ses gens, qui ouïrent le bruit, au lieu de
s'approcher pour le fecourir, firent comme
font ordinairement ces canailles que l'on em-
ploie pour affaffiner quelqu'un, qui s'enfuient
quand ils trouvent de la refiftance ; autant en
firent les compagnons de Saldagne, qui etoit
tombé, car il avoit un coup de piftolet à la
tête & deux dans le corps. L'on apporta de la
lumière pour le regarder, mais perfonne ne le
connu que les comediens & comediennes, qui
affurèrent que c'etoit Saldagne. On le crut
mort, quoiqu'il ne le fut pas, ce qui fut caufe
que l'on aida à fon laquais à le mettre de travers fur fon cheval ; il le mena à fon logis, où
on lui reconnut encore quelque figne de vie,
ce qui obligea l'hôte à le faire panfer ; mais
ce fut inutilement, car il mourut le lendemain.

Son corps fut porté en fon pays, où il fut
reçu par fes fœurs & leurs maris. Elles le pleurèrent par contenance, mais dans leur cœur
elles furent très aifes de fa mort ; & j'oferois
croire que madame de Saint-Far eût bien voulu
que fon brutal de mari eût un pareil fort, & il
le devoit avoir à caufe de la fympathie ; pourtant
je ne voudrois pas faire de jugement temeraire.
La juftice fe mit en devoir de faire quelques
formalités ; mais n'ayant trouvé perfonne & perfonne ne fe plaignant, d'ailleurs que ceux qui
pouvoient être foupçonnés etoient des principaux gentilshommes de la ville, cela demeura
dans le filence. Les comediennes furent con-

duites à leur logis, où elles apprirent le lendemain la mort de Saldagne, dont elles fe rejoui-
rent fort, etant alors en affurance ; car partout
elles n'avoient que des amis, & partout ce feul
ennemi, car il les fuivoit partout.

CHAPITRE VII.

Suite de l'hiſtoire de la Caverne.

ᴇ Deſtin avec l'Olive allèrent le lendemain chez le prêtre, que l'on appeloit M. le prieur de Saint-Louis (qui eſt un titre, plutôt honorable que lucratif, d'une petite egliſe qui eſt ſituée dans une île que fait la rivière de Sarthe entre les ponts d'Alençon), pour le remercier de ce que par ſon moyen ils avoient évité le plus grand malheur qui leur pût jamais arriver, & qui enſuite les avoit mis dans un parfait repos puiſqu'ils n'avoient plus rien à craindre après la mort funeſte du miſerable Saldagne, qui continuoit toujours à les troubler. Vous ne devez pas vous étonner ſi les comediens & comediennes de cette troupe avoient reçu le bienfait d'un prêtre, puiſque vous avez pu voir dans les aventures comiques de cette illuſtre hiſtoire les bons offices que trois ou quatre curés leur avoient rendus dans

le logis où l'on fe battoit la nuit, & le foin
qu'ils avoient eu de loger & garder Angelique
après qu'elle fut retrouvée, & autres que vous
avez pu remarquer & que vous verrez encore à
la fuite. Ce prieur, qui n'avoit fait que fimple-
ment connoiffance avec eux, fit alors une fort
etroite amitié, en forte qu'ils fe vifitèrent depuis & mangèrent fouvent enfemble. Or, un
jour que M. de Saint-Louis etoit dans la
chambre des comediennes (c'etoit un vendredi,
que l'on ne reprefentoit pas) le Deftin & l'Eftoile prièrent la Caverne d'achever fon hiftoire.
Elle eut un peu de peine à s'y refoudre, mais
enfin elle touffa trois ou quatre fois & cracha
bien autant ; l'on dit qu'elle fe moucha auffi
& fe mit en etat de parler, quand M. de Saint-
Louis voulut fortir, croyant qu'il y eût quelque
fecret myftère qu'elle n'eût pas voulu que tout
le monde eût entendu ; mais il fut arrêté par
tous ceux de la troupe, qui l'affurèrent qu'ils
feroient très aifes qu'il apprît leurs aventures.
« Et j'ofe croire, dit l'Etoile (qui avoit l'efprit
fort eclairé), que vous n'êtes pas venu jufqu'à
l'âge où vous êtes fans en avoir eprouvé quelques-unes ; car vous n'avez pas la mine d'avoir
toujours porté la foutane. » Ces paroles demon-
tèrent un peu le prieur, qui leur avoua franchement que fes aventures ne rempliroient
pas mal une partie de roman, au lieu des hiftoires fabuleufes que l'on y met le plus fouvent. L'Etoile lui repartit qu'elle jugeoit bien

qu'elles etoient dignes d'être ouïes, & l'enga-
gea à les raconter à la première requifition
qui lui en feroit faite ; ce qu'il promit fort
agreablement. Alors la Caverne reprit fon hiftoire en cette forte :

« Le levrier qui nous fit peur interrompit
ce que vous allez apprendre. La propofition
que le baron de Sigognac fit faire à ma mère
(par le bon curé) de l'époufer la rendit auffi
affligée que j'en etois joyeufe, comme je vous
ai dejà dit ; & ce qui augmentoit fon affliction,
c'etoit de ne fçavoir par quel moyen fortir de
fon château : de le faire feules, nous n'euffions
pu aller guère loin qu'il ne nous eût fait fuivre
& reprendre, & enfuite peut-être maltraiter.
D'ailleurs c'etoit hafarder à perdre nos nippes,
qui etoient le feul moyen qui nous reftoit
pour fubfifter ; mais le bonheur nous en fournit un tout à fait plaufible. Ce baron, qui
avoit toujours eté un homme farouche & fans
humanité, ayant paffé de l'excès de l'infenfibilité brutale à la plus belle de toutes les paffions, qui eft l'amour, qu'il n'avoit jamais ref-
fentie, ce fut avec tant de violence, qu'il en fut
malade, & malade à la mort. Au commencement de fa maladie, ma mère s'entremit de le
fervir ; mais fon mal augmentoit toutes les fois
qu'elle approchoit de fon lit, ce qu'elle ayant
aperçu, comme elle etoit femme d'efprit, elle
dit à fes domeftiques qu'elle & fa fille leur
etoient plutôt des fujets d'empêchemens que

neceſſaires, & partant qu'elle les prioit de leur
procurer des montures pour nous porter & une
charrette pour le bagage. Ils eurent un peu de
peine à s'y reſoudre ; mais le curé ſurvenant
& ayant reconnu que monſieur le baron etoit
en rêverie, ſe mit en devoir d'en chercher.
Enfin il trouva ce qui nous etoit neceſſaire.

« Le lendemain nous fîmes charger notre
equipage, & après avoir pris congé des domeſtiques, & principalement de cet obligeant curé,
nous allâmes coucher à une petite ville de
Perigord dont je n'ai pas retenu le nom ; mais je
ſçais bien que c'etoit celle où l'on alla querir un
chirurgien pour panſer ma mère, qui avoient
eté bleſſée quand les gens du baron de Sigognac nous prirent pour les bohemiens. Nous
deſcendîmes dans un logis où l'on nous prit
auſſitôt pour ce que nous etions, car une chambrière dit aſſez haut : « Courage ! l'on ſera la
comedie, puiſque voici l'autre partie de la
troupe arrivée. » Ce qui nous fit connoître
qu'il y avoit là deja quelque débris de caravane comique, dont nous fûmes très aiſes,
parce que nous pourrions faire troupe & ainſi
gagner notre vie. Nous ne nous trompâmes point,
car le lendemain (après que nous eûmes con-
gédié la charrette & les chevaux) deux comediens, qui avoient appris notre arrivée, nous
vinrent voir, & nous apprirent qu'un de leurs
compagnons avec ſa femme les avoit quittés,
& que, ſi nous voulions nous joindre à eux,

nous pourrions faire affaires. Ma mère, qui etoit
encore fort belle, accepta l'offre qu'ils nous
firent, & l'on fut d'accord qu'elle auroit les
premiers rôles, & l'autre femme qui etoit reftée
les feconds, & moi je ferois ce que l'on voudroit, car je n'avois pas plus de treize ou quatorze ans. Nous reprefentâmes environ quinze
jours, cette ville-là n'etant pas capable de nous
entretenir davantage de temps. D'ailleurs, ma
mère preffa d'en fortir & de nous eloigner de
ce pays-là, de crainte que ce baron, etant
gueri, ne nous cherchât & ne nous fît quelque
infulte. Nous fîmes environ quarante lieues
fans nous arrêter, &, à la première ville où
nous reprefentâmes, le maître de la troupe,
que l'on appeloit Bellefleur, parla de mariage
à ma mère ; mais elle le remercia & le conjura à même temps de ne prendre pas la peine
d'être fon galant, parce qu'elle etoit déjà avancée en âge & qu'elle avoit refolu de ne fe re-
marier jamais. Bellefleur, ayant appris une fi
ferme refolution, ne lui en parla plus depuis.

« Nous roulâmes trois ou quatre années
avec fuccès. Je devins grande, & ma mère fi
valétudinaire qu'elle ne pouvoit plus reprefenter. Comme j'avois exercé avec la fatiffaction
des auditeurs & l'approbation de la troupe, je
fus fubrogée en fa place. Bellefleur, qui ne
l'avoit pu avoir en mariage, me demanda à
elle pour être fa femme ; mais elle ne lui repondit pas felon fon defir, car elle eût bien voulu

trouver quelque occafion pour fe retirer à Mar-
feille. Mais etant tombée malade à Troyes en
Champagne, & appréhendant de me laiffer
feule, elle me communiqua le deffein de Bellefleur. La neceffité prefente m'obligea de l'ac-
cepter. D'ailleurs c'etoit un fort honnête
homme ; il eft vrai qu'il eût pu être mon père.
Ma mère eut donc la fatisfaction de me voir
mariée & de mourir quelques jours après. J'en
fus affligée autant qu'une fille le peut être ;
mais comme le temps guerit tout, nous reprî-
mes notre exercice, & quelque temps après je
devins groffe. Celui de mon accouchement
etant venu, je mis au monde cette fille que
vous voyez, Angelique, qui m'a tant coûté de
larmes, & qui m'en fera bien verfer, fi je demeure encore quelque temps en ce monde. »

Comme elle alloit pourfuivre, le Deftin l'interrompit, lui difant qu'elle ne pouvoit efperer
à l'avenir que toute forte de fatisfaction, puifqu'un feigneur tel qu'etoit Leandre la vouloit
pour femme. L'on dit en commun proverbe
que *lupus in fabula* (excufez ces trois mots de
latin, affez faciles à entendre) ; auffi, comme la
Caverne alloit achever fon hiftoire, Leandre
entra, et falua tous ceux de la compagnie. Il
etoit vêtu de noir & fuivi de trois laquais auffi
vêtus de noir, ce qui donna affez à connoître
que fon père etoit mort. Le prieur de Saint-
Louis fortit & s'en alla, & je finis ici ce chapitre.

CHAPITRE VIII.

Fin de l'hiſtoire de la Caverne.

PRÈS que Leandre eut fait toutes les ceremonies de ſon arrivée, le Deſtin lui dit qu'il ſe falloit conſoler de la mort de ſon père, & ſe féliciter des grands biens qu'il lui avoit laiſſés. Leandre le remercia du premier, avouant que pour la mort de ſon père, il y avoit longtemps qu'il l'attendoit avec impatience. « Toutefois, leur dit-il, il ne ſeroit pas ſeant que je paruſſe ſur le theâtre ſi tôt & ſi près de mon pays natal ; il faut donc, s'il vous plaît, que je demeure dans la troupe ſans reprcſenter juſqu'à ce que nous ſoyons eloignés d'ici. » Cette propoſition fut approuvée de tous ; en ſuite de quoi l'Etoile luy dit : « Monſieur, vous agréerez donc que je vous demande vos titres, & comme il vous plaît que nous vous appelions à preſent. » Sur quoi

Leandre lui repondit : « Le titre de mon père etoit baron de Rochepierre, lequel je pourrois porter ; mais je ne veux point que l'on m'appelle autrement que Leandre, nom fous lequel j'ai eté fi heureux que d'agreer à ma chère Angelique. C'eft donc ce nom-là que je veux porter jufques à la mort, tant pour cette raifon que pour vous faire voir que je veux executer ponctuellement la refolution que je pris à mon départ & que je communiquai à tous ceux de la troupe. » En fuite de cette declaration, les embraffades redoublèrent, beaucoup de foupirs furent pouffés, quelques larmes coulèrent des plus beaux yeux, & tous approuvèrent la refolution de Leandre, lequel, s'etant approché d'Angelique, lui conta mille douceurs, auxquelles elle repondit avec tant d'efprit que Leandre en fut d'autant plus confirmé en fa refolution. Je vous aurois volontiers fait le recit de leur entretien & de la manière qu'il fe paffa, mais je ne fuis pas amoureux comme ils etoient.

Leandre leur dit de plus qu'il avoit donné ordre à toutes fes affaires, qu'il avoit mis des fermiers dans toutes fes terres, & qu'il leur leur avoit fait avancer chacun fix mois, ce qui pouvoit monter à fix mille livres, qu'il avoit apportées afin que la troupe ne manquât de rien. A ce difcours, grands remerciemens. Alors Ragotin (qui n'avoit point paru en tout ce que nous avons dit en ces deux derniers

chapitres) s'avança pour dire que puifque
M. Leandre ne vouloit pas reprefenter en ce
pays qu'on pouvoit lui bailler fes rôles & qu'il
s'en acquitteroit comme il faut. Mais Roquebrune (qui etoit fon antipode) dit que cela lui
appartenoit bien mieux qu'à un petit bout de
flambeau. Cette epithète fit rire toute la compagnie ; en fuite de quoi le Deftin dit que
l'on y aviferoit, & qu'en attendant la Caverne
pourroit achever fon hiftoire, & qu'il feroit bon
d'envoyer querir le prieur de Saint-Louis, afin
qu'il en ouït la fin comme il avoit fait la fuite,
& afin que plus facilement il nous debitât la
fienne. Mais la Caverne repondit qu'il n'etoit
pas neceffaire, parce qu'en deux mots elle
auroit achevé. On lui donna audience, & elle
continua ainfi :

« Je fuis demeurée au temps de mon accouchement d'Angelique ; je vous ai dit auffi que
deux comediens nous vinrent trouver pour
nous perfuader de faire troupe avec eux ; mais
je ne vous ai pas dit que c'etoient l'Olive & un
autre qui nous quitta depuis, en la place duquel nous reçumes notre poète. Mais me voici
au lieu de mes plus fenfibles malheurs. Un jour
que nous allions reprefenter la comedie du
Menteur, de l'incomparable M. Corneille, dans
une ville de Flandre où nous etions alors, un
laquais d'une dame, qui avoit charge de garder
fa chaife, la quitta pour aller ivrogner, & auffitôt une autre dame prit la place. Quand celle

à qui elle appartenoit vint pour s'y affeoir & la
trouvant prife, elle dit civilement à celle qui
l'occupoit que c'etoit là fa chaife & qu'elle
la prioit de la lui laiffer ; l'autre repondit que
fi cette chaife etoit fienne qu'elle la pourroit
prendre, mais qu'elle ne bougeroit pas de cette
place-là. Les paroles augmentèrent, & des
paroles l'on en vint aux mains. Les dames fe
tiroient les unes les autres, ce qui auroient été
peu, mais les hommes s'en mêlèrent ; les parens de chaque parti en formèrent un chacun ;
l'on crioit, l'on fe pouffoit, & nous regardions
le jeu par les ouvertures des tentes du theâtre.
Mon mari, qui devoit faire le perfonnage de
Dorante, avoit fon epée au côté ; quand il en
vit une vingtaine de tirées hors du fourreau,
il ne marchanda point, il fauta du theâtre en
bas & fe jeta dans la mêlée, ayant auffi l'epée
à la main, tâchant d'apaifer le tumulte, quand
quelqu'un de l'un des partis (le prenant fans
doute pour être du contraire au fien) lui porta
un grand coup d'epée que mon mari ne put
parer ; car s'il s'en fût aperçu, il lui eût bien
baillé le change, car il etoit fort adroit aux
armes. Ce coup lui perça le cœur ; il tomba,
& tout le monde s'enfuit. Je me jetai en bas
du theâtre & m'approchai de mon mari, que je
trouvai fans vie. Angelique (qui pouvoit avoir
alors treize ou quatorze ans) fe joignit à moi
avec tous ceux de la troupe. Notre recours fut
à verfer des larmes, mais inutilement. Je fis

enterrer le corps de mon mari après qu'il eut
été vifité par la juftice, qui me demanda fi je
me voulois faire partie, à quoi je repondis que
je n'en avois pas le moyen. Nous fortîmes de
la ville, & la neceffité nous contraignit de
reprefenter pour gagner notre vie, bien que
notre troupe ne fût guère bonne, le principal
acteur nous manquant. D'ailleurs j'etois fi affligée que je n'avois pas le courage d'etudier mes
rôles; mais Angelique, qui fe faifoit grande,
fuppléa à mon defaut. Enfin nous etions dans
une ville de Hollande où vous nous vîntes
trouver, vous, monfieur le Deftin, mademoifelle votre fœur & la Rancune; vous vous
offrîtes de reprefenter avec nous, & nous fûmes
ravis de vous recevoir & d'avoir le bonheur de
votre compagnie. Le refte de mes aventures a
eté commun entre nous, comme vous ne fçavez que trop, au moins depuis Tours, où notre
portier tua un des fufiliers de l'intendant,
jufques en cette ville d'Alençon. »

La Caverne finit ainfi fon hiftoire, en verfant beaucoup de larmes, ce que fit l'Etoile en
l'embraffant & la confolant du mieux qu'elle
put de fes malheurs, qui veritablement n'etoient
pas mediocres; mais elle lui dit qu'elle avoit
fujet de fe confoler, attendu l'alliance de Léan-
dre. La Caverne fanglotoit fi fort qu'elle ne put
lui repartir, non plus que moi continuer ce chapitre.

CHAPITRE IX.

*La Rancune defabufe Ragotin fur le fujet de
l'Etoile, & l'arrivée d'un carroffe plein de
nobleffe, & autres aventures de Ragotin.*

A comedie alloit toujours avant,
& l'on reprefentoit tous les jours
avec grande fatisfaction de l'audi-
ditoire, qui etoit toujours beau
& fort nombreux ; il n'y arrivoit
aucun defordre, parce que Ragotin tenoit fon
rang derrière la fcène, lequel n'etoit pourtant
pas content de ce qu'on ne lui donnoit point
de rôle, & dont il grondoit fouvent ; mais on
lui donnoit efperance que, quand il feroit
temps, on le feroit reprefenter. Il s'en plai-
gnoit prefque tous les jours à la Rancune, en
qui il avoit grande confiance, quoique ce fût
le plus mefiable de tous les hommes. Mais
comme il l'en preffoit une fois extraordinaire-
ment, la Rancune lui dit : « Monfieur Rago-

tin, ne vous ennuyez pas encore, car apprenez
qu'il y a grande différence du barreau au
theâtre : fi l'on n'y eft bien hardi, l'on s'inter-
rompt facilement; & puis la declamation des
vers eft plus difficile que vous ne penfez. Il
faut obferver la ponctuation des periodes & ne
pas faire paroître que ce foit de la poéfie, mais
les prononcer comme fi c'etoit de la profe;
& il ne faut pas les chanter ni s'arrêter à la
moitié ni à la fin des vers, comme fait le vulgaire, ce qui a très mauvaife grâce ; & il y faut
être bien affuré; en un mot, il les faut animer
par l'action. Croyez-moi donc, attendez encore
quelque temps, & pour vous accoutumer au
theâtre, reprefentez fous le mafque à la farce :
vous y pourrez faire le fecond zani [23]. Nous avons
un habit qui vous fera propre (c'etoit celui d'un
petit garçon qui faifoit quelquefois ce perfonnage-là, & que l'on appeloit Godenot); il en
faut parler à M. le Deftin & à mademoifelle
de l'Eftoile »; ce qu'ils firent le jour même,
& fut arrêté que le lendemain Ragotin feroit
ce perfonnage-là. Il fut inftruit par la Rancune
(qui, comme vous avez vu au premier tome de
ce roman, s'enfarinoit à la farce) de ce qu'il
devoit dire.

Le fujet de celle qu'ils jouèrent fut une intrigue amoureufe que la Rancune demêloit en
faveur du Deftin. Comme il fe preparoit à
exécuter ce négoce, Ragotin parut fur la
fcène, auquel la Rancune demanda en ces

termes : « Petit garçon, mon petit Godenot,
où vas-tu fi empreffé? » Puis s'adreffant à la
compagnie (après lui avoir paffé la main fous
le menton & trouvé fa barbe) : « Meffieurs,
j'avois toujours cru que ce que dit Ovide de la
metamorphofe des fourmis en pygmées[24] (auxquels les grues font la guerre) etoit une fable ;
mais à prefent je change de fentiment, car
fans doute en voici un de la race, ou bien ce
petit homme, reffufcité, pour lequel l'on a fait
(il y a environ fept ou huit cents ans) une
chanfon que je fuis refolu de vous dire ; ecou-
tez bien :

CHANSON.

Mon pere m'a donné mari.
Qu'eft-ce que d'un homme fi petit ?
Il n'eft pas plus grand qu'une fourmi.
Hé ! qu'eft-ce ? qu'eft-ce ? qu'eft-ce ? qu'eft-ce ?
Qu'eft-ce que d'un homme,
S'il n'eft, s'il n'eft homme ?
Qu'eft-ce que d'un homme fi petit ?

A chaque vers la Rancune tournoit & retournoit le pauvre Ragotin & faifoit des poftures
qui faifoient bien rire la ·compagnie. L'on n'a
pas mis le refte de la chanfon, comme chofe
fuperflue à notre roman[25].
    Après que la Rancune eut achevé fa chan-
fon, il montra Ragotin & dit : « Le voici ref-

fufcité », & en difant cela il denoua le cordon
avec lequel fon mafque etoit attaché, de forte
qu'il parut à vifage decouvert, non pas fans
rougir de honte & de colère tout enfemble. Il
fit pourtant de neceffité vertu, & pour fe venger il dit à la Rancune qu'il etoit un franc
ignorant d'avoir terminé tous les vers de fa
chanfon en *i*, comme *cribli, trouvi,* etc., & que
c'etoit très mal parlé, qu'il falloit dire *trouva*
ou *trouvai.* Mais la Rancune lui repartit :
« C'eft vous, Monfieur, qui êtes un grand ignorant, pour un petit homme, car vous n'avez pas
compris ce que j'ai dit, que c'etoit une chanfon fi vieille que, fi l'on faifoit un rôle de
toutes les chanfons que l'on a faites en France
depuis que l'on y fait des chanfons, ma chanfon feroit en chef. D'ailleurs ne voyez-vous pas
que c'eft l'idiome de cette province de Normandie où cette chanfon a eté faite, & qui
n'eft pas fi mal à propos comme vous vous
imaginez? Car, puifque, felon ce fameux Sa-
voyard M. de Vaugelas, qui a reformé la langue françaife, l'on ne fauroit donner de raifon
pourquoi l'on prononce certains termes, & qu'il
n'y a que l'ufage qui les fait approuver, ceux
du temps que l'on fit cette chanfon doit paffer,
puifqu'elle eft la plus ancienne. Je vous demande, Monfieur Ragotin, pourquoi eft-ce que,
puifque l'on dit de quelqu'un « il monta à cheval & il entra en fa maifon », que l'on ne dit
pas *il defcenda* & *il forta,* mais il defcendit

& il fortit? Il s'enfuit donc que l'on peut dire
il entrit & *il montit*, & ainfi de tous les termes
femblables. Or, puifqu'il n'y a que l'ufage qui
leur donne le cours, c'eft auffi l'ufage qui fait
paffer ma chanfon. »

Comme Ragotin vouloit repartir, le Deftin
entra fur la fcène, fe plaignant de la longueur
de fon valet la Rancune, & l'ayant trouvé en
différent avec Ragotin, il leur demanda le fujet
de leur difpute, qu'il ne pût jamais apprendre :
car ils fe mirent à parler tous à la fois, & fi haut
qu'il s'impatienta & pouffa Ragotin contre la
Rancune, qui le lui renvoya de même, en telle
forte qu'ils le ballotèrent longtemps d'un bout
du théâtre à l'autre, jufqu'à ce que Ragotin
tomba fur les mains & marcha jufques aux
tentes du théâtre, fous lefquelles il paffa. Tous
les auditeurs fe levèrent pour voir cette badi-
nerie, & fortirent de leur places, proteftant aux
comediens que cette faillie valoit mieux que
leur farce, qu'auffi bien ils n'auroient pu achever, car les demoifelles & les autres acteurs,
qui regardoient par les ouvertures des tentes
du théâtre, rioient fi fort qu'il leur eût eté
impoffible.

Nonobftant cette boutade, Ragotin perfecutoit
fans ceffe la Rancune de le mettre aux bonnes
grâces de l'Etoile, & pour ce fujet il lui donnoit
fouvent des repas, ce qui ne deplaifoit pas à la
Rancune, qui tenoit toujours le bec en l'eau
au petit homme ; mais, comme il etoit frappé

d'un même trait, il n'ofoit parler à cette belle
ni pour lui ni pour Ragotin, lequel le preffa
une fois fi fort qu'il fut obligé de lui dire :
« Monfieur Ragotin, cette Etoile eft fans doute
de la nature de celles du ciel que les aftro-
logues appellent errantes : car, auffitôt que
je lui ouvre le difcours de votre paffion, elle
me laiffe fans me repondre ; mais comment me
repondroit-elle, puifqu'elle ne m'ecoute pas ?
Mais je crois avoir decouvert le fujet qui la
rend de fi difficile abord ; ceci vous furprendra
fans doute, mais il faut être préparé à tout
evenement. Ce monfieur le Deftin, qu'elle appelle fon frère, ne lui eft rien moins que
cela ; je les furpris il y a quelques jours fe faifant des careffes fort éloignées d'un frère & d'une
fœur, ce qui m'a depuis fait conjeéturer que
c'etoit plutoft fon galant ; & je fuis le plus
trompé du monde fi, quand Leandre & Angelique fe marieront, ils n'en font de même.
Sans cela, elle feroit bien degoûtée de mépri-
fer votre recherche, vous qui êtes un homme
de qualité & de mérite, fans compter la bonne
mine. Je vous dis ceci afin que vous tâchiez à
chaffer de votre cœur cette paffion, puifqu'elle
ne peut fervir qu'à vous tourmenter comme un
damné. » Le petit poète & avocat fut fi affom-
mé de ce difcours qu'il quitta la Rancune en
branlant la tête & en difant fept ou huit fois,
à fon ordinaire : « Serviteur, ferviteur, etc. »
    Enfuite Ragotin s'avifa d'aller faire un voyage

à Beaumont-le-Vicomte, petite ville diftante
d'environ cinq lieues d'Alençon, & où l'on tient
un beau marché tous les lundis de chaque femaine ; il voulut choifir ce jour-là pour y aller,
ce qu'il fit fçavoir à tous ceux de la troupe,
leur difant que c'etoit pour retirer quelque
fomme d'argent qu'un des marchands de cette
ville-là lui devoit, ce que tous trouvèrent bon.
« Mais, lui dit la Rancune, comment penfez-
vous faire ? car votre cheval eft encloué, il ne
pourra pas vous porter. — Il n'importe (dit
Ragotin) ; j'en prendrai un de louage, & fi je
n'en puis trouver j'irai bien à pied, il n'y a pas
fi loin ; je profiterai de la compagnie de quelqu'un des marchands de cette ville, qui y vont
prefque tous de la forte. » Il en chercha un
partout fans en pouvoir trouver ; ce qui l'obligea à demander à un marchand de toiles, voifin de leur logis, s'il iroit lundi prochain au
marché de Beaumont ; &, ayant appris que
c'étoit fa réfolution, il le pria d'agréer qu'il
l'accompagnât, ce que le marchand accepta, à
condition qu'ils partiroient auffitôt que la lune
feroit levée, qui etoit environ une heure après
minuit, ce qui fut executé.

Or, un peu devant qu'ils fe miffent en chemin, il etoit parti un pauvre cloutier, lequel
avoit accoutumé de fuivre les marchés pour
debiter fes clous & des fers de cheval, quand
il les avoit faits, & qu'il portoit fur fon dos
dans une beface. Ce cloutier etant en chemin,

et n'entendant ni ne voyant perfonne devant
ni derrière lui, jugea qu'il etoit encore trop
tôt pour partir. D'ailleurs une certaine frayeur
le faifit quand il penfa qu'il lui falloit paffer
tout proche des fourches patibulaires, où il y
avoit alors un grand nombre de pendus; ce
qui l'obligea à s'écarter un peu du chemin & fe
coucher fur une petite motte de terre, où etoit
une haie, en attendant que quelqu'un paffât,
& où il s'endormit. Quelque peu de temps
après, le marchand & Ragotin paffèrent; ils
alloient au petit pas & ne difoient mot, car
Ragotin rêvoit au difcours que lui avoit fait
la Rancune. Comme ils furent proche du
gibet, Ragotin dit qu'il falloit compter les
pendus; à quoi le marchand s'accorda par complaifance. Ils avancèrent jufqu'au milieu des
piliers pour compter, & auffitôt ils aperçurent
qu'il en etoit tombé un qui etoit fort fec. Ragotin, qui avoit toujours des penfées dignes de
fon bel efprit, dit au marchand qu'il lui aidât
à le relever, & qu'il le vouloit appuyer tout
droit contre un des piliers, ce qu'ils firent faci-
cilement avec un bâton : car, comme je l'ai
dit, il etoit roide & fort fec ; &, après avoir vu
qu'il y en avoit quatorze de pendus, fans celui
qu'ils avoient relevé, ils continuèrent leur chemin. Ils n'avoient pas fait vingt pas quand
Ragotin arrêta le marchand pour lui dire qu'il
falloit appeler ce mort, pour voir s'il voudroit
venir avec eux, & fe mit à crier bien fort :

« Holà ho! veux-tu venir avec nous? » Le
cloutier, qui ne dormoit pas ferme, fe leva
auffitôt de fon pofte, &, en fe levant, cria auffi
bien fort : « J'y vais, j'y vais, attendez-moi »,
& fe mit à les fuivre. Alors le marchand & Ragotin, croyant que ce fût effectivement le
pendu, fe mirent à courir bien fort ; & le cloutier fe mit auffi à courir, en criant toujours
plus fort : « Attendez-moi! » Et, comme il
couroit, les fers & les clous qu'il portoit faifoient grand bruit, ce qui redoubla la peur de
Ragotin & du marchand : car ils crurent pour
lors que c'etoit veritablement le mort qu'ils
avoient relevé, ou l'ombre de quelque autre,
qui traînoit des chaînes (car le vulgaire croit
qu'il n'apparoît jamais de fpectre qui n'en
traîne après foi); ce qui les mit en etat de ne
plus fuir, un tremblement les ayant faifis, en
telle forte que, leurs jambes ne les pouvant
plus foutenir, il furent contraints de fe coucher par terre, où le cloutier les trouva, & qui
fit deloger la peur de leur cœur par un bonjour
qu'il leur donna, ajoutant qu'ils l'avoient bien
fait courir. Ils eurent de la peine à fe raffurer ;
mais, après avoir reconnu le cloutier, ils fe levèrent & continuèrent heureufement leur chemin jufqu'à Beaumont, où Ragotin fit ce qu'il
y avoit à faire, & le lendemain s'en retourna à
Alençon. Il trouva tous ceux de la troupe qui
fortoient de table, auxquels il raconta fon aventure, qui les penfa faire mourir de rire. Les

demoiſelles en faiſoient de ſi grands eclats
qu'on les entendoit de l'autre bout de la rue,
& qui furent interrompus par l'arrivée d'un
carroſſe rempli de nobleſſe campagnarde. C'e-
toit un gentilhomme qu'on appeloit M. de la
Freſnaye. Il marioit ſa fille unique, & il venoit
prier les comediens de repreſenter chez lui le
jour de ſes noces. Cette fille, qui n'etoit pas des
plus ſpirituelles du monde, leur dit qu'elle
deſiroit que l'on jouât la Silvie de Mairet. Les
comediennes ſe contraignirent beaucoup pour
ne rire pas, & lui dirent qu'il falloit donc leur
en procurer une, car ils ne l'avoient plus. La
demoiſelle repondit qu'elle leur en bailleroit
une, ajoutant qu'elle avoit toutes les Paſtorales :
celles de Racan, la Belle Pêcheuſe, le Contraire en Amour, Ploncidon, le Mercier, & un
grand nombre d'autres dont je n'ai pas retenu
les titres. « Car, diſoit-elle, cela eſt propre à
ceux qui, comme nous, demeurent dans des
maiſons aux champs ; & d'ailleurs les habits ne
coûtent guère : il ne ſe faut point mettre en
peine d'en avoir de ſomptueux, comme quand
il faut repreſenter la mort de Pompée, le Cinna,
Heraclius ou la Rodogune. Et puis les vers
des Paſtorales ne ſont pas ſi ampoulés comme
ceux des poèmes graves ; & ce genre paſtoral
eſt plus conforme à la ſimplicité de nos premiers parens, qui n'etoient habillés que de
feuilles de figuier, même après leur péché. »
Son père & ſa mère ecoutoient ce diſcours avec

admiration, s'imaginant que les plus excellens
orateurs du royaume n'auroient fçu debiter de
fi riches penfées, ni en termes fi relevés.

Les comediens demandèrent du temps pour
fe preparer, & on leur donna huit jours. La
compagnie s'en alla après avoir dîné, quand le
prieur de Saint-Louis entra. L'Etoile lui dit
qu'il avoit bien fait de venir, car il avoit ôté la
peine à l'Olive de l'aller querir, pour s'acquitter de fa promeffe, à quoi il ne lui falloit guère
de perfuafion, puifqu'il venoit pour ce fujet.
Les comediennes s'affirent fur un lit & les comediens dans des chaifes. L'on ferma la porte,
avec commandement au portier de dire qu'il
n'y avoit perfonne, s'il fût furvenu quelqu'un.
L'on fit filence, & le prieur debuta comme vous
allez voir au fuivant chapitre, fi vous prenez la
peine de le lire.

CHAPITRE X.

*Histoire du prieur de Saint-Louis & l'arrivée
de M. de Verville.*

E commencement de cette histoire
ne peut vous être qu'ennùyeux,
puisqu'il est genealogique ; mais
cet exorde est, ce me semble, né-
cessaire pour une plus parfaite intelligence de ce que vous y entendrez. Je ne
veux point deguiser ma condition, puisque je
suis dans ma patrie ; peut-être qu'ailleurs j'aurois pu passer pour autre que je ne suis, bien
que je ne l'aie jamais fait. J'ai toujours été
fort sincère en ce point-là. Je suis donc natif
de cette ville : les femmes de mes deux grands-
pères etoient demoiselles, & il y avoit du *de* à
leur surnom. Mais, comme vous sçavez que les
fils aînés emportent presque tout le bien &
qu'il en reste fort peu pour les autres garçons
& pour les filles (suivant l'ordre du Coutumier 26

de cette province), on les loge comme l'on
peut, ou en les mettant en l'ordre eccléfiaftique
ou religieux, ou en les mariant à des perfonnes
de moindre condition, pourvu qu'ils foient
honnêtes gens & qu'ils aient du bien, fuivant
le proverbe qui court en ce pays : « Plus de
profit & moins d'honneur », proverbe qui
depuis longtemps a paffé les limites de cette
province & s'eft repandu par tout le royaume.
Auffi mes grand'mères furent mariées à de
riches marchands, l'un de draps de laine
& l'autre de toiles. Le père de mon père avoit
quatre fils, dont mon père n'etoit pas l'aîné.
Celui de ma mère avoit deux fils & deux filles,
dont elle en étoit une. Elle fut mariée au fecond fils de ce.marchand drapier, lequel avoit
quitté le commerce pour s'adonner à la chicane :
ce qui eft caufe que je n'ai pas eu tant de bien
que j'euffe pu avoir. Mon père, qui avoit
beaucoup gagné au commerce & qui avoit
epoufé en premières noces une femme fort riche
qui mourut fans enfans, etoit dejà fort avancé
en âge quand il epoufa ma mère qui confentit
à ce mariage plutôt par obéiffance que par
inclination : auffi il y avoit plutôt de l'averfion
de fon côté que de l'amour ; ce qui fut fans
doute la caufe qu'ils demeurèrent treize ans
mariés & quafi hors d'efperance d'avoir des
enfans ; mais enfin ma mère devint enceinte.
Quand le terme fut venu de produire fon fruit,
ce fut avec une peine extrême, car elle de-

meura quatre jours au mal de l'enfantement ;
à la fin elle accoucha de moi fur le foir du
quatrième jour. Mon père, qui avoit été occupé
pendant ce temps-là à faire condamner un
homme à être pendu (parce qu'il avait tué un
fien frère) & quatorze faux témoins au fouet,
fut ravi de joie quand les femmes qu'il avoit
laiffées dans fa maifon pour fecourir ma mère
le félicitèrent de la naiffance de fon fils. Il les
régala du mieux qu'il put, & en enivra quelques-unes, auxquelles il fit boire du vin blanc
en guife de cidre poiré : lui-même me l'a ra-
conté plufieurs fois.

Je fus baptifé deux jours après ma naiffance ;
le nom que l'on m'impofa ne fait rien à mon
hiftoire. J'eus pour parrain un feigneur de
place fort riche, dont mon père etoit voifin,
lequel ayant appris de madame fa femme la
groffeffe de ma mère, après un fi long temps de
mariage, comme j'ai dit, il lui demanda fon
fruit pour le prefenter au baptême : ce qui lui
fut accordé fort agréablement. Comme ma
mère n'avoit que moi, elle m'eleva avec grand
foin, & un peu trop délicatement pour un enfant
de ma condition. Quand je fus un peu grand,
je fis paroître que je ne ferois pas fot, ce qui
me fit aimer de tous ceux de qui j'etois connu,
& principalement de mon parrain, lequel n'a-
voit qu'une fille unique mariée à un gentilhomme parent de ma mère. Elle avoit deux
fils, un plus âgé d'un an que moi, & l'autre

moins âgé d'un an, mais qui etoient auffi bru-
taux que je faifois paroître d'efprit ; ce qui
obligeoit mon parrain à m'envoyer querir
quand il avoit quelque illuftre compagnie, car
c'etoit un homme fplendide & qui traitoit tous
les princes & grands feigneurs qui paffoient par
cette ville. Il me faifoit chanter, danfer & ca-
queter pour les divertir, & j'étois toujours
affez bien vêtu pour avoir entrée partout. J'aurois fait fortune avec lui, fi la mort ne me
l'eût ravi trop tôt, à un voyage qu'il fit à
Paris. Je ne reffentis point alors cette mort
comme j'ai fait depuis. Ma mère me fit etudier
& je profitois beaucoup ; mais, quand elle aperçut que j'avois de l'inclination à être d'églife,
elle me retira du collège & me jeta dans le
monde où je penfai me perdre, nonobftant le
vœu qu'elle avoit fait à Dieu de lui confacrer
le fruit qu'elle produiroit s'il lui accordoit la
prière qu'elle lui faifoit de lui en donner.
Elle etoit tout au contraire des autres
mères, qui ôtent à leurs enfans les moyens de
fe debaucher : car elle me bailloit (tous les
dimanches & fêtes) de l'argent pour jouer
& aller au cabaret. Neanmoins, comme j'avois
le naturel bon, je ne faifois point d'excès,
& tout fe terminoit à me rejouir avec mes voifins. J'avois fait grande amitié avec un jeune
garçon âgé de quelques années plus que moi,
fils d'un officier de la reine mère du roi Louis
treizième, de glorieufe memoire, lequel avoit

auffi deux filles. Il faifoit fa refidence dans une maifon fituée dans ce beau parc, lequel (comme vous pouvez fçavoir) a été autrefois le lieu de delices des anciens ducs d'Alençon. Cette maifon lui avoit eté donnée, avec un grand enclos, par la reine fa maîtreffe, qui jouiffoit alors en apanage de ce duché. Nous paffions agreablement le temps dans ce parc, mais comme des enfans, fans penfer à ce qui arriva depuis. Cet officier de la reine, que l'on appeloit M. du Frefne, avoit un frère auffi officier dans la maifon du roi, lequel lui demanda fon fils, ce que du Frefne n'ofa refufer. Devant que de partir pour la cour il me vint dire adieu, & j'avoue que ce fut la première douleur que je reffentis en ma vie. Nous pleurâmes bien fort en nous feparant; mais je pleurai bien davantage quand, trois mois après fon depart, fa mère m'apprit la nouvelle de fa mort. Je reffentis cette affliction autant que j'en etois capable, & je m'en allai le pleurer avec fes fœurs, qui en etoient fenfiblement touchées. Mais, comme le temps modère tout, quand ce trifte fouvenir fut un peu paffé, mademoifelle du Frefne vint un jour prier ma mère d'agréer que j'allaffe donner quelques exemples d'ecriture à fa jeune fille, que l'on appeloit mademoifelle du Lys, pour la difcerner de fon aînée, qui portoit le nom de la maifon. « D'autant, lui dit-elle, que l'ecrivain qui l'enfeignoit s'en eft allé »; ajoutant qu'il y en avoit beaucoup

d'autres, mais qu'ils ne vouloient pas aller
montrer en ville, & que fa fille n'etoit pas de
condition à rouler les ecoles. Elle s'excufa fort
de cette liberté ; mais elle dit qu'avec les amis
l'on en ufe facilement. Elle ajouta que cela
pourroit fe terminer à quelque chofe de plus
important, fous-entendant notre mariage,
qu'elles conclurent depuis fecretement entre
elles. Ma mère ne m'eût pas plutôt propofé cet
emploi que l'après-dînée j'y allai, reffentant
dejà quelque fecrète caufe qui me faifoit agir,
fans y faire pourtant guère de réflexion. Mais
je n'eus pas demeuré huit jours en la pratique
de cet exercice que la du Lys, qui etoit la
plus jolie des deux filles, fe rendit fort fami-
lière avec moi, & fouvent par raillerie m'appeloit mon petit maître. Ce fut pour lors que je
commençai à reffentir quelque chofe dans mon
cœur, qu'il avoit ignoré jufques alors, & il en
fut de même de la du Lys. Nous etions infe-
parables, & nous n'avions point de plus grande
fatisfaction que quand on nous laiffoit feuls, ce
qui arrivoit affez fouvent. Ce commerce dura
environ fix mois, fans que nous nous parlaffions
de ce qui nous poffédoit ; mais nos yeux en
difoient affez. Je voulus effayer un jour de faire
des vers à fa louange, pour voir fi elle les rece-
vroit agreablement ; mais, comme je n'en avois
point encore compofé, je ne pus pas y reuffir.
Je commençois à lire les bons romans & les
bons poètes, ayant laiffé les Mulefines, Robert-

le-Diable, les Quatre fils Aymon, la Belle
Maguelonne, Jean de Paris[27], etc., qui font les
romans des enfans. Or, en lifant les œuvres de
Marot, j'y trouvai le triolet qui convenoit mer-
veilleufement bien à mon deffein. Je le trans-
crivis mot à mot. Voici comme il y avoit[28] :

Votre bouche petite & belle,
Eft fi agreable entretien,
Qui parfois fon maître m'appelle,
Et l'alliance j'en retiens :
Car ce m'eft honneur & grand bien ;
Mais, quand vous me prîtes pour maître,
Que ne difiez-vous auffi bien :
Votre maîtreffe je veux être.

Je lui donnai ces vers, qu'elle lut avec joie,
comme je connus fur fon vifage ; après quoi
elle les mit dans fon fein, d'où elle les laiffa
tomber un moment après, & qui furent relevés
par fa fœur aînée fans qu'elle s'aperçut, & dont
elle fut avertie par un petit laquais. Elle les
lui demanda, &, voyant qu'elle faifoit quelque
difficulté de les lui rendre, elle fe mit furieufement en colère & s'en plaignit à fa mère, qui
commanda à fa fille de les lui bailler, ce qu'elle
fit. Ce procédé me donna de bonnes efperances,
quoique ma condition me rebutât.

Or, pendant que nous paffions ainfi agreablement le temps, mon père & ma mère, qui
etoient fort avancés en âge, deliberèrent de me

marier, & ils m'en firent un jour la propofition.
Ma mère decouvrit à mon père le projet qu'elle
avoit fait avec mademoifelle du Frefne, comme
je vous l'ai dit ; mais, comme c'etoit un homme
fort intereffé, il lui repondit que cette fille-là
etoit d'une condition trop relevée pour moi,
&, d'ailleurs, qu'elle avoit trop peu de bien,
nonobftant quoi elle voudroit trop trancher de
la dame. Comme j'etois fils unique, & que mon
père etoit fort riche felon fa condition, & femblablement un mien oncle, qui n'avoit point
d'enfans, & duquel il n'y avoit que moi qui en
pût être heritier, felon la coutume de Normandie, plufieurs familles me regardoient
comme un objet digne de leur alliance, & même l'on me fit porter trois ou quatre enfans au
baptême avec des filles des meilleures maifons
de notre voifinage (qui eft ordinairement par
où l'on commence pour reuffir aux mariages) ;
mais je n'avois dans la penfée que ma chère
du Lys. J'en etois neanmoins fi perfécuté de
de tous mes parens que je pris refolution de
m'en aller à la guerre, quoique je n'euffe que
feize ou dix-fept ans. L'on fit des levées en cette
ville pour aller en Danemarck fous la conduite
de M. le comte de Montgommeri. Je me fis
enroler fecretement avec trois cadets, mes voifins, & nous partîmes de même en fort bon
équipage ; mon père & ma mère en furent fort
affligés, & ma mère en penfa mourir de douleur. Je ne pus fçavoir alors quel effet ce depart

inopiné fit fur l'efprit de la du Lys, car je ne
lui en dis rien du tout ; mais je l'ai fçu depuis
par elle-même. Nous nous embarquâmes au
Hâvre-de-Grâce & voguâmes affez heureufement
jufqu'à ce que nous fuffions près du Sund ;
mais alors il fe leva la plus furieufe tempête
que l'on ait jamais vue fur la mer océane ; nos
vaiffeaux furent jetés par la tourmente en divers endroits, & celui de M. de Montgommeri,
dans lequel j'etois, vint aborder heureufement
à l'embouchure de la Tamife, par laquelle nous
montâmes, à l'aide du reflux, jufqu'à Londres,
capitale d'Angleterre, où nous fejournâmes environ fix femaines, pendant lequel temps j'eus
le loifir de voir une partie des raretés de cette
fuperbe ville, & l'illuftre cour de fon roi, qui
etoit alors Charles Stuart, premier du nom.
M. de Montgommeri s'en retourna dans fa
maifon de Pont-Orfon, en Baffe-Normandie,
où je ne voulus pas le fuivre. Je le fuppliai de
me permettre de prendre la route de Paris, ce
qu'il fit. Je m'embarquai dans un vaiffeau qui
alloit à Rouen, où j'arrivai heureufement, & de
là je me mis fur un bateau qui me remonta
jufqu'à Paris, où je trouvai un mien parent
fort proche, qui etoit ciergier du Roi. Je le
priai que par fon moyen je puffe entrer au régiment des gardes ; il s'y employa & fut mon
repondant, car en ce temps-là il en falloit avoir
pour y être reçu, ce que je fus en la compagnie de M. de la Rauderie. Mon parent me

bailla de quoi me remettre en equipage (car en
ce voyage de mer j'avois gâté mes habits) & de
l'argent, ce qui me faifoit faire paroli[20] à une
trentaine de cadets de grande maifon, qui portoient tous le moufquet auffi bien que moi.

En ce temps-là les princes & grands feigneurs de France fe foulevèrent contre le roi,
& même Mgr le duc d'Orléans, fon frère ; mais
Sa Majefté, par l'adreffe ordinaire du grand
cardinal de Richelieu, rompit leurs mauvais
deffeins, ce qui obligea Sa Majefté de faire un
voyage en Bretagne avec une puiffante armée.
Nous arrivâmes à Nantes, où l'on fit la première execution des rebelles fur la perfonne du
comte de Chalais, qui eut la tête tranchée ; ce
qui donna de la terreur à tous les autres, qui
moyennèrent leurs paix avec le roi, lequel s'en
retourna à Paris. Il paffa par la ville du Mans,
où mon père me vint trouver, tout vieux qu'il
etoit (car il avoit eté averti par mon coufin ce
ciergier du Roi, que j'etois au régiment des
gardes) ; il me demanda à mon capitaine, lequel lui accorda mon congé. Nous nous en
revînmes en cette ville, où mes parens refolurent que, pour m'arrêter, il me falloit lier avec
une femme ; celle d'un chirurgien voifin d'une
mienne coufine germaine fit venir pendant le
carême (fous prétexte d'ouïr les prédications) la
fille d'un lieutenant de bailli d'un bourg diftant de trois lieues d'ici. Ma coufine me vint
querir à notre maifon pour me la faire voir ;

mais après une heure de converfation que j'eus
avec elle dans la maifon de madite coufine, où
elle etoit venue, elle fe retira, & alors l'on me
dit que c'etoit une maîtreffe pour moi ; à quoi
je repondis froidement qu'elle ne m'agréoit pas.
Ce n'eft pas qu'elle ne fût affez belle & riche,
mais toutes les beautés me fembloient laides
en comparaifon de ma chère du Lys, qui feule
occupoit toutes mes penfées. J'avois un oncle,
frère de ma mère, homme de juftice, & que je
craignois beaucoup, lequel s'en vint un foir à
notre maifon, &, après m'avoir fort bravé fur
le mepris que j'avois temoigné faire de cette
fille, me dit qu'il falloit me refoudre à l'aller
voir chez elle aux prochaines fêtes de Pâques,
& qu'il y avoit des perfonnes qui valoient plus
que moi qui fe tiendroient bien honorées de
cette alliance. Je ne repondis ni oui ni non ;
mais, les fêtes fuivantes, il fallut y aller avec ma
coufine, cette chirurgienne & un fien fils. Nous
fûmes agreablement reçus, & l'on nous regala
trois jours durant. L'on nous mena auffi à
toutes les metairies de ce lieutenant, dans toutes
lefquelles il y avoit feftin. Nous fûmes auffi à
un gros bourg, diftant d'une lieue de cette
maifon, voir le curé du lieu, qui etoit frère de
de la mère de cette fille, lequel nous fit un
fort gracieux accueil. Enfin nous nous en retournâmes comme nous etions venus, c'eft-à-dire,
pour ce qui me regardoit, auffi peu amoureux
que devant. Il fut pourtant refolu que dans

une quinzaine de jours on parleroit à fond de
ce mariage. Le terme etant expiré, j'y retour-
nai avec trois de mes coufins germains, deux
avocats & un procureur en ce prefidial ; mais,
par bonheur, on ne conclut rien, & l'affaire fut
remife aux fêtes de mai prochaines. Mais le
proverbe eft bien veritable, que l'homme propofe & Dieu difpofe, car ma mère tomba malade quelques jours devant les fêtes & mon
père quatre jours après ; l'une & l'autre maladie fe terminèrent par la mort. Celle de ma
mère arriva au mardi, & celle de mon père le
jeudi de la même femaine, & je fus auffi fort
malade ; mais je me levai pour aller voir cet
oncle fevère, qui etoit auffi fort malade, & qui
mourut quinze jours après. A quelque temps
de là, l'on me reparla de cette fille du lieutenant que j'etois allé voir ; mais je n'y voulus
pas entendre, car je n'avois plus de parens qui
euffent droit de me commander : d'ailleurs que
mon cœur etoit toujours dans ce parc, où je
me promenois ordinairement, mais bien plus
fouvent en imagination.

Un matin, que je croyois pas qu'il y eût encore perfonne de levé dans la maifon du fieur
Dufrefne, je paffai devant, & je fus bien etonné
quand j'ouïs la du Lys qui chantoit, fur fon
balcon, cette vieille chanfon qui a pour reprife :
« Que n'eft-il auprès de moi, celui que mon cœur
aime ! » Ce qui m'obligea à m'approcher d'elle
& à lui faire une profonde révérence, que j'ac-

compagnai de telles ou femblables paroles :
« Je fouhaiterois de tout mon cœur, mademoifelle, que vous euffiez la fatisfaction que vous
defirez, & je voudrois y pouvoir contribuer :
ce feroit avec la même paffion que j'ai toujours été votre très humble ferviteur. » Elle
me rendit bien mon falut, mais elle ne me repondit pas, &, continuant à chanter, elle changea la reprife de la chanfon en ces paroles :
« Le voici auprès de moi celui que mon cœur
aime. » Je ne demeurai pas court, car je m'e-
tois un peu ouvert à la guerre & à la cour,
&, quoique le procédé fût capable de me demonter, je lui dis : « J'aurai fujet de le croire
fi vous me faites ouvrir la porte. » A même
temps elle appela le petit laquais dont j'ai dejà
parlé, auquel elle commanda de me l'ouvrir, ce
qu'il fit. J'entrai, & je fus reçu avec tous les
temoignages de bienveillance du père, de la
mère & de la fœur aînée, mais encore plus de
la du Lys. La mère me demanda pourquoi
j'etois fi fauvage & que je ne les vifitois pas fi
fouvent que j'avois accoutumé, qu'il ne falloit
pas que le deuil de mes parens m'en empêchât,
& qu'il falloit fe divertir comme auparavant ; en
un mot, que je ferois toujours le bienvenu dans
leur maifon. Ma reponfe ne fut que pour faire
paroître mon peu de mérite, en difant quelque peu
de paroles auffi mal rangées que celles que je
vous débite. Mais enfin tout fe termina à un
dejeuner de laitage, qui eft en ce pays grand

regal, comme vous favez. — « Et qui n'eſt pas
defagreable, repondit l'Etoile ; mais pourſui-
vez. » — Quand je pris congé pour ſortir, la
mère me demanda ſi je ne m'incommoderois
point d'accompagner elle & ſes filles chez un
vieux gentilhomme, leur parent, qui demeuroit
à deux lieues d'ici. Je lui repondis qu'elle me
faiſoit tort de me le demander, & qu'un commandement abſolu m'eût eté plus agreable. Le
voyage fut conclu au lendemain. La mère
monta un petit mulet, qui etoit dans la maiſon ;
la fille aînée monta le cheval de ſon père, & je
portois en croupe ſur le mien, qui etoit fort,
ma chère du Lys ; je vous laiſſe à penſer quel
fut notre entretien le long du chemin, car, pour
moi, je ne m'en ſouviens plus. Tout ce que je
puis dire, c'eſt que nous nous feparâmes, la du
Lys & moi, fort amoureux ; depuis ce temps-là
mes viſites furent fort fréquentes, ce qui dura
tout le temps de l'eté & de l'automne. De vous
dire tout ce qui ſe paſſa, je vous ferois trop
ennuyeux ; feulement vous dirai-je que nous
nous derobions ſouvent de la compagnie & nous
allions demeurer feuls à l'ombrage de ce bois
de haute futaie, & toujours ſur le bord de la
belle petite rivière qui paſſe au milieu, où nous
avions la fatiſſaction d'ouïr le ramage des oi-
ſeaux, qu'ils accordaient au doux murmure de
l'eau, parmi lequel nous mêlions mille douceurs
que nous nous diſions, & nous nous faiſions
enſuite autant d'innocentes careſſes. Ce fut là

où nous prîmes refolution de nous bien divertir le carnaval prochain.

Un jour que j'etois occupé à faire faire du
cidre à un preffoir du faubourg de la Barre,
qui eft tout joignant le parc, la du Lys m'y
vint trouver; à fon abord je connus qu'elle
avoit quelque chofe fur le cœur, en quoi je ne
me trompais pas : car, après qu'elle m'eut un
peu raillé fur l'équipage où j'etois, elle me tira
à part & me dit que le gentilhomme dont la
fille etoit chez M. de Planche-Panète, fon beau-
frère, en avoit amené un autre, qu'il pretendoit lui faire donner pour mari, & qu'ils etoient
à la maifon, dont elle s'etoit derobée pour
m'en avertir. « Ce n'eft pas, ajouta-t-elle, que
je favorife jamais fa recherche & que je con-
fente à quoi que ce foit, mais j'aimerois mieux
que tu trouvaffes quelque moyen de le ren-
voyer que s'il venoit de moi. » Je lui dis alors :
« Va-t-en, & lui fais bonne mine, pour ne rien
alterer ; mais fçache qu'il ne fera pas ici demain
à midi. » Elle s'en alla plus joyeufe, attendant
l'evenement. Cepedant je quittai tout & abandonnai mon cidre à la difcretion des valets,
& m'en allai à ma maifon, où je pris du linge
& un autre habit, & m'en allai chercher mes
camarades : car vous devez fçavoir que nous
etions une quinzaine de jeunes hommes qui
avions tous chacun une maîtreffe, & tellement
unis, que qui en offenfoit un avoit offenfé
tous les autres ; & nous etions tous refolus

que, fi quelque etranger venoit pour nous les
ravir, de le mettre en etat de n'y reuffir jamais. Je leur propofai ce que vous venez
d'ouïr, & auffitôt tous conclurent qu'il falloit
aller trouver ce galant (qui etoit un gentilhomme de la plus petite nobleffe du bas Maine)
& l'obliger à s'en retourner comme il etoit
venu. Nous allâmes donc à fon logis, où il
foupoit avec l'autre gentilhomme fon conducteur. Nous ne marchandâmes point à lui dire
qu'il fe pouvoit bien retirer, & qu'il n'y avoit
rien à gagner pour lui en ce pays. Alors le
conducteur repartit que nous ne fçavions pas
leur deffein, & que, quand nous le fçaurions,
nous n'y avions aucun interêt. Alors je m'avan-
çai, &, mettant la main fur la garde de mon
epée, je lui dis : « Si ai bien moi, j'y en ai, &, fi
vous ne le quittez, je vous mettrai en etat de n'en
faire plus. « L'un d'eux repartit que la partie
n'etoit pas egale, & que, fi j'etois feul, je ne parle-
rois pas ainfi. Alors je lui dis : « Vous êtes deux,
& je fors avec celui-ci », en prenant un de mes
camarades, « fuivez-nous ». Ils s'en mirent en
devoir ; mais l'hôte & un fien fils les en empêchè-
rent, & leur firent connoître que le meilleur pour
eux etoit de fe retirer, & qu'il ne faifoit pas bon
de fe frotter avec nous. Ils profitèrent de l'avis,
& l'on n'en ouït plus parler depuis. Le lendemain
j'allai voir la du Lys, à laquelle je racontai l'action que j'avois faite, dont elle fut très contente
& m'en remercia en des termes fort obligeans.

L'hiver approchoit, les veillées etoient fort
longues, & nous les paffions à jouer à des petits jeux d'efprit ; ce qui etant fouvent reiteré
ennuya ; ce qui me fit refoudre à lui donner le
bal. J'en conferai avec elle, & elle s'y accorda.
J'en demandai la permiffion à M. du Frefne,
fon père, & il me la donna. Le dimanche fuivant nous danfâmes, & continuâmes plufieurs
fois ; mais il y avoit toujours une fi grande
foule de monde, que la du Lys me confeilla de
ne faire plus danfer, mais de penfer à quelque
autre divertiffement. Il fut donc refolu d'etudier une comedie, ce qui fut executé. »

L'Etoile l'interrompit en lui difant : « Puifque vous en êtes à la comedie, dites-moi fi cette
hiftoire eft encore guère longue, car il fe fait
tard, & l'heure du fouper approche. — Ha ! dit
le prieur, il y en a encore deux fois autant
pour le moins. » L'on jugea donc qu'il la falloit remettre à une autre fois, pour donner le
temps aux acteurs d'etudier leurs rôles ;
&, quand ce n'eut pas eté pour ces raifons, il
eût fallu ceffer à caufe de l'arrivée de M. de
Verville, qui entra dans la chambre facilement,
car le portier s'étoit endormi. Sa venue furprit
bien fort toute la compagnie. Il fit de grandes
careffes à tous les comediens & comediennes,
& principalement au Deftin, qu'il embraffa à
diverfes reprifes, & leur dit le fujet de fon
voyage, comme vous verrez au chapître fuivant qui eft fort court.

CHAPITRE XI.

*Refolution des mariages du Deftin avec l'Etoile,
& de Leandre avec Angelique.*

E prieur de Saint-Louis voulut
prendre congé, mais le Deftin l'ar-
rêta, lui difant que dans peu de
temps il faudroit fouper, & qu'il
tiendroit compagnie à monfieur de
Verville, qu'il pria de leur faire l'honneur de
fouper avec eux. L'on demanda à l'hôteffe fi
elle avoit quelque chofe d'extraordinaire; elle
dit que oui. L'on mit du linge blanc, & l'on
fervit quelque temps après. L'on fit bonne
chère, l'on but à la fanté de plufieurs perfonnes
& l'on parla beaucoup. Après le deffert, le
Deftin demanda à Verville le fujet de fon
voyage en ces quartiers, & il lui repondit que
ce n'etoit pas la mort de fon beau-frère Saldagne, que fes fœurs ne plaignoient guère non
plus que lui; mais qu'ayant une affaire d'im-

portance à Rennes, en Bretagne, il s'etoit de-
tourné exprès pour avoir le bien de les voir,
dont il fut grandement remercié; enfuite il fut
informé de mauvais deffein de Saldagne & du
fuccès, & enfin de tout ce que vous avez vu au
fixième chapitre. Verville plia les epaules en
difant qu'il avoit trouvé ce qu'il cherchoit avec
trop de foin. Après fouper, Verville fit connoiffance avec le prieur, duquel tous ceux de la
troupe dirent beaucoup de bien, &, après avoir
un peu veillé, il fe retira. Alors Verville tira
le Deftin à part & lui demanda pourquoi
Leandre etoit vêtu de noir & pourquoi tant de
laquais vêtus de même. Il lui en apprit le fujet & le deffein qu'il avoit d'epoufer Angelique. « Et vous, dit Verville, quand vous ma-
rierez-vous ? Il eft, ce me femble, temps de
faire connoître au monde qui vous êtes, ce qui
ne fe peut que par un mariage » ; ajoutant que
s'il n'etoit preffé, qu'il demeureroit pour affifter
à l'un & à l'autre. Le Deftin dit qu'il falloit
fçavoir le fentiment de l'Etoile ; ils l'appelèrent
& lui propofèrent le mariage, à quoi elle repondit qu'elle fuivroit toujours le fentiment de
fes amis. Enfin il fut conclu que, quand Verville auroit mis fin aux affaires qu'il avoit à
Rennes, qui feroit dans une quinzaine de jours
au plus tard, qu'il repafferoit par Alençon,
& que l'on executeroit la propofition. Il en fut
autant conclu entre eux & la Caverne, pour
Leandre & Angelique.

Verville donna le bonſoir à la compagnie
& ſe retira à ſon logis. Le lendemain il partit
pour la Bretagne, & il arriva à Rennes, où il
alla voir monſieur de la Garouffière, lequel,
après les complimens accoutumés, lui dit qu'il
y avoit dans la ville une troupe de comediens,
l'un deſquels avoit beaucoup de traits du viſage
de la Caverne : ce qui l'obligea d'aller le lendemain à la comedie, où ayant vu le perſon-
nage, il fut tout perſuadé que c'etoit ſon parent (je dis de la Caverne). Après la comedie
il l'aborda, & s'enquit de lui d'où il etoit, s'il
y avoit longtemps qu'il etoit dans la troupe
& par quels moyens il y etoit venu ; il repondit
ſur tous les chefs en ſorte qu'il fut facile à Verville de connoître qu'il etoit le frère de la Caverne, qui s'etoit perdu quand ſon père fut tué
en Perigord par le page du baron de Sigognac,
ce qu'il avoua franchement, en ajoutant qu'il
n'avoit jamais pu ſçavoir ce que ſa ſœur etoit
devenue. Lors Verville lui apprit qu'elle etoit
dans une troupe de comediens qui etoit à Alençon ; qu'elle avoit eu beaucoup de diſgrâces,
mais qu'elle avoit ſujet d'en être conſolée,
parce qu'elle avoit une très belle fille qu'un
ſeigneur de douze mille livres de rentes etoit
ſur le point d'epouſer, & qu'il faiſoit la comedie avec eux & qu'à ſon retour il affiſteroit au
mariage, & qu'il ne tiendroit qu'à lui de s'y
trouver, pour rejouir ſa ſœur, qui etoit fort en
peine de lui, n'en ayant eu aucunes nouvelles

depuis fa fuite. Non feulement le comedien
accepta cette offre, mais il fupplia inftamment
monfieur de Verville de fouffrir qu'il l'accom-
gnât, ce qu'il agréa. Cependant il mit ordre à
fes affaires, que nous lui laifferons negocier,
& retournerons à Alençon.

Le prieur de Saint-Louis alla, le même jour
que partit Verville, trouver les comediens & comediennes, pour leur dire que monfeigneur l'évêque de Sées l'avoit envoyé querir pour lui com-
muniquer quelque affaire d'importance, & qu'il
etoit bien marri de ne fe pouvoir acquitter de
fa promeffe; mais qu'il n'y avoit rien de perdu;
que cependant qu'il feroit à Sées, ils iroient
à la Frefnaye, reprefenter *Silvie* aux noces de
la fille du feigneur du lieu, & qu'à leur retour
& au fien, il achèveroit ce qu'il avoit commencé. Il s'en alla, & les comediens fe difpofèrent à partir.

CHAPITRE XII.

*Ce qui arriva au voyage de la Fresnaye;
autre disgrâce de Ragotin.*

A veille de la noce l'on envoya un carrosse & des chevaux de selle aux comediens. Les comediennes s'y placèrent dedans avec le Destin, Leandre & l'Olive; les autres montèrent les chevaux, & Ragotin le sien, qu'il avoit encore, pour n'avoir pu le vendre, & qui etoit gueri de son enclouure. Il voulut persuader à l'Etoile ou à Angelique de se mettre en croupe derrière lui, disant qu'elles seroient plus à leur aise que dans le carrosse, qui ébranle beaucoup les personnes; mais ni l'une ni l'autre n'en voulurent rien faire. Pour aller d'Alençon à la Fresnaye il faut passer une partie de la forêt de Persaine, qui est au pays du Maine. Ils n'eurent pas fait mille pas dans cette forêt que Ragotin, qui alloit devant, cria au cocher

d'arrêter, « parce, dit-il, qu'il voyait une troupe d'hommes à cheval ». L'on ne trouva pas bon d'arrêter, mais de fe tenir chacun fur fes gardes. Quand ils furent près de ces cavaliers, Ragotin dit que c'etoit la Rappinière avec fes archers. L'Etoile pâlit ; mais le Deftin, qui s'en aperçut, l'affura en lui difant qu'il n'oferoit leur faire infulte en la prefence de fes archers & des domeftiques de monfieur de la Frefnaye, & fi près de fa maifon. La Rappinière connut bien que c'etoit la troupe comique ; auffi il s'approcha du carroffe avec fon effronterie ordinaire & falua les comediennes, auxquelles il fit d'affez mauvais complimens, à quoi elles repondirent avec une froideur capable de demonter un moins effronté que ce levrier de bourreau ; lequel leur dit qu'il cherchoit des brigands qui avoient volé des marchands du côté de Balon [30], & qu'on lui avoit dit qu'ils avoient pris cette route. Comme il entretenoit la compagnie, le cheval d'un de fes archers, qui étoit fougueux, fauta fur le col du cheval de Ragotin, auquel il fit fi grand' peur qu'il recula & enfonça dans une touffe d'arbres, dont il y en avoit quelques-uns dont les branches etoient fèches, l'une defquelles fe trouva fous le pourpoint de Ragotin & qui lui piqua le dos, en forte qu'il y demeura pendu : car, voulant fe degager de parmi ces arbres, il avoit donné des deux talons à fon cheval, qui avoit paffé & l'avoit laiffé ainfi en l'air, criant comme un petit fou qu'il étoit : « Je fuis mort,

l'on m'a donné un coup d'epée dans les reins[31]. »
L'on rioit fi fort de le voir en cette pofture
que l'on ne fongeoit à rien moins qu'à le fecourir. L'on crioit bien aux laquais de le de-
pendre ; mais ils s'enfuyoient d'un autre côté
en riant. Cependant fon cheval gagnoit toujours pays, fans fe laiffer prendre. Enfin, après
avoir bien ri, le cocher, qui etoit un grand
& un fort garçon, defcendit de deffus fon fiège
& s'approcha de Ragotin, le fouleva & le de-
pendit. On le vifita & on lui fit accroire qu'il
étoit fort bleffé, mais qu'on ne pouvoit le panfer que l'on ne fût au village, où il y avoit un
fort bon chirurgien ; en attendant, on lui appli-
qua quelques feuilles fraîches pour le foulager.
On le plaça dans le carroffe, dont l'Olive fortit,
tandis que les laquais pafsèrent au travers du
bois pour gagner le devant du cheval, qui ne
vouloit pas fe laiffer prendre, & qui fut pourtant pris, & l'Olive monta deffus. La Rappinière continua fon chemin, & la troupe arriva
au château, d'où l'on envoya querir le chirurgien, auquel l'on donna le mot. Il fit femblant
de fonder la plaie imaginaire de Ragotin, que
l'on avoit fait mettre dans le lit. Il le panfa
de même qu'il l'avoit fondé, après lui avoir dit
que fon coup etoit favorable, & que deux doigts
plus à côté il n'y avoit plus de Ragotin. Il lui
ordonna le regime ordinaire & le laiffa repofer.
Ce petit bout d'homme avoit l'imagination fi
frappée de tout ce qu'on lui avoit dit qu'il crut

toujours d'être fort bleſſé. Il ne ſe leva point
pour voir le bal qui fut tenu le ſoir après ſouper : car l'on avoit fait venir la grande bande
de violons du Mans, celle d'Alençon étant à
une autre noce, à Argentan. L'on danſa à la
mode du pays, & les comediens & comediennes
danſèrent à la mode de la cour. Le Deſtin
& l'Etoile danſèrent la ſarabande, avec l'admiration de toute la compagnie, qui etoit compo-
ſée de la nobleſſe campagnarde & des plus gros
manans du village.

Le lendemain l'on joua la paſtorale que
l'épouſée avoit demandée ; Ragotin s'y fit porter
en chaiſe avec ſon bonnet de nuit. Enſuite l'on
fit bonne chère, & le lendemain, après avoir
bien déjeûné, l'on paya & remercia la troupe.
Le carroſſe & les chevaux furent prêts, & l'on
tâcha à déſabuſer Ragotin de ſa pretendue
bleſſure : mais on ne lui put jamais perſuader le
contraire, car il diſoit toujours qu'il ſentoit
bien ſon mal. On le mit dans le carroſſe,
& toute la troupe arriva heureuſement à Alençon. Le lendemain on ne repréſenta point, car
les comediennes ſe voulurent repoſer. Cependant le prieur de Saint-Louis etoit de retour
de ſon voyage de Sées. Il alla voir la troupe,
& l'Etoile lui dit qu'il ne trouveroit point d'occaſion plus favorable pour achever ſon hiſtoire ;
il ne s'en fit point prier, & il pourſuivit comme
vous allez voir au ſuivant chapitre.

CHAPITRE XIII.

Suite & fin de l'hiſtoire du prieur de Saint-Louis.

I le commencement de cette hiſ-
toire (où vous n'avez vu que de la
joie & des contentemens) vous a
été ennuyeux, ce que vous allez
ouïr le fera bien davantage, puiſque vous n'y verrez que des revers de la fortune, des douleurs & des defeſpoirs qui ſuivront
les plaiſirs & les ſatisfactions où vous me verrez
encore, mais pour fort peu de temps. Pour donc
reprendre au même lieu où je finis le recit,
après que mes camarades & moi eûmes appris
nos rôles & exercé pluſieurs fois, un jour de
dimanche au ſoir nous repreſentâmes notre
pièce dans la maiſon du ſieur du Freſne, ce
qui fit un grand bruit dans le voiſinage ; quoique nous euſſions pris tous les ſoins de faire
tenir les portes du parc bien fermées, nous

fûmes accablés de tant de monde, qui avoit
paffé le château ou efcaladé les murailles, que
nous eûmes toutes les peines imaginables à
gagner le théâtre, que nous avions fait dreffer
dans une falle de médiocre grandeur; auffi il
refta les deux tiers du monde dehors. Pour
obliger ces gens-là à fe retirer, nous leur fîmes
promeffe que le dimanche fuivant nous la
reprefenterions dans la ville & dans une plus
grande falle. Nous fîmes paffablement bien
pour des apprentis, excepté un de nos acteurs
qui faifoit le perfonnage du fecrétaire du roi
Darius (la mort de ce monarque etoit le fujet
de notre pièce) : car il n'avoit que huit vers à
dire, ce qu'il faifoit affez bien entre nous ; mais,
quand il fallut reprefenter tout à bon, il le fallut pousser fur la fcène par force, & ainfi il fut
obligé de parler, mais fi mal que nous eûmes
beaucoup de peine à faire ceffer les éclats de
rire.

La tragedie etant finie, je commençai le bal
avec la du Lys, & qui dura jufqu'à minuit.
Nous prîmes goût à cet exercice, & fans en
rien dire à perfonne nous etudiâmes une autre
pièce. Cependant je ne defiftois point de mes
vifites ordinaires. Or, un jour que nous etions
affis auprès du feu, il arriva un jeune homme
auquel l'on y fit prendre place ; après un quart
d'heure d'entretien, il fortit de fa poche une
boîte dans laquelle il y avoit un portrait de
cire en relief, très bien fait, qu'il dit être celui

de fa maîtreffe. Après que toutes les demoifelles l'eurent vu & dit qu'elle etoit fort belle,
je le pris à mon tour, &, le confiderant avec
attention, je m'imaginai qu'il reffembloit à la
du Lys, & que ce galant-là avoit quelque
penfée pour elle. Je ne marchandai point à
jeter cette boîte dans le feu, où la petite ftatue
fe fondit bientôt : car, quand il fe mit en devoir
de l'en tirer, je l'arrêtai & le menaçai de la
fenêtre. M. du Frefne (qui m'aimoit autant
alors comme il m'a haï depuis) jura qu'il lui
feroit fauter l'efcalier, ce qui obligea ce malheureux à fortir confufement. Je le fuivis fans
que perfonne de la compagnie m'en pût empêcher, & je lui dis que, s'il avoit quelque
chofe fur le cœur, que nous avions chacun une
epée & que nous etions en bon lieu pour fe
fatisfaire ; mais il n'en eut pas le courage. Or
le dimanche fuivant nous jouâmes la même
tragedie que nous avions dejà reprefentée,
mais dans la falle d'un de nos voifins qui etoit
affez grande, & par ce moyen nous eûmes
quinze jours pour étudier l'autre pièce. Je m'avi-
fai de l'accompagner de quelques entrées de
ballet, & je fis choix de fix de mes camarades
qui danfoient le mieux, & je fis le feptième.
Le fujet du ballet etoit les bergers & les bergères foumis à l'Amour : car à la première entrée paroiffoit un Cupidon, & aux autres des
bergers & des bergères, tous vêtus de blanc,
& leurs habits tout parfemés de nœuds de

petit ruban bleu, qui etoit la couleur de la du
Lys, & que j'ai auffi toujours portée depuis ;
il eft vrai que j'y ai ajouté la feuille morte[32],
pour les raifons que je vous dirai à la fin de
cette hiftoire. Ces bergers & ces bergères faifoient deux à deux chacun une entrée, &, quand
ils paroiffent tous enfemble, ils formoient les
lettres du nom de la du Lys, & l'amour deco-
choit une flèche à chaque berger & jetoit des
flammes de feu aux bergères, & tous en figne
de foumiffion flechiffoient le genou. J'avois
compofé quelques vers fur le fujet du ballet,
que nous récitâmes ; mais la longueur du temps
me les a fait oublier, &, quand je m'en fou-
viendrois encore, je n'aurois garde de vous les
dire, car je fuis affurée qu'ils ne vous agrée-
roient pas, à prefent que la poëfie françoife
eft au plus haut degré où elle puiffe monter.
Comme nous avions tenu la chofe fecrète, il
nous fut facile de n'avoir que de nos amis
particuliers, qui infenfiblement & fans que l'on
s'en apperçut entrèrent dans le parc, où nous
reprefentâmes à notre aife les *Amours d'Angelique & de Sacripant, roi de Circaffie,* fujet
tiré de l'Ariofte ; enfuite nous danfâmes notre
ballet.

Je voulus commencer le bal à l'ordinaire,
mais M. du Frefne ne le voulut pas permettre,
difant que nous etions affez fatigués de la comedie & du ballet ; il nous donna congé & nous
nous retirâmes. Nous refolûmes de rendre cette

comedie publique & de la reprefenter dans la
ville, ce que nous fîmes le dimanche gras, dans
la falle de mon parrain, & en plein jour. La
du Lys me dit que, fi je commençois le bal,
que ce fût avec une fille de notre voifinage
qui etoit vêtue de taffetas bleu tout de même
qu'elle, ce que je fis. Mais il s'eleva un murmure
fourd dans la compagnie, & il y en eut qui
dirent affez haut : « Il fe trompe, il fe manque »,
ce qui excita le rire à la du Lys & à moi ; de
quoi la fille s'etant aperçue, me dit : « Ces
gens ont raifon, car vous avez pris l'une pour
l'autre. » Je lui repondis fuccinétement : « Par-
donnez-moi, je fçais fort bien ce que je fais. »
Le foir je me mafquai avec trois de mes camarades, & je portois le flambeau, croyant que par
ce moyen je ne ferois pas connu, & nous allâmes dans le parc. Quand nous fûmes entrés
dans la maifon, la du Lys regarda attentivement les trois mafques, &, ayant reconnu que
je n'y etois pas, elle s'approcha de moi à la
porte où je m'etois arrêté avec le flambeau,
&, me prenant par la main, me dit ces obli-
geantes paroles : « Deguife-toi de toutes les
façons que tu pourras t'imaginer, je te connoî-
trai toujours facilement. » Après avoir eteint
le flambeau, je m'approchai de la table, fur laquelle nous pofâmes nos boîtes de dragées
& jetâmes les dés. La du Lys me demanda à
qui j'en voulois, & je lui fis figne que c'etoit à
elle ; elle me repliqua qu'eft-ce que je voulois

qu'elle mît au jeu, & je lui montrai un nœud
de ruban que l'on appelle à prefent *galant*,
& un bracelet de corail qu'elle avoit au bras
gauche. Sa mère ne vouloit pas qu'elle le ha-
fardât ; mais elle eclata de rire, en difant qu'elle
n'apprehendoit pas de me le laiffer. Nous
jouâmes & je gagnai, & je lui fis un prefent de
mes dragées. Autant en firent mes compagnons avec la fille aînée & d'autres demoifelles
qui y etoient venues paffer la veillée. Après
quoi nous prîmes congé. Mais, comme nous
allions fortir, la du Lys s'approcha de moi,
& mit la main aux cordons qui tenoient mon
mafque attaché, qu'elle denoua promptement,
en difant : « Eft-ce ainfi que l'on fait de s'en
aller fi vite? » Je fus un peu honteux, mais
pourtant bien aife d'avoir un fi beau pretexte
de l'entretenir. Les autres fe demafquèrent
auffi, & nous paffâmes la veillée fort agreablement. Le dernier foir du carnaval je lui donnai le bal avec la petite bande de violons, la
grande etant employée pour la nobleffe. Pendant le carême il fallut faire trève de divertiffemens pour vaquer à la piété, & je vous puis
affurer que nous ne manquions pas un fermon,
la du Lys & moi. Nous paffions les autres
heures du jour en vifites continuelles & en
promenades, ou à ouïr chanter les filles de la
ville fur le derrière du chateau, où il y a un
excellent echo, où elles provoquoient cette
nymphe imaginaire à leur repondre.

Les fêtes de Pâques approchoient, quand un
jour mademoifelle du Frefne, la fille, me dit
en riant : « Me meneras-tu à Saint-Pater [33] ? »
C'eft une petite paroiffe qui eft à un quart de
lieue du faubourg de Montfort, où l'on va en
devotion le lundi de Pâques, après dîner,
& c'eft là auffi où l'on voit tous les galans
& galantes. Je lui repondis qu'il ne tiendroit
qu'à elle. Le jour venu, comme je me difpofois
à les aller prendre, au fortir de ma maifon je
rencontrai un mien voifin, jeune homme fort
riche, lequel me demanda où j'allois fi empreffé.
Je lui dit que j'allois au Parc querir les demoifelles du Frefne pour les accompagner à Saint-
Pater. Alors il me repondit que je pouvois bien
rentrer, car il fçavoit de bonne part que leur mère
avoit dit qu'elle ne vouloit pas que fes filles y al-
laffent avec moi. Ce difcours m'affomma fi fort
que je ne pus lui rien repliquer ; mais je ren-
trai dans ma maifon, où etant, je me mis à
penfer d'où pouvoit venir un fi prompt changement ; après y avoir bien rêvé, je n'en trouvai autre fujet que mon peu de merite & ma
condition. Pourtant je ne pus m'empêcher de
declamer contre leur procédé, de m'avoir fouffert tandis que je les avois diverties par des
bals, ballets, comedies & ferenades, car je leur
en donnois fouvent, en toutes lefquelles chofes
j'avois fait de grandes depenfes, & qu'à prefent
l'on me rebutoit. La colère où j'etois me fis
refoudre d'aller à l'affemblée avec quelques-uns

de mes voifins, ce que je fis. Cependant l'on
m'attendoit au Parc, &, quand le temps fut
paffé que je devois m'y rendre, la du Lys & fa
fœur, avec quelques autres demoifelles du voifinage, y allèrent. Après avoir fait leur devotion dans l'églife, elles fe placèrent fur la mu-
raille du cimetière, au devant d'un ormeau qui
leur donnoit de l'ombrage. Je paffai devant
elles, mais d'affez loin, & la du Frefne me fit
figne d'approcher, & je fis femblant de ne les
pas voir. Ceux qui etoient avec moi m'en aver-
tirent & je feignis de ne l'entendre pas & paffai outre, leur difant : « Allons faire collation
au logis des Quatre-Vents »; ce que nous
fîmes.

Je ne fus pas pluftôt retourné chez moi
qu'une femme veuve (qui etoit notre confidente)
me vint trouver & me demanda fort brufquement quel fujet m'avoit obligé de fuir l'honneur d'accompagner les demoifelles du Frefne
à Saint-Pater ; que la du Lys en etoit outrée
de colère au dernier point, & ajouta que je
penfaffe à reparer cette faute. Je fus fort furpris de ce difcours, &, après lui avoir fait le
récit de ce que je vous viens de dire, je l'accompagnai à la porte da Parc, où elles etoient.
Je la laiffai faire mes excufes, car j'etois fi
troublé que je n'aurois pu leur dire que mauvaifes raifons. Alors la mère, s'adreffant à moi,
me dit que je ne devais pas être fi credule ;
que c'etoit quelqu'un qui vouloit troubler notre

contentement, & que je fuffe affuré que je ferois toujours le bienvenu dans leur maifon, où
nous allâmes. J'eus l'honneur de donner la
main à la du Lys, qui m'affura qu'elle avoit
eu bien de l'inquiétude, furtout quand j'avois
feint de ne pas voir le figne que fa fœur m'a-
voit fait. Je lui demandai pardon & lui fis de
mauvaifes excufes, tant j'etois tranfporté d'a-
mour & de colère. Je me voulois venger de ce
jeune homme ; mais elle me commanda de
n'en pas parler feulement, ajoutant que je
devois être content d'experimenter le contraire
de ce qu'il m'avoit dit. Je lui obéis, comme je
fis toujours depuis.

Nous paffions le temps le plus doucement
qu'on puiffe imaginer, & nous eprouvions par
de véritables effets ce que l'on dit que le mouvement des yeux eft le langage des amans ;
car nous l'avions fi familier, que nous nous
faifions entendre tout ce que nous voulions. Un
dimanche au foir, au fortir de Vêpres, nous nous
dîmes, avec ce langage muet, qu'il falloit aller
après fouper nous promener fur la rivière
& n'avoir que telles perfonnes que nous defi-
gnâmes. J'envoyai auffitôt retenir un bateau. A
l'heure dite, je me tranfportai, avec ceux qui
devoient être de la promenade, à la porte du
Parc, où les demoifelles nous attendoient ; mais
trois jeunes hommes, qui n'etoient pas de notre
cabale, s'arrêtèrent avec elles. Elles firent bien
tout ce qu'elles purent pour s'en defaire ; mais

eux s'en etant aperçus, ils s'opiniâtrèrent à
demeurer, ce qui fut cauſe que quand nous
abordâmes la porte du Parc, nous paſſâmes
outre ſans nous y arrêter, & nous nous conten-
tâmes de leur faire ſigne de nous ſuivre, & nous
les allâmes attendre au bateau. Mais quand
nous aperçûmes ces fâcheux avec elles, nous
avançâmes ſur l'eau & allâmes aborder à un
autre lieu, proche d'une des portes de la ville,
où nous rencontrâmes le ſieur du Freſne, lequel
me demanda où j'avais laiſſé ſes filles. Je ne
penſai pas bien à ce que je lui devois repondre,
mais lui dis franchement que je n'avois pas eu
l'honneur de les voir ce ſoir-là. Après nous
avoir donné le bon ſoir, il prit le chemin du
Parc, à la porte duquel il trouva ſes filles,
auxquelles il demanda d'où elles venoient & avec
qui. La du Lys lui repondit : « Nous venons
de nous promener avec un tel », & me nomma.
Alors ſon père lui accompagna un : « Vous en
avez menti », d'un ſoufflet, ajoutant que ſi j'euſſe
eté avec elles (quand même il auroit eté plus
tard) il ne s'en fût pas mis en peine. Le lendemain, cette veuve dont je vous ai dejà parlé
me vint trouver pour me dire ce qui s'etoit
paſſé le ſoir précédent, & que la du Lys en
etoit fort en colère, non pas tant du ſoufflet
comme de ce que je ne l'avois pas attendue,
parce qu'au bateau ſon intention etoit de ſe
defaire accortement de ces fâcheux. Je m'excuſai
du mieux que je pus, & je paſſai quatre jours

fans l'aller voir. Mais un jour qu'elle & fa fœur
& quelques demoifelles etoient affifes fur un
banc de boutique, dans la rue la plus prochaine
de la porte de la ville par laquelle j'allois fortir
pour aller au faubourg, je paffai devant elles
en levant un peu le chapeau, mais fans les
regarder ni leur rien dire. Les autres demoifelles leur demandèrent ce que vouloit dire ce
procédé, qui paroiffoit incivil. La du Lys ne
repondit rien ; mais fa fœur aînée dit qu'elle en
ignoroit la caufe & qu'il la falloit fçavoir de
lui-même : « Et pour ne le pas manquer, allons,
dit-elle, nous pofter un peu plus près de la
porte, au-delà de cette petite rue par où il nous
pourroit éviter » ; ce qu'elles firent. Comme je
repaffois devant elles, cette bonne fœur fe leva
de fa place & me prit par mon manteau, en
me difant : « Depuis quand, monfieur le glorieux, fuyez-vous l'honneur de voir votre maîtreffe ? » et à même temps me fit affeoir auprès
d'elle. Mais quand je la voulus careffer & lui
dire quelques douceurs, elle fut toujours muette
& me rebuta furieufement. Je demeurai là
quelque peu de temps bien entrepris, après
quoi je les accompagnai jufqu'à la porte du
Parc, d'où je me retirai, refolu de n'y aller
plus. Je demeurai donc encore quelques jours
fans y aller, & qui me furent autant de fiècles ;
mais un matin j'eus une rencontre de mademoifelle du Frefne la mère, laquelle m'arrêta
& me demanda pourquoi l'on ne me voyoit

plus. Je lui repondis que c'etoit la mauvaife
humeur de fa cadette. Elle me repliqua qu'elle
vouloit faire notre accord, & que je l'allaffe
attendre à la maifon. J'en mourois d'impatience
& je fus ravi de cette ouverture. J'y allai donc,
& comme je montois à la chambre, la du Lys,
qui m'avoit aperçu, en defcendit fi brufquement
que je ne la pus jamais arrêter. J'y entrai & je
trouvai fa fœur, qui fe mit à fourire, à laquelle
je dis le procedé de fa cadette, & elle m'affura
que tout cela n'etoit que feinte & qu'elle avoit
regardé plus de cent fois par la fenêtre pour
voir fi je paroîtrois, & qu'elle en temoignoit
une grande inquietude ; qu'elle etoit fans doute
dans le jardin, où je pouvois aller. Je defcendis
l'efcalier & m'approchai de la porte du jardin,
que je trouvai fermée par dedans. Je la priai
plufieurs fois de l'ouvrir, ce qu'elle ne voulut
point faire. Sa fœur, qui l'entendoit du haut de
l'efcalier, defcendit & me la vint ouvrir, car
elle en fçavoit le fecret. J'entrai, & la du Lys
fe mit à fuir ; mais je la pourfuivis fi bien, que
je la pris par une des manches de fon corps de
jupe, & je l'affis fur un fiege de gazon où je me
mis auffi. Je lui fis mes excufes du mieux qu'il
me fut poffible ; mais elle me parut toujours
plus fevère. Enfin, après plufieurs conteftа-
tions, je lui dis que ma paffion ne fouffroit
point de mediocrité & qu'elle me porteroit à
quelque defefpoir, de quoi elle fe repentiroit
après, ce qui ne la rendit pas plus exorable,

Alors je tirai mon epée du fourreau & la lui
prefentai, la fuppliant de me la plonger dans
le corps, lui difant qu'il m'etoit impoffible de
vivre privé de l'honneur de fes bonnes grâces ;
elle fe leva pour s'enfuir, en me repondant
qu'elle n'avoit jamais tué perfonne, & que,
quand elle en auroit quelque penfée, elle ne
commenceroit pas par moi. Je l'arrêtai en la
fuppliant de me permettre de l'executer moi-
même, & elle me repondit froidement qu'elle
ne m'en empêcheroit pas. Alors j'appuyai la
pointe de mon epée contre ma poitrine, & me
mis en poſture pour me jeter deffus, ce qui la
fit pâlir, & à même temps elle donna un coup
de pied contre la garde de l'epée, qu'elle fit
tomber à terre, m'affurant que cette action
l'avoit beaucoup troublée, & me difant que je
ne lui fiffe plus voir de tels fpectacles. Je lui
repliquai : « Je vous obeirai, pourvu que vous
ne me foyez plus fi cruelle » ; ce qu'elle me
promit. Enfuite nous nous careffâmes fi amou-
reufement, que j'euffe bien fouhaité d'avoir tous
les jours une querelle avec elle pour l'appointer
avec tant de douceur. Comme nous etions dans
ces tranfports, fa mère entra dans le jardin,
& nous dit qu'elle feroit bien venue plus tôt,
mais qu'elle avoit bien jugé que nous n'avions
pas befoin de fon entremife pour nous accorder.

Or, un jour que nous nous promenions dans
une des allées du parc, le fieur du Frefne, fa

femme, la du Lys & moi, qui allions après eux
& qui ne penſions qu'à nous entretenir, cette
bonne mère ſe tourna vers nous & nous dit
qu'elle plaidoit bien notre cauſe. Elle le put dire
ſans que ſon mari l'entendît, car il etoit fort
ſourd ; nous la remerciâmes plutôt d'action que
de parole. Un peu de temps après, M. du
Freſne me tira à part & me decouvrit le deſſein
que lui & ſa femme avoient formé de me donner
leur plus jeune fille en mariage, devant qu'il
partît pour aller en cour ſervir ſon quartier[34],
& qu'il ne ſalloit plus faire de depenſes en
ſerenades ni autrement pour ce ſujet. Je ne lui
fis que des remerciemens confus : car j'etois ſi
tranſporté de joie d'un bonheur ſi inopiné & qui
faiſoit le comble de ma felicité, que je ne ſavois
ce que je diſois. Il me ſouvient bien que je lui
dis que je n'euſſe pas eté ſi temeraire que de la
lui demander, attendu mon peu de merite
& l'inegalité des conditions ; à quoi il me repondit que pour du merite, il en avoit aſſez
reconnu en moi, & que pour la condition j'avois
de quoi ſuppléer à ce defaut, ſous-entendant du
bien. Je ne ſçais ce que je lui repliquai, mais
je ſçais bien qu'il me convia à ſouper, après
quoi il fut conclu que le dimanche ſuivant nous
aſſemblerions nos parens pour faire les fian-
çailles. Il me dit auſſi quel dot il pouvoit donner
à ſa fille ; mais à cela je repondis que je ne lui
demandois que la perſonne & que j'avois aſſez
de bien pour elle & pour moi. J'etois le plus

content homme du monde, & la du Lys auſſi
contente, ce que nous connûmes dans la conver-
ſation que nous eûmes ce ſoir-là, & qui fut la
plus agreable que l'on puiſſe imaginer. Mais ce
plaiſir ne dura guères ; car l'avant-veille du jour
que nous devions nous fiancer, nous etions, la
du Lys & moi, aſſis ſur l'herbe, quand nous
aperçûmes de loin un conſeiller du preſidial,
proche parent du ſieur du Freſne, lequel lui
venoit rendre viſite. Nous en conçûmes une
même penſée, elle & moi, & nous nous en affli-
geâmes ſans ſavoir au vrai ce que nous appre-
hendions ; ce que l'evènement ne nous fit que
trop connoître : car le lendemain, comme j'allois
prendre l'heure de l'aſſemblée, je fus ſurieuſe-
ment ſurpris quand je trouvai, à la porte de la
baſſe-cour, la du Lys qui pleuroit. Je lui dis
quelque choſe & elle ne me repondit rien.
J'entrai plus avant, & je trouvai ſa ſœur au
même etat. Je lui demandai que vouloient dire
tant de pleurs, & elle me repondit, en redou-
blant ſes ſanglots, que je ne le ſçaurois que
trop. Je montois à la chambre quand la mère
en ſortoit, laquelle paſſa ſans me rien dire, car
les larmes, les ſanglots & les ſoupirs la ſuffo-
quaient ſi fort, que tout ce qu'elle put faire, ce
fut de me regarder pitoyablement & dire : « Ha !
pauvre garçon ! » Je ne comprenois rien en un
ſi prompt changement ; mais mon cœur me
preſageoit tous les malheurs que j'ai reſſentis
depuis. Je me reſolus d'en apprendre le ſujet,

& je montai à la chambre, où je trouvai M. du
Frefne affis dans une chaife, lequel me dit fort
brufquement qu'il avoit changé d'avis & qu'il
ne vouloit pas marier fa cadette devant fon
aînée; que quand il la marieroit, ce ne feroit
qu'après le retour de fon voyage de la cour. Je
lui repondis fur ces deux chefs : au premier,
que fa fille aînée n'avoit aucune repugnance
que fa fœur fût mariée la première, pourvu que
ce fût avec moi, parce qu'elle m'avoit toujours
aimée comme un frère; que pour un autre elle
s'y feroit oppofée (je vous puis affurer qu'elle
m'en avoit fait la proteftation plufieurs fois);
& fur le fecond, que j'attendrois auffi bien dix
ans que les trois mois qu'il feroit à la cour.
Mais il me dit tout net que je ne penfaffe plus
au mariage de fa fille. Ce difcours fi furprenant & prononcé du ton que je vous viens de
dire me jeta dans un fi horrible defefpoir que
je fortis fans lui repliquer & fans rien dire aux
demoifelles, qui ne me purent rien dire auffi.

Je m'en allai à ma maifon, refolu de me
donner la mort; mais comme je tirois mon epée
à deffein de me la plonger dans le corps, cette
veuve confidente entra chez moi & empêcha
l'execution de ce mortel deffein, en me difant
de la part de la du Lys que je ne m'affligeaffe
point, qu'il falloit avoir patience, & qu'en pareilles affaires il arrivoit toujours du trouble;
mais que j'avois un grand avantage d'avoir fa
mère & fa fœur aînée pour moi, & elle plus

que tous, qui etoit la principale partie ; qu'elles
avoient refolu que quand fon père feroit parti,
qui feroit dans huit ou dix jours, que je pourrois
continuer mes vifites, & que le temps etoit un
grand operateur. Ce difcours etoit fort obligeant, mais je n'en pus point être confolé ;
auffi je m'abandonnai à la plus noire melancolie
que l'on puiffe imaginer, & qui me jeta enfin
dans un fi furieux defefpoir que je me refolus
de confulter les demons. Quelques jours devant
le depart de M. du Frefne, je m'en allai à
demi-lieue de cette ville, dans un lieu où il y
a un bois taillis de fort grande etendue, dans
lequel la croyance du vulgaire eft qu'il y habite
de mauvais efprits, d'autant que ç'a eté autrefois la demeure de certaines fées (qui etoient
fans doute de fameufes magiciennes). Je m'en-
fonce dans le bois, appelant & invoquant ces
efprits, & les fuppliant de me fecourir en
l'extrême affliction où j'etois ; mais après avoir
bien crié, je ne vis ni n'ouïs que des oifeaux
qui par leur ramage fembloient me temoigner
qu'ils etoient touchés de mes malheurs. Je re-
tournai à ma maifon, où je me mis au lit,
atteint d'une fi etrange frenefie, que l'on ne
croyoit pas que j'en puffe rechapper, car j'en
fus jufques à perdre la parole. La du Lys fut
malade à même temps & de la même manière
que moi ; ce qui m'a obligé depuis de croire à
la fympathie : car comme nos maladies proce-
doient d'une même caufe, elles produifoient

auffi en nous de femblables effets ; ce que nous
apprenions par le medecin & l'apothicaire, qui
etoient les mêmes qui nous fervoient ; pour les
chirurgiens, nous avions chacun le nôtre en
particulier. Je gueris un peu plus tôt qu'elle,
& je m'en allai, ou, pour mieux dire, je me
traînai à fa maifon, où je la trouvai dans le
lit (fon père etoit parti pour la cour). Sa joie
ne fut pas mediocre, comme la fuite me le fit
connoître : car, après avoir demeuré environ
une heure avec elle, il me fembla qu'elle n'a-
voit plus de mal ; ce qui m'obligea à la preffer
de fe lever, ce qu'elle fit pour me fatisfaire.
Mais fi tôt qu'elle fut hors du lit elle evanouit
entre mes bras. Je fus bien marri de l'en avoir
preffée, car nous eûmes beaucoup de peine à la
remettre. Quand elle fut revenue de fon eva-
nouiffement, nous la remîmes dans le lit, où je
la laiffai pour lui donner moyen de repofer, ce
qu'elle n'eût peut-être pas fait en ma prefence.

Nous guerîmes entièrement, & nous paffâmes agréablement le temps, tout celui que
fon père demeura à la cour. Mais quand il fut
revenu, il fut averti par quelques ennemis
fecrets que j'avois toujours frequenté dans fa
maifon & pratiqué familièrement fa fille à laquelle il fit de rigoureufes défenfes de me voir,
& fe fâcha fort contre fa femme & fa fille aînée
de ce qu'elles avoient favorifé nos entrevues ;
ce que j'appris par notre confidente, enfemble
la refolution qu'elles avoient prife de me voir

toujours, & par quels moyens. Le premier fut
que je prenois garde quand cet injuſte père
venoit à la ville, car auſſitôt j'allois dans ſa
maiſon, où je demeurois juſqu'à ſon retour,
que nous connoiſſions facilement à ſa manière
de frapper à la porte, & auſſitôt je me cachois
derrière une pièce de tapiſſerie, &, quand il
entroit, un valet ou une ſervante, ou quelquefois une de ſes filles lui ôtoit ſon manteau, & je
ſortois facilement ſans qu'il le pût ouïr, car,
comme je vous ai déjà dit, il etoit fort ſourd,
& en ſortant la du Lys m'accompagnoit toujours juſqu'à la porte de la baſſe-cour. Ce
moyen fut découvert, & nous eûmes recours
au jardin de notre confidente, dans lequel je
me rendois par un autre de nos voiſins, ce qui
dura aſſez, mais à la fin il fut encore decouvert. Nous nous ſervîmes enſuite des égliſes,
tantôt l'une, tantôt l'autre ; ce qui fut encore
connu, tellement que nous n'avions plus que le
haſard, quand nous pouvions nous rencontrer
dans quelques-unes des allées du parc ; mais il
falloit uſer de grande precaution. Un jour que
j'y avois demeuré aſſez longtemps avec la du
Lys (car nous nous etions entretenus à fond
de nos communs malheurs & avions pris de
fortes reſolutions de les ſurmonter), je la voulus accompagner juſqu'à la porte de la baſſe-
cour, où etant, nous aperçûmes de loin ſon
père qui venoit de la ville & tout droit à nous.
De fuir, il n'y avoit lieu, car il nous avoit vus.

Elle me dit alors de faire quelque invention
pour nous excufer ; mais je lui repondis qu'elle
avoit l'efprit plus prefent & plus fubtil que
moi, & qu'elle y penfât. Cependant il arriva,
& comme il commençoit à fe fâcher, elle lui
dit que j'avois appris qu'il avoit apporté des
bagues & autres joailleries (car il employoit
fes gages en orfèvrerie pour y faire quelque
profit, etant auffi avare qu'il etoit fourd),
& que je venois pour voir s'il voudroit m'accommoder de quelques-unes pour donner à une
fille du Mans à laquelle je me mariois. Il le
crut facilement : nous montâmes, & il me
montra fes bagues. J'en choifis deux, un petit
diamant & une rofe d'opale. Nous fûmes d'accord du prix, que je lui payai à l'heure même.
Cet expedient me facilita la continuation de
mes vifites ; mais quand il vit que je ne me
hâtois point d'aller au Mans, il en parla à fa
jeune fille, comme fe doutant de quelque fourbe,
& elle me confeilla d'y faire un voyage, ce que
je fis. Cette ville-là eft une des plus agreables
du royaume, & où il y a du plus beau monde
& du mieux civilifé, & où les filles y font les
plus fpirituelles, comme vous fçavez fort bien ;
auffi j'y fis en peu de temps de grandes connoiffances. J'etois logé au logis des Chênes-
Verts, où etoit auffi logé un operateur qui
debitoit fes drogues en public fur le theâtre,
en attendant l'iffue d'un projet qu'il avoit fait
de dreffer une troupe de comediens. Il avoit

déjà avec lui des perfonnes de qualité, entre
autres le fils d'un comte que je ne nomme pas
par difcretion, un jeune avocat du Mans qui
avoit déjà eté en troupe, fans compter un fien
frère & un autre vieux comedien qui s'enfarinoit à la farce, & il attendoit une jeune fille
de la ville de Laval qui lui avoit promis de fe
derober de la maifon de fon père & de le venir
trouver. Je fis connoiffance avec lui, & un jour,
faute de meilleur entretien, je lui fis fuccinctement le recit de mes malheurs; en fuite de
quoi il me perfuada de prendre parti dans fa
troupe, & que ce feroit le moyen de me faire
oublier mes difgrâces. J'y confentis volontiers,
& fi la fille fût venue, j'aurois certainement
fuivi; mais les parens en furent avertis, ils
prirent garde à elle, ce qui fut la caufe que le
deffein ne reuffit pas, ce qui m'obligea à m'en
revenir. Mais l'amour me fournit une invention
pour pratiquer encore la du Lys fans foupçon,
qui fut de mener avec moi cet avocat dont je
vous viens de parler, & un autre jeune homme
de ma connoiffance, auxquels je decouvris mon
deffein, & qui furent ravis de me fervir en cette
occafion. Ils parurent en cette ville fous le titre
l'un de frère & l'autre de coufin germain d'une
maîtreffe imaginaire. Je les menai chez le fieur
du Frefne, que j'avois prié de me traiter de
parent, ce qu'il fit. Il ne manqua pas auffi à
leur dire mille biens de moi, les affurant qu'ils
ne pouvoient pas mieux loger leur parente,

& enfuite nous donna à fouper. L'on but à la
fanté de ma maîtreffe & la du Lys en fit
raifon. Après qu'ils eurent demeuré cinq ou
fix jours en cette ville, ils s'en retournèrent au
Mans. J'avois toujours libre accès chez le fieur
du Frefne, lequel me difoit fans ceffe que je
tardois trop à aller au Mans achever mon mariage, ce qui me fit apprehender que la feinte
ne fût à la fin decouverte & qu'il ne me chaffât
encore une fois honteufement de fa maifon ; ce
qui me fit prendre la plus cruelle refolution
qu'un homme defefperé puiffe jamais avoir, qui
fut de tuer la du Lys, de peur qu'un autre n'en
fût poffeffeur. Je m'armai d'un poignard & l'allai trouver, la priant de venir avec moi faire
une promenade, ce qu'elle m'accorda. Je la
menai infenfiblement dans un lieu fort écarté
des allées du parc, où il y avoit des brouffailles ; ce fut là où je lui découvris le cruel
deffein que le defefpoir de la poffeder m'avoit
fait concevoir, tirant à même temps le poignard
de ma poche. Elle me regarda fi tendrement
& me dit tant de douceurs, qu'elle accompagna
de proteftations de conftance & de belles promeffes, qu'il lui fut facile de me defarmer. Elle
faifit mon poignard, que je ne pus retenir, & le
jeta au travers des brouffailles, & me dit qu'elle
s'en vouloit aller & qu'elle ne fe trouveroit plus
feule avec moi. Elle me vouloit dire que je
n'avois pas fujet d'en ufer ainfi, quand je l'in-
terrompis pour la prier de fe trouver le lende-

main chez notre confidente, où je me rendrois,
& que là nous prendrions les dernières refolutions. Nous nous y rencontrâmes à l'heure dite.
Je la faluai & nous pleurâmes nos communes
mifères, &, après de longs difcours, elle me
confeilla d'aller à Paris, me proteftant qu'elle
ne confentiroit jamais à aucun mariage, & quand
je demeurerois dix ans qu'elle m'attendroit. Je
lui fis des promeffes reciproques, que j'ai mieux
tenues qu'elle n'a fait. Comme je voulois prendre
congé d'elle (ce qui ne fut pas fans verfer beaucoup de larmes), elle fut d'avis que fa mère
& fa fœur fuffent de la confidence. Cette veuve
les alla querir, & je demeurai feul avec la du
Lys. Ce fut alors que nous ouvrîmes nos cœurs
mieux que nous n'avions jamais fait ; & elle
en vint jufques à me dire que fi je la voulois
enlever elle y confentiroit volontiers & me fuivroit partout, & que, fi l'on venoit après nous
& que l'on nous attrapât, elle feindroit d'être
enceinte. Mais mon amour étoit fi pur que je
ne voulus jamais mettre fon honneur en com-
promis, laiffant l'evenement à la conduite du
fort. Sa mère & fa fœur arrivèrent & nous leur
déclarâmes nos refolutions, ce qui fit redoubler
les pleurs & les embraffemens. Enfin je pris
congé d'elles pour aller à Paris. Devant que de
partir j'écrivis une lettre à la du Lys, des termes
de laquelle je ne me fçaurois fouvenir ; mais
vous pouvez bien vous imaginer que j'y avois
mis tout ce que je m'etois figuré de tendre pour

leur donner de la compaffion. Auffi notre confidente, qui porta la lettre, m'affura qu'après la
lecture de cette lettre la mère & les deux filles
avoient été fi affligées de douleur que la du Lys
n'avoit pas eu le courage de me faire reponfe.

J'ai fupprimé beaucoup d'aventures qui nous
arrivèrent pendant le cours de nos amours (pour
n'abufer pas de votre patience), comme les jaloufies que la du Lys conçut contre moi pour
une demoifelle fa coufine germaine qui l'etoit
venue voir, & qui demeura trois mois dans la
maifon; la même chofe pour la fille de ce gentilhomme qui avoit amené ce galant que je fis
en aller, non plus que plufieurs querelles que
j'eus à déjouer, & des combats en des rencontres de nuit, où je fus bleffé par deux fois au
bras & à la cuiffe. Je finis donc ici la digreffion,
pour vous dire que je partis pour Paris, où
j'arrivai heureufement & où je demeurai environ une année. Mais ne pouvant pas y fubfifter
comme je faifois en cette ville, tant à caufe de
la cherté des vivres que pour avoir fort diminué
mes biens à la recherche de la du Lys, pour
laquelle j'avois fait de grandes dépenfes, comme
vous avez pu apprendre de ce que je vous ai
dit, je me mis en condition en qualité de fecretaire d'un fecretaire de la chambre du roi,
lequel avoit epoufé la veuve d'un autre fecretaire auffi du roi. Je n'y eus pas demeuré huit
jours que cette dame ufa avec moi d'une fami-
liarité extraordinaire, à laquelle je ne fis point

pour lors de reflexion; mais elle continua ſi
ouvertement que quelques-uns des domeſtiques
s'en aperçurent, comme vous allez voir.

Un jour qu'elle m'avoit donné une commiſ-
ſion pour faire dans la ville, elle me dit de
prendre le carroſſe, dans lequel je montai ſeul,
& je dis au cocher de me conduire par le Ma-
rais du Triangle, tandis que ſon mari alloit par
la ville à cheval, ſuivi d'un ſeul laquais : car
elle lui avoit perſuadé qu'il ſeroit mieux ſes
affaires de la ſorte que de trainer un carroſſe,
qui eſt toujours embarraſſant. Quand je fus
dans une longue rue où il n'y avoit que des
portes cochères, & par conſéquent l'on n'y
voyoit guère de monde, le cocher arrêta le
carroſſe & en deſcendit. Je lui criai pourquoi il
arrêtoit. Il s'approcha de la portière & me pria
de l'écouter, ce que je fis. Alors il me demanda
ſi je n'avois point pris garde au procédé de
madame ſur mon ſujet ; à quoi je lui répondis
que non, & qu'eſt-ce qu'il vouloit dire. Il me
répondit alors que je ne connoiſſois pas ma
fortune, & qu'il y avoit beaucoup de perſonnes
à Paris qui euſſent bien voulu en avoir une
ſemblable. Je ne raiſonnai guère avec lui ; mais
je lui commandai de remonter ſur ſon ſiége
& me conduire à la rue Saint-Honoré. Je ne
laiſſai pas de rêver profondément à ce qu'il
m'avoit dit, & quand je fus de retour à la maiſon j'obſervai plus exactement les actions de
cette dame, dont quelques-unes me confir-

mèrent en la croyance de ce que m'avoit dit le cocher.

Un jour que j'avois acheté de la toile & de la dentelle pour des collets que j'avois baillés à faire à fes filles de fervice, comme elles y travailloient, elle leur demanda pour qui etoient ces collets. Elles repondirent que c'etoit pour moi, & alors elle leur dit qu'elles les ache-vaffent, mais que pour la dentelle, elle la vou-loit mettre. Un jour qu'elle l'attachoit, j'entrai dans fa chambre, & elle me dit qu'elle tra-vailloit pour moi, dont je fus fi confus que je ne fis que des remerciemens de même. Mais un matin que j'ecrivois dans ma chambre, qui n'etoit pas eloignée de la fienne, elle me fit appeler par un laquais, & quand j'en approchai j'entendis qu'elle crioit furieufement contre fa demoifelle fuivante & contre fa femme de chambre ; elle difoit : « Ces chiennes, ces vi-laines, ne fçauroient rien faire adroit ! Sortez de ma chambre. » Comme elles en fortoient, j'y entrai, & elle continua à déclamer contre elles, & me dit de fermer la porte & de lui aider à s'habiller ; & auffitôt elle me dit de prendre fa chemife qui étoit fur la toilette & de la lui donner, & à même temps elle depouilla celle qu'elle avoit & s'expofa à ma vue toute nue, dont j'eus une fi grande honte que je lui dis que je ferois encore plus mal que ces filles, qu'elle devoit faire revenir, à quoi elle fut obligée par l'arrivée de fon mari. Je ne doutai

donc plus de fon intention ; mais comme j'etois
jeune & timide, j'apprehendai quelque finiftre
accident : car, quoiqu'elle fût dejà avancée en
âge, elle avoit pourtant encore des beaux
reftes ; ce qui me fit refoudre à demander mon
congé, ce que je fis un foir après que l'on eut
fervi le fouper. Alors, fans me rien repondre,
fon mari fe retira à fa chambre, & elle tourna
fa chaife du côté du feu, difant au maître
d'hôtel de remporter la viande. Je defcendis
pour fouper avec lui. Comme nous etions à
table, une fienne nièce, âgée d'environ douze
ans, defcendit, &, s'adreffant à moi, me dit que
madame fa tante l'envoyoit pour fçavoir fi
j'avois bien le courage de fouper, elle ne fou-
pant pas. Je ne me fouviens pas bien de ce que
je lui repondis ; mais je fçais bien que la dame
fe mit au lit & fut extremement malade. Le
lendemain, de grand matin, elle me fit appeler
pour donner ordre d'avoir des medecins ; comme
j'approchai de fon lit, elle me donna la main
& me dit ouvertement que j'etois la caufe de
fon mal, ce qui fit redoubler mon apprehenfion, en forte que le même jour je me mis dans
des troupes qu'on faifoit à Paris pour le duc
de Mantoue, & je partis fans en rien dire à
perfonne. Notre capitaine ne vint pas avec
nous, laiffant la conduite de fa compagnie à
fon lieutenant, qui etoit un franc voleur, auffi
bien que les deux fergens : car ils brûloient
prefque tous les logemens & nous faifoient

fouffrir ; auffi ils furent pris par le prevôt de
Troye en Champagne, lequel les y fit pendre,
excepté l'un des fergens, qui fe trouva frère
d'un des valets de chambre de monfeigneur le
duc d'Orleans, lequel le fauva. Nous demeu-
râmes fans chef, & les foldats, d'un commun
accord, firent election de ma perfonne pour
commander la compagnie, qui etoit compofée
de quatre-vingts foldats. J'en pris la conduite
avec autant d'autorité que fi j'en euffe eté le
capitaine en chef. Je paffai en revue & tirai la
montre[35], que je diftribuai, auffi bien que les
armes, que je pris à Sainte-Reine en Bourgogne[36]. Enfin nous filâmes jufqu'à Embrun en
Dauphiné, où notre capitaine nous vint trouver, dans l'apprehenfion qu'il n'y avoit pas un
foldat à fa compagnie. Mais quand il apprit
ce qui s'etoit paffé, & que je lui en fis paroître
foixante-huit (car j'en avois perdu douze dans
la marche) il me careffa fort & me donna fon
drapeau & fa table.

L'armée, qui etoit la plus belle qui fût jamais
fortie de France, eut le mauvais fuccès que
vous avez pu fçavoir ; ce qui arriva par la
mauvaife intelligence des generaux. Après fon
debris je m'arrêtai à Grenoble, pour laiffer
paffer la fureur des payfans de Bourgogne & de
Champagne, qui tuoient tous les fugitifs, & le
maffacre en fut fi grand que la pefte fe mit fi
furieufement dans ces deux provinces, qu'elle
s'epandit par tout le royaume. Après que j'eus

demeuré quelque temps à Grenoble, où je fis
de grandes connoiffances, je refolus de me
retirer dans cette ville, ma patrie. Mais en
paffant par des lieux ecartés du grand chemin,
pour la raifon que j'ai dite, j'arrivai à un petit
bourg appelé Saint-Patrice, où le fils puîné de
la dame du lieu, qui etoit veuve, faifoit une
compagnie de fantaffins pour le fiége de Montauban. Je me mis avec lui, & il reconnut
quelque chofe fur mon vifage qui n'etoit pas
rebutant. Après m'avoir demandé d'où j'etois,
& que je lui eus dit franchement la verité, il
me pria de prendre le foin de conduire un fien
frère, jeune garçon, chevalier de Malte, auquel
il avoit donné fon enfeigne, ce que j'acceptai
volontiers. Nous partîmes pour aller à Noves,
en Provence, qui etoit le lieu d'affemblée du
regiment, mais nous n'y eûmes pas demeuré
trois jours que le maître d'hôtel de ce capitaine
le vola & s'enfuit. Il donna ordre qu'il fût
fuivi, mais en vain ; ce fut alors qu'il me pria
de prendre les clefs de fes coffres, que je ne
gardai guères, car il fut deputé du corps du
regiment pour aller trouver le grand cardinal
de Richelieu, lequel conduifoit l'armée pour le
fiége de Montauban & autres villes rebelles de
Guyenne & Languedoc. Il me mena avec lui,
& nous trouvâmes Son Eminence dans la ville
d'Albi ; nous la fuivîmes jufqu'à cette ville
rebelle, qui ne le fut plus à l'arrivée de ce
grand homme, car elle fe rendit, comme vous

avez pu fçavoir. Nous eûmes pendant ce voyage un grand nombre d'aventures que je ne vous dis point, pour ne vous être pas ennuyeux, ce que j'ai peut-être dejà trop eté. »

Alors l'Etoile lui dit que ce feroit les priver d'un agreable divertiffement s'il ne continuoit jufqu'à la fin. Il pourfuivit donc ainfi :

« Je fis des grandes connoiffances dans la maifon de cet illuftre cardinal, & principalement avec les pages, dont il y en avoit dix-huit de Normandie, & qui me faifoient de grandes careffes, auffi bien que que les autres domeftiques de fa maifon. Quand la ville fut rendue, notre regiment fut licencié, & nous nous en revînmes à Saint-Patrice. La dame du lieu avoit un procès contre fon fils aîné, & fe preparoit pour aller le pourfuivre à Grenoble. Quand nous arrivâmes, je fus prié de l'accompagner ; à quoi j'eus un peu de repugnance, car je voulois me retirer, comme je vous ai dit ; mais je me laiffai gagner, dont je ne me repentis pas, car, quand nous fûmes arrivés à Grenoble, où je follicitai fortement le procès, le roi Louis treizième, de glorieufe memoire, y paffa pour aller en Italie, & j'eus l'honneur de voir à fa fuite les plus grands feigneurs de ce pays, & entre autres le gouverneur de cette ville, lequel connoiffoit fort M. de Saint-Patrice, auquel il me recommanda, &, après m'avoir offert de l'argent, lui dit qui j'etois, ce qui l'obligea à faire plus d'eftime de moi qu'il n'avoit pas fait, bien que

je n'euffe pas fujet de me plaindre. Je vis encore
cinq jeunes hommes de cette ville qui etoit au
regiment des gardes, trois defquels etoient
gentilshommes, & auxquels j'avois l'honneur
d'appartenir ; je les traitai du mieux qu'il me
fut poffible, & à la maifon & au cabaret. Un
jour que nous venions de déjeuner d'un logis
du faubourg de Saint-Laurent, qui eft au delà
du pont, nous nous arrêtâmes deffus pour voir
paffer des bateaux, & alors un d'eux me dit
qu'il s'etonnoit fort que je ne leur demandaffe
point des nouvelles de la du Lys. Je leur dis
que je n'avois ofé de peur de trop apprendre.
Ils me repartirent que j'avois bien fait, & que
je devois l'oublier, puifqu'elle ne m'avoit pas
tenu parole. Je penfai mourir à cette nouvelle,
mais enfin il fallut tout fçavoir. Ils m'apprirent
donc qu'auffitôt que l'on eut appris mon depart
pour l'Italie, qu'on l'avoit mariée à un jeune
homme qu'ils me nommèrent, & qui etoit celui
de tous ceux qui y pouvoient pretendre pour
qui j'avois le plus d'averfion. Alors j'eclatai,
& dis contre elle tout ce que la colère me
fuggera. Je l'appelai tigreffe, felonne, perfide,
traîtreffe ; qu'elle n'eût pas ofé fe marier me
fçachant fi près, etant bien affurée que je la
ferois allé poignarder avec fon mari, jufques
dedans fon lit. Après, je fortis de ma poche
une bourfe d'argent & de foie bleue, à petit
point, qu'elle m'avoit donnée, dans laquelle je
confervois le bracelet & le ruban que je lui

avois gagné. Je mis une pierre dedans & la
jetai avec violence dans la rivière, en difant :
« Ainfi fe puiffe effacer de ma memoire celle à
qui ont appartenu ces chofes, de même qu'elles
s'enfuiront au gré des ondes! » Ces meffieurs
furent etonnés de mon procedé, & me pro-
teftèrent qu'ils etoient bien marris de me l'avoir
dit, mais qu'ils croyoient que je l'euffe fçu
d'ailleurs. Ils ajoutèrent, pour me confoler,
qu'elle avoit eté forcée à fe marier, & qu'elle
avoit bien fait paroître l'averfion qu'elle avoit
pour fon mari : car elle n'avoit fait que languir
depuis fon mariage, & etoit morte quelque
temps après. Ce difcours redoubla mon deplaifir
& me donna à même temps quelque efpèce de
confolation. Je pris congé de ces meffieurs & me
retirai à la maifon, mais fi changé que mademoifelle de Saint-Patrice, fille de cette bonne
dame, s'en aperçut. Elle me demanda ce que
j'avois, à quoi je ne repondis rien ; mais elle
me preffa fi fort que je lui dis fuccinctement
mes aventures & la nouvelle que je venois
d'apprendre. Elle fut touchée de ma douleur,
comme je le connus par les larmes qu'elle
verfa. Elle le fit fçavoir à fa mère & à fes
frères, qui me temoignèrent de participer à
mes deplaifirs, mais qu'il falloit fe confoler
& prendre patience.

Le procès de la mère & du fils termina par
un accord; & nous nous en retournâmes. Ce fut
alors que je commençai à penfer à une retraite.

La maifon où j'etois etoit affez puiffante pour
me faire trouver de bons partis, & l'on m'en
propofa plufieurs ; mais je ne pus jamais me
refoudre au mariage. Je repris le premier deffein
que j'avois eu autrefois, de me rendre capucin,
& j'en demandai l'habit ; mais il furvint tant
d'obftacles, dont la deduction ne vous feroit
qu'ennuyeufe, que je ceffai cette pourfuite.

En ce temps-là, le roi commanda l'arrière-
ban de la nobleffe du Dauphiné pour aller à
Cafal[37]. M. de Saint-Patrice me pria de faire
encore ce voyage-là avec lui, ce que je ne pus
honorablement refufer. Nous partîmes, & nous
y arrivâmes. Vous fçavez ce qu'il en réuffit. Le
fiége fut levé, la ville rendue & la paix faite
par l'entremife de Mazarin. Ce fut le premier
degré par où il monta au cardinalat, & à cette
prodigieufe fortune qu'il a eue enfuite du gouvernement de la France. Nous nous en retournâmes à Saint-Patrice, où je perfiftai toujours
à me rendre religieux. Mais la divine Provi-
dence en difpofoit autrement. Un jour M. de
Saint-Patrice me dit, voyant ma refolution,
qu'il me confeilloit de me faire prêtre feculier ;
mais j'apprehendai de n'avoir pas affez de
capacité, & il me repartit qu'il y en avoit de
moindres. Je m'y refolus, & je pris les ordres
fur un patrimoine, que madame fa mère me
donna, de cent livres de rente, qu'elle m'affigna
fur le plus liquide de fon revenu. Je dis ma
première meffe dans l'eglife de la paroiffe.

& ladite dame en ufa comme fi j'euffe été fon
propre enfant ; car elle traita fplendidement
une trentaine de prêtres qui s'y trouvèrent
& plufieurs gentilshommes du voifinage. J'etois
dans une maifon trop puiffante pour manquer
de benefices ; auffi fix mois après j'eus un
prieuré affez confiderable, avec deux autres
petits benefices. Quelques années après j'eus
un gros prieuré & une fort bonne cure : car
j'avois pris grande peine à etudier, & je m'etois
rendu jufqu'au point de monter en chaire avec
fuccès, devant les beaux auditoires & en prefence même de prelats. Je menageai mes revenus & amaffai une notable fomme d'argent,
avec laquelle je me retirai dans cette ville, où
vous me voyez maintenant ravi du bonheur de
la connoiffance d'une fi charmante compagnie
& d'avoir eté affez heureux de lui rendre quelque petit fervice. »

L'Etoile prit la parole, difant : « Mais le plus
grand que vous fçauriez nous avoir jamais
rendu... » Elle vouloit continuer, quand Ragotin
fe leva pour dire qu'il vouloit faire une comedie
de cette hiftoire, & qu'il n'y auroit rien de plus
beau que la decoration du theâtre : un beau
parc avec fon grand bois & une rivière ; pour
le fujet, des amans, des combats, & une première meffe. Tout le monde fe mit à rire,
& Roquebrune, qui le contrarioit toujours, lui
dit : « Vous n'y entendez rien ; vous ne fçauriez
mettre cette pièce dans les règles, d'autant qu'il

faudroit changer la fcène & demeurer trois ou quatre ans deffus. » Alors le prieur leur dit : « Meffieurs, ne difputez point pour ce fujet, j'y ay donné ordre il y a longtemps. Vous favez que M. du Hardi n'a jamais obfervé cette rigide règle des vingt-quatre heures, non plus que quelques-uns de nos poètes modernes, comme l'auteur de *Saint-Euftache,* etc.; & M. Corneille ne s'y feroit pas attaché, fans la cenfure qué M. Scudery voulut faire du *Cid :* auffi tous les honnêtes gens appellent ces manquemens de belles fautes. J'en ai donc compofé une comedie que j'ai intitulée : *La Fidélité confervée après l'efperance perdue;* & depuis j'ai pris pour devife un arbre depouillé de fa parure verte[38], & où il ne refte que quelques feuilles mortes (qui eft la raifon pourquoi j'ai ajouté cette couleur à la bleue), avec un petit chien barbet au pied & ces paroles pour âme de la devife : « Privé d'efpoir, je fuis fidèle. » Cette pièce roule les theâtres il y a fort longtemps. — Le titre en eft auffi à propos que vos couleurs & votre devife, dit l'Etoile, car votre maîtreffe vous a trompé, & vous lui avez toujours gardé la fidelité, n'en ayant point voulu epoufer d'autre. »

La converfation finit par l'arrivée de M. de Verville & de M. la Garouffière. Et je finis auffi ce chapitre, qui, fans doute, a eté bien ennuyeux, tant pour fa longueur que pour fon fujet.

CHAPITRE XIV.

Retour de Verville, accompagné de M. de la Garouffière; mariage des comediens & comediennes, & autres aventures de Ragotin.

OUS ceux de la troupe furent etonnés de voir M. de la Garouffière; pour Verville, il etoit attendu avec impatience, principalement de ceux & celles qui fe devoient marier. Ils lui demandèrent quels bons affaires il avoit en cette ville, & il leur repondit qu'il n'en avoit aucuns, mais que, M. de Verville lui ayant communiqué quelque chofe d'importance, il avoit eté ravi de trouver une occafion fi favorable pour les revoir encore une fois, & leur offrit la continuation de fes fervices Verville lui fit figne qu'il n'en falloit parler qu'en fecret, &, pour lui en rompre les dif-

cours, il lui prefenta le prieur de Saint-Louis,
avec lequel il avoit fait grande amitié, lui difant que c'etoit un fort galant homme. Alors
l'Etoile leur dit qu'il venoit d'achever une hiftoire auffi agreable que l'on en pût ouïr. Ces
deux meffieurs témoignèrent avoir du regret
de n'être venus plus tôt pour avoir la fatisfaction de l'entendre. Alors Verville paffa dans
une autre chambre, où le Deftin le fuivit,
&, après y avoir demeuré quelques momens,
ils appelèrent l'Etoile & Angelique, & enfuite
Leandre & la Caverne, que M. de la Garouffière fuivit. Quand ils furent affemblés, Verville leur dit qu'etant à Rennes il avoit com-
muniqué au fieur de la Garouffière le deffein
qu'ils avoient fait de fe marier, & qu'il devoit
repaffer par Alençon pour être de la noce,
& qu'il avoit temoigné vouloir être de la partie.
Il en fut très humblement remercié, & on lui
temoigna de même l'obligation qu'on lui avoit
d'avoir voulu prendre cette peine. « Mais à
propos, dit M. de Verville, il faudroit faire
monter cet honnête homme qui eft en bas » ;
ce que l'on fit. Quand il fut entré, la Caverne
le regarda fixement, & la force du fang fit un
fi merveilleux effet en elle qu'elle s'attendrit
& pleura fans en fçavoir la caufe. On lui demanda fi elle connoiffoit cet homme-là, & elle
repondit qu'elle ne croyoit pas de l'avoir jamais
vu. On lui dit de le regarder avec attention,
ce qu'elle fit, & pour lors elle trouva fur fon

vifage tant de trait du fien qu'elle s'écria :
« Seroit-ce point mon frère ? Alors il s'approcha d'elle & l'embraffa, l'affurant que c'etoit
lui-même, que le malheur avoit eloigné fi long-
temps de fa prefence. Il falua fa nièce & tous
ceux de la compagnie, & affifta à la conference
fecrète, où il fut conclu que l'on celebreroit les
les deux mariages, fçavoir : du Deftin avec
l'Etoile & de Leandre avec Angelique. Toute
la difficulté confiftoit à fçavoir quel prêtre les
epouferoit ; alors le prieur de Saint-Louis
(que l'on avoit auffi appelé à la conférence)
leur dit qu'il fe chargeoit de cela & qu'il en
parleroit aux curés des deux paroiffes de la
ville & à celui du faubourg de Montfort ; que,
s'ils en faifoient quelque difficulté, il retourne-
roit à Sées & qu'il en obtiendroit la permiffion
du feigneur evêque ; que, s'il ne vouloit pas la
lui accorder, il iroit trouver monfeigneur l'e-
vêque du Mans, de qui il avoit l'honneur d'être
connu, d'autant que fa petite eglife etoit de fa
juridiction, & qu'il ne croyoit pas d'en être
refufé. Il fut donc prié de prendre ce foin-là.
Cependant l'on fit fecretement venir un notaire
& l'on paffa les contrats de mariage. Je ne vous
en dis point les claufes (car cette particularité
n'eft pas venue à ma connoiffance), oui bien
qu'ils fe marièrent. MM. de Verville, de la
Garouffière & de Saint-Louis furent les temoins.
Ce dernier alla parler aux curés, mais aucun
d'eux ne voulut les epoufer, alleguant beau-

coup de raifons que le prieur ne put furmon-
ter, parce qu'il n'en etoit peut-être pas capable,
ce qui le fit refoudre d'aller à Sées. Il prit le
cheval de Leandre & un de fes laquais, & alla
trouver le feigneur evêque, lequel repugna un
peu lui accorder fa requête ; mais le prieur lui
remontra que ces gens-là n'etoient veritablement de nulle paroiffe, car ils etoient aujour-
d'hui dans un lieu & demain dans un autre ;
que pourtant l'on ne pouvoit pas les mettre au
rang des vagabonds & gens fans aveu (qui
etoit la plus forte raifon fur laquelle les
curés avoient fondé leur refus) , car ils
avoient bonne permiffion du roi & avoient leur
menage, & par confequent etoient cenfés fujets
des evêques dans le diocèfe defquels ils fe trou-
voient lors de leur refidence en quelque ville ;
que ceux pour qui il demandoit la difpenfe
etoient dans celle d'Alençon, où il avoit juridiction, tant fur eux que fur les autres habitants, & il avoit juridiction, tant fur les autres
habitans, & que partant il les pouvoit difpenfer,
comme il l'en fupplioit très humblement, parce
que d'ailleurs ils etoient fort honnêtes. L'evêque donna les mains & pouvoir au prieur de les
epoufer en quelle eglife qu'il voudroit ; il vouloit appeler fon fecretaire pour faire la difpenfe
en forme, mais le prieur lui dit qu'un mot de
fa main fuffifoit, ce que le bon feigneur fit aufii
agreablement qu'il lui donna à fouper.

Le lendemain il s'en retourna à Alençon, où

il trouva les fiancés qui preparoient tout ce qui etoit neceffaire pour les noces. Les autres comediens (qui n'avoient point eté du fecret) ne fçavoient que penfer de tant d'appareil, & Ragotin en etoit le plus en peine. Ce qui les obligeoit à tenir la chofe ainfi fecrète n'etoit que ce que vous avez appris du Deftin : car, pour Leandre & Angelique, cela etoit connu de tous, & auffi la crainte de ne reuffir pas à la difpenfe. Mais, quand ils en furent affurés, l'on rendit la chofe publique, & l'on récita les contrats de mariage devant tous, & l'on prit jour pour epoufer. Ce fut un furieux coup de foudre pour le pauvre Ragotin, auquel la Rancune dit tout bas : « Ne vous l'avois-je pas bien dit ? Je m'en etois toujours defié. » Le pauvre petit homme entra en la plus profonde melancolie que l'on puiffe imaginer, laquelle le precipita dans un furieux defefpoir, comme vous apprendrez au dernier chapitre de ce roman. Il devint fi troublé que, paffant devant la grande eglife de Notre-Dame un jour de fête que l'on carillonnoit, il tomba dans l'erreur de la plupart des gens du vulgaire, qui croient que les cloches difent tout ce qu'ils s'imaginent. Il s'arrêta pour les ecouter, & il fe perfuada facilement qu'elles difoient :

Ragotin, ce matin,
A bu tant de pots de vin,
Qu'il branle, qu'il branle.

Il entra en une fi furieufe colère contre le campanier qu'il cria tout haut : « Tu as menti ! je
n'ai pas bu aujourd'hui ordinairement ! Je ne
me ferois pas fâché fi tu leur faifois dire :

> *Le mutin de Deftin*
> *A ravi a Ragotin*
> *L'Etoile, l'Etoile,*

car j'aurois eu la confolation de voir les chofes
inanimées temoigner avoir du reffentiment de
ma douleur ; mais de m'appeler ivrogne ! ha !
tu la payeras ! » Et auffitôt il enfonça fon chapeau, & entra dans l'eglife par une des portes
où il y a un degré en vis par lequel il monta
à l'orgue. Quand il vit que cette montée n'alloit pas au clocher, il la fuivit jufqu'au plus
haut, où il trouva une porte fort baffe, par laquelle il entra, & fuivit fous le toit des cha-
pelles, fous lequel il faut que ceux qui y paf-
fent fe baiffent ; mais lui y trouva un plancher
fort élevé. Il chemina jufqu'au bout, où il
trouva une porte qui va au clocher, où il monta.
Quant il fut au lieu où les cloches font pen-
dues, il trouva le campanier qui carillonnoit
toujours, & qui ne regardoit point derrière lui.
Alors il fe mit à lui crier des injures, l'appelant infolent, impertinent, fot, brutal, ma-
roufle, etc. ; mais le bruit des cloches l'empê-

choit de l'entendre. Ragotin s'imagina qu'il le
meprifoit, ce qui le fit impatienter & s'approcher de lui, & à même temps lui baillier un
grand coup de poing fur le dos. Le campanier,
fe fentant frappé, fe tourna, &, voyant Ragotin, lui dit : « Hé! petit efcargòt! qui diable
t'a mené ici pour me frapper? » Ragotin fe
mit en devoir de lui en dire le fujet & de lui
faire fes plaintes ; mais le campanier, qui n'entendoit point de raillerie, fans le vouloir ecouter, le prit par un bras, & à même temps lui
bailla un coup de pied au cul, qui le fit culbu-
ter le long d'un petit degré de bois jufques fur
le plancher d'où l'on fonne les cloches à branle.
Il tomba fi rudement, la tête la première, qu'il
donna du vifage contre une des boîtes par où
l'on paffe les cordes, & fe mit tout en fang. Il
pefta comme un petit demon, & defcendit
promptement ; il paffa ou travers de l'eglife,
d'où il alla trouver le lieutenant criminel pour
fe plaindre à lui de l'excès que le campanier
avoit commis en fa perfonne. Ce magiftrat,
le voyant ainfi fanglant, crut facilement ce
qu'il difoit ; mais après en avoir appris le fujet,
il ne put s'empêcher de rire, & connut bien
que le petit homme avoit le cerveau mal tim-
bré. Pourtant, pour le contenter, il lui dit qu'il
feroit juftice & envoya un laquais dire au campanier qu'il le vînt trouver. Quand il fut venu,
il lui demanda pourquoi il faifoit injurier cet
honnête homme par fes cloches? A quoi il lui

repondit qu'il ne le connoiſſoit point & qu'il
carillonnoit à ſon ordinaire :

Orléans, Beaugenci,
Notre-Dame de Cleri,
Vendôme, Vendôme ;

mais qu'ayant eté frappé de lui & injurié, il
l'avoit pouſſé, & qu'ayant rencontré le haut de
l'eſcalier, il en etoit tombé. Le lieutenant criminel lui dit : « Une autre fois ſoyez plus
aviſé » & à Ragotin : « Soyez plus ſage & ne
croyez pas votre imagination touchant le ſon
des cloches. » Ragotin s'en retourna à la maiſon, où il ne ſe vanta pas de ſon accident.
Mais les comediens, voyant ſon viſage ecorché
en trois ou quatre endroits, lui en demandèrent la raiſon, ce qu'il ne voulut pas dire ; mais
ils l'apprirent par la voix commune, car cette
diſgrâce avoit eclaté, & dont ils rirent bien
fort, auſſi bien que MM. de Verville & de La
Garouffière.

Le jour des epouſailles des comediennes
etant venu, le prieur de Saint-Louis leur dit
qu'il avoit fait choix de ſon egliſe pour les
epouſer. Ils y allèrent à petit bruit, & il benit
les mariages après avoir fait une très belle
exhortation aux mariés, leſquels ſe retirèrent
a leur logis, où ils dînèrent. Après quoi l'on
demanda à quoi l'on paſſeroit le temps juſqu'au
ſouper. La comedie, les ballets & les bals leur

etoient fi ordinaires, que l'on trouva bon de
faire le recit de quelque hiftoire. Verville dit
qu'il n'en fçavoit point. Si Ragotin n'eut pas
eté dans fa noire melancolie, il fe fût fans
doute offert à en debiter quelqu'une ; mais il
etoit muet. L'on dit à la Rancune de raconter
celle du poète Roquebrune, puifqu'il l'avoit
promis quand l'occafion s'en prefenteroit, & qu'il
n'en pourroit jamais trouver de plus belle, la
compagnie etant beaucoup plus illuftre que
quand il la vouloit commencer. Mais il repondit qu'il avoit quelque chofe dans l'efprit qui
le troubloit, & que, quand il l'auroit affez libre,
qu'il ne vouloit pas rendre ce mauvais office
au poète de faire fon eloge, dans lequel il faudroit comprendre fa maifon, & qu'il etoit trop
de fes amis pour débiter une jufte fatire. Roquebrune penfa troubler ļa fête, mais le ref-
peét qu'il eut pour les etrangers qui etoient
dans la compagnie calma tout cet orage. En
fuite de quoi M. de la Garouffière dit qu'il
fçavoit beaucoup d'aventures dont il avoit eté
temoin oculaire. On le pria d'en faire le recit ;
ce qu'il fit, comme vous verrez au chapitre
fuivant.

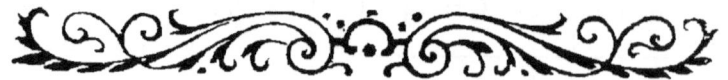

CHAPITRE XV.

Histoire des deux jalouses.

ES divisions qui mirent la maîtresse ville du monde au rang des plus malheureuses furent une semence qui s'epandit partout l'univers, & en un temps où les hommes ne doivent avoir qu'une âme, comme au berceau de l'eglise, puisqu'ils avoient l'honneur d'être les membres de ce sacré corps. Mais elles ne laissèrent pas d'eclore celles de Guelfes & des Gibelins, &, quelques années après, celle des Capelets & des Montesches. Ces divisions, qui ne devoient point sortir de l'Italie, où elles avoient eu leur origine, ne laissèrent pas de se dilater par tout le monde, & notre France n'en a pas eté exempte; & il semble même que

c'eſt dans ſon ſein où la pomme de diſcorde
a plus fait eclater ſes funeſtes effets ; ce
qu'elle fait encore à preſent, car il n'y a ville,
bourgs ni village où il n'y ait divers partis,
d'où il arrive tous les jours de ſiniſtres accidens. Mon père, qui etoit conſeiller au Parlement de Rennes, & qui m'avoit deſtiné pour
être, comme je ſuis, ſon ſucceſſeur, me mit au
collège pour m'en rendre capable ; mais, comme
j'etois dans ma patrie, il s'aperçut que je ne
profitois pas, ce qui le fit reſoudre à m'envoyer
à la Flèche (où eſt, comme vous ſçavez, le plus
fameux college que les Jeſuites aient dans ce
royaume de France). Ce fut dans cette petite
ville-là où arriva ce que je vous vais apprendre,
& au même temps que j'y faiſois mes etudes.

Il y avoit deux gentilshommes, qui etoient
les plus qualifiés de la ville, dejà avancés en
âge, ſans être pourtant mariés, comme il arrive
ſouvent aux perſonnes de condition, ce que
l'on dit en proverbe : « Entre qui nous veut
& que nous ne voulons pas, nous demeurons
ſans nous marier. » A la fin tous deux ſe marièrent. L'un, qu'on appeloit M. de Fons-
Blanche, prit une fille de Châteaudun, laquelle
etoit de ſort petite nobleſſe, mais ſort riche.
L'autre, qu'on appeloit M. du Lac, epouſa une
demoiſelle de la ville de Chartres, qui n'etoit
pas riche, mais qui etoit très belle, & d'une ſi
illuſtre maiſon qu'elle appartenoit à des ducs
& pairs & à des marechaux de France. Ces

deux gentilshommes, qui pouvoient partager
la ville, furent toujours de fort bonne intelligence ; mais elle ne dura guère après leurs
mariages : car les deux femmes commencèrent
à fe regarder d'un œil jaloux, l'une fe tenant
fière de fon extraction & l'autre de fes grands
biens. Madame de Fons-Blanche n'etoit pas
belle de vifage ; mais elle avoit grand'mine,
bonne grâce & etoit fort propre ; elle avoit
beaucoup d'efprit & etoit fort obligeante. Madame du Lac etoit très belle, comme j'ai dit,
mais fans grâce ; elle avoit de l'efprit infini-
ment, mais fi mal tourné que c'etoit une arti-
ficieufe & dangereufe perfonne. Ces deux dames
etoient de l'humeur de la plupart des femmes
de ce temps, qui ne croiroient pas être du grand
monde fi elles n'avoient chacune une douzaine
de galans ; auffi elles faifoient tous leurs efforts
& employoient tous leurs foins pour faire des
conquêtes, à qui la du Lac reuffiffoit beaucoup
mieux que la Fons-Blanche : car elle tenoit
fous fon empire toute la jeuneffe de la ville
& du voifinage ; s'entend des perfonnes très
qualifiées, car elle n'en fouffroit point d'autres.
Mais cette affectation caufa des murmures
fourds, qui eclatèrent enfin ouvertement en
medifance, fans que pour cela elle difcontinuât
de fa manière d'agir ; au contraire, il femble
que ce lui fût un fujet pour prendre plus de
foin à faire des nouveaux galans. La Fons-
Blanche n'etoit pas du tout fi foigneufe d'en

avertir, & elle en avoit pourtant quelques-uns
qu'elle retenoit avec adreffe, entre lefquels etoit
un jeune gentilhomme très bien fait, dont l'efprit correfpondoit au fien, & qui etoit un des
braves du temps. Celui-là en etoit le plus
favori : auffi fon affiduité caufa des foupçons,
& la medifance eclata hautement.

Ce fut là la fource de la rupture entre ces
deux dames : car auparavant elles fe vifitoient
civilement, mais, comme j'ai dit, toujours avec
une jaloufe envie. La du Lac commença à me-
dire de la Fons-Blanche, fit epier fes actions
& fit mille pièces artificieufes pour la perdre
de reputation, notamment fur le fujet de ce
gentilhomme, que l'on appeloit M. du Val-
Rocher ; ce qui vint aux oreilles de la Fons-
Blanche, qui ne demeura pas muette : car elle
difoit par raillerie que, fi elle avoit des galans,
ce n'etoit pas par douzaines comme la du Lac,
qui faifoit toujours de nouvelles impoftures.
L'autre, en fe defendant, lui bailloit le change,
fi bien qu'elles vivoient comme deux démons.
Quelques perfonnes charitables effayèrent à les
mettre d'accord ; mais ce fut inutilement, car
elles ne les purent jamais obliger à fe voir. La
du Lac, qui ne penfoit à autre chofe qu'à cau-
fer du deplaifir à la Fons-Blanche, crut que le
plus fenfible qu'elle pourroit lui faire reffentir,
ce feroit de lui ôter le plus favori de fes galans,
ce du Val-Rocher. Elle fit dire à M. de Fons-
Blanche, par des gens qui lui etoient affidés,

que quand il etoit hors de fa maifon (ce qui
arrivoit fouvent, car il etoit continuellement à
la chaffe ou en vifite chez des gentilshommes
voifins de la ville), que le du Val-Rocher couchoit avec fa femme, & que des gens dignes
de foi l'avoient vu fortir de fon lit, où elle etoit.
M. de Fons-Blanche, qui n'en avoit jamais eu
aucun foupçon, fit quelque réflexion à ce difcours, & enfuite fit connoître à fa femme qu'elle
l'obligeroit fi elle faifoit ceffer les vifites du
Val-Rocher. Elle repliqua tant de chofes & le
paya de fi fortes raifons qu'il ne s'y opiniâtra
pas, la laiffant dans la liberté d'agir comme
auparavant. La du Lac, voyant que cette invention n'avoit pas eu l'effet qu'elle defiroit,
trouva moyen de parler à du Val-Rocher. Elle
etoit belle & accorte, qui font deux fortes ma-
chines pour gagner la fortereffe d'un cœur le
mieux muni ; auffi, encore qu'il eût de grands
attachemens à la Fons-Blanche, la du Lac
rompit tous ces liens & lui donna des chaînes
bien plus fortes ; ce qui caufa une fenfible douleur à la Fons-Blanche (furtout quand elle
apprit que du Val-Rocher parloit d'elle en des
termes fort infolens), laquelle augmenta par la
mort de fon mari, qui arriva quelques mois
après. Elle en porta le deuil fort aufterement ;
mais la jaloufie la furmonta & fut la plus forte.
Il n'y avoit que quinze jours que l'on avoit
enterré fon mari qu'elle pratiqua une entrevue
fecrète avec du Val-Rocher. Je n'ai pas fçu

quel fut leur entretien, mais l'evenement le fit
affez connoître, car une douzaine de jours après
leur mariage fut publié, quoi qu'ils l'euffent
contracté fecretement, & ainfi dans moins d'un
mois elle eut deux maris, l'un qui mourut
en l'efpace de ce temps-là, & l'autre vivant.
Voilà, ce me femble, le plus violent effet de
jaloufie qu'on puiffe imaginer, car elle oublia
la bienféance du veuvage & ne fe foucia pas
de tous les infolens difcours que du Val-Rocher avoit faits d'elle à la perfuafion de la du
Lac ; ce qui juftifie affez ce que l'on dit, qu'une
femme hafarde tout quand il s'agit de fe venger, mais vous le verrez encore mieux par ce
que je vous vais dire. La du Lac penfa enrager quand elle apprit cette nouvelle, mais elle
diffimula fon reffentiment tant qu'elle put,
& qu'elle fut pourtant fur le point de faire
eclater, ayant fait deffein de le faire affaffiner
en un voyage qu'il devoit faire en Bretagne ;
dont il fut averti par des perfonnes à qui elle
s'en etoit decouverte, ce qui l'obligea à fe bien
precautionner. D'ailleurs elle confidera que ce
feroit mettre fes plus chers amis en grand hafard, ce qui la fit penfer à un moyen le plus
etrange que la jaloufie puiffe fufciter, qui fut de
brouiller fon mari avec du Val-Rocher par fes
pernicieux artifices. Auffi ils fe querellèrent furieufement plufieurs fois, & en furent jufqu'au
point de fe battre en duel, à quoi la du Lac
pouffa fon mari (qui n'etoit pas des plus adroits

du monde), jugeant bien qu'il ne dureroit guère
à du Val-Rocher, lequel, comme j'ai dit, etoit un
des braves du temps, fe figurant qu'après la
mort de fon mari elle le pourroit encore ôter
à la Fons-Blanche, de laquelle elle fe pourroit facilement defaire ou par poifon ou par le
mauvais traitement qu'elle lui feroit donner.
Mais il en arriva tout autrement qu'elle n'avoit
projeté; car du Val-Rocher, fe fiant en fon
adreffe, meprifa du Lac (qui au commencement
fe tenoit fur la defenfive), ne croyant pas qu'il
ofât lui porter; & ainfi il fe negligeoit, en
forte que du Lac, le voyant un peu hors de
garde, lui porta fi juftement qu'il lui mit fon
epée au travers du corps & le laiffa fans vie,
& s'en alla à fa maifon, où il trouva fa femme,
à laquelle il raconta l'action, dont elle fut bien
etonnée & marrie tout enfemble de cet eveme-
ment fi inopiné. Il s'enfuit fecretement & s'en
alla dans la maifon d'un des parens de fa
femme, lefquels, comme j'ai dit, etoient des
grands & puiffans feigneurs, qui travaillèrent
à obtenir fa grâce du roi. La Fons-Blanche fut
fort etonnée quand on lui annonça la mort
de fon mari, & qu'on lui dit qu'il ne falloit
pas s'amufer à verfer d'inutiles larmes, mais
qu'il falloit le faire enterrer fecretement, pour
eviter que la juftice n'y mît pas la main, ce qui
fut fait ; & ainfi elle fut veuve en moins de fix
femaines.

Cependant du Lac eut fa grâce, qui fut ente-

rinée au Parlement de Paris, nonobſtant toutes
les oppoſitions de la veuve du mort, qui vouloit
faire paſſer l'action pour un aſſaſſinat ; ce qui la
fit reſoudre à la plus etrange reſolution qui
puiſſe jamais entrer dans l'eſprit d'une femme
irritée. Elle s'arma d'un poignard, & paſſant
une fois par devant du Lac, qui ſe promenoit
à la place avec quelques uns de ſes amis, elle
l'attaqua ſi furieuſement & ſi opinement qu'elle
lui ôta le moyen de ſe mettre en defenſe, & lui
donna à même temps deux coups de poignard
dans le corps, dont il mourut trois jours après.
Sa femme la fit pourſuivre & mettre en priſon.
On lui fit ſon procès, & la plupart des juges
opinèrent à la mort, a quoi elle fut condam-
née. Mais l'execution en fut retardée, car elle
declara qu'elle étoit groſſe, &, ce qui eſt à remarquer, c'eſt qu'elle ne ſçavoit duquel de ſes
deux maris. Mais, comme c'etoit une perſonne
fort delicate, l'air renfermé & puant de la Con-
ciergerie, avec les autres incommodités que l'on
y ſouffre, lui cauſèrent une maladie & ſa déli-
vrance avant le terme, & enſuite ſa mort ;
neanmoins le fruit eut baptême, & après avoir
vécu quelques heures il mourut auſſi. La du
Lac fut touchée de Dieu ; elle rentra en ſoi-
même, fit reflexion ſur tant de ſiniſtres accidens dont elle etoit cauſe, mit ordre aux affaires de ſa maiſon, & entra dans un monaſ-
tère de religieuſes reformées de l'ordre de Saint-
Benoît, au lieu d'Almeneſche[39], au diocèſe de

Sées. Elle voulut s'éloigner de fa patrie pour
vivre avec plus de quietude & faire plus facilement penitence de tant de maux qu'elle avoit
caufés. Elle eft encore dans ce monaftère, où
elle vit dans une grande aufterité, fi elle n'eft
morte depuis quelques mois.

Les comediens & comediennes ecoutoient
encore, quoique M. de la Garouffière ne dît
plus mot, quand Roquebrune s'avança pour
dire à fon ordinaire que c'etoit là un beau fujet
pour un poème grave, & qu'il en vouloit com-
pofer une excellente tragedie, qu'il mettroit
facilement dans les règles d'un poème drama-
tique. L'on ne repondit pas à fa propofition ;
mais tous admirèrent le caprice des femmes
quand elles font frappées de jaloufie, & comme
elles fe portent aux dernières extrémités. Enfuite de quoi l'on difcuta fi c'etoit une paffion ;
mais les fçavans conclurent que c'etoit la def-
truction de la plus belle de toutes les paffions,
qui eft l'amour. Il y avoit encore beaucoup de
temps jufqu'au fouper, & tous trouvèrent bon
d'aller faire une promenade dans le parc, où
etant ils s'affirent fur l'herbe. Lors le Deftin
dit qu'il n'y avoit rien de plus agreable que le
récit des hiftoires. Leandre (qui n'avoit point
entré dans la belle converfation depuis qu'il
etoit dans la troupe, y ayant toujours paru en
qualité de valet) prit la parole, difant que,
puifque l'on avoit fini par le caprice des
femmes, fi la compagnie agréoit, qu'il feroit le

recit de ceux d'une fille qui ne demeuroit pas loin d'une de fes maifons. Il en fut prié de tous, &, après avoir touffé cinq ou fix fois, il debuta comme vous allez voir.

CHAPITRE XVI

Hiftoire de la capricieufe amante

L y avoit dans une petite ville de Bretagne qu'on appelle Vitré un vieux gentilhomme, lequel avoit longtemps demeuré marié avec une très vertueufe demoifelle fans avoir des enfans. Entre plufieurs domeftiques qui le fervoient étoient un maître d'hôtel & une gouvernante, par les mains defquels paffoit tout le revenu de la maifon. Ces deux perfonnages, qui faifoient comme font la plupart des valets & fervantes (c'eft-à-dire l'amour), fe promirent mariage & tirèrent fi bien chacun de fon côté que le bon vieux gentilhomme & fa femme moururent fort incommodés, & les deux domeftiques vecurent fort riches & mariés. Quelques années après il arriva une fi mauvaife affaire

à ce maître d'hôtel qu'il fut obligé de s'enfuir,
&, pour être en affurance, d'entrer dans une
compagnie de cavalerie & de laiffer fa femme
feule & fans enfans, laquelle ayant attendu
environ deux ans fans avoir aucune de fes
nouvelles, elle fit courir le bruit de fa mort
& en porta le deuil. Quand il fut un peu paffé,
elle fut recherchée en mariage de plufieurs
perfonnes, entre lefquels fe prefenta un riche
marchand, lequel l'epoufa, & au bout de l'année
elle accoucha d'une fille, laquelle pouvoit avoir
quatre ans quand le premier mari de fa mère
arriva à la maifon. De vous dire quels furent
les plus etonnés des deux maris ou de la femme,
c'eft ce que l'on ne peut fçavoir ; mais, comme
la mauvaife affaire du premier fubfiftoit toujours, ce qui l'obligeoit à fe tenir caché,
& d'ailleurs voyant une fille de l'autre mari, il
fe contenta de quelque fomme d'argent qu'on
lui donna, & ceda librement fa femme au fecond
mari, fans lui donner aucun trouble. Il eft vrai
qu'il venoit de temps en temps & toujours fort
fecretement querir de quoi fubfifter, ce qu'on
ne lui refufoit point.

Cependant la fille (que l'on appeloit Marguerite) fe faifoit grande, & avoit plus de bonne
grâce que de beauté, & de l'efprit affez pour
une perfonne de fa condition. Mais, comme
vous fçavez que le bien eft depuis longtemps
ce que l'on confidere le plus en fait de mariage,
elle ne manquoit pas de galans, entre lefquels

etoit le fils d'un riche marchand, qui ne vivoit
pas comme tel, mais en demi-gentilhomme, car
il frequentoit les plus honorables compagnies,
où il ne manquoit pas de trouver fa Marguerite, qui y etoit reçue à caufe de fa richeffe.
Ce jeune homme (que l'on appeloit le fieur de
Saint-Germain) avoit bonne mine, & tant de
cœur qu'il etoit fouvent employé en des duels,
qui en ce temps-là etoient fort frequens. Il
danfoit de bonne grâce, & jouoit dans les
grandes compagnies, & etoit toujours bien vêtu.
Dans tant de rencontres qu'il eut avec cette
fille, il ne manqua pas à lui offrir fes fervices
& à lui temoigner fa paffion & le defir qu'il
avoit de la rechercher en mariage ; à quoi elle
ne repugna point, & même lui permit de la
voir chez elle ; ce qu'il fit avec l'agrement de
fon père & de fa mère, qui favorifoient fa recherche de tout leur pouvoir. Mais, au temps
qu'il fe difpofoit pour la leur demander en
mariage, il ne le voulut pas faire fans fon
confentement, croyant qu'elle n'y apporteroit
aucun obftacle ; mais il fut fort etonné quand
elle le rebuta fi furieufement de parole & d'action qu'il s'en alla le plus confus homme du
monde. Il laiffa paffer quelques jours fans la
voir, croyant de pouvoir etouffer cette paffion ;
mais elle avoit pris de trop profondes racines,
ce qui l'obligea à retourner la voir. Il ne fut
pas plutôt entré dans la maifon qu'elle en fortit
& alla fe mettre en une compagnie de filles du

voifinage, où il la fuivit, après avoir fait des
plaintes au père et à la mère du mauvais traitement que lui faifoit leur fille, fans lui en
avoir donné aucun fujet ; de quoi ils temoignèrent être marris, & lui promirent de la
rendre plus fociable. Mais comme elle etoit
fille unique, ils n'ofèrent lui contredire, ni la
preffer fur cette matière-là, fe contentant de lui
remontrer doucement le tort qu'elle avoit de
traiter ce jeune homme avec tant de rigueur,
après avoir temoigné de l'aimer. A tout cela
elle ne repondoit rien, & continuoit dans fa
mauvaife humeur : car, quand il vouloit approcher d'elle, elle changeoit de place ; & il la
fuivoit, mais elle le fuyoit toujours, en forte
qu'un jour il fut obligé, pour l'arrêter, de la
prendre par la manche de fon corps de jupe,
dont elle cria, lui difant qu'il avoit froiffé les
bouts de manche, & que s'il y retournoit, qu'elle
lui donneroit un foufflet, & qu'il feroit beaucoup
mieux de la laiffer. Enfin, tant plus il s'em-
preffoit pour l'accofter, plus elle faifoit de
diligence pour le fuir ; & quand on alloit à la
promenade, elle aimoit mieux aller feule que
de lui donner la main. Si elle etoit dans un
bal & qu'il la voulût prendre pour la faire
danfer, elle lui faifoit affront, difant qu'elle fe
trouvoit mal, & à même temps elle danfoit
avec un autre. Elle en vint jufqu'à lui fufciter
des querelles, & elle fut caufe que par quatre
fois il fe porta fur le pré, d'où il fortit toujours

glorieufement, ce qui la faifoit enrager, au moins en apparence. Tous ces mauvais traitemens n'etoient que jeter de l'huile fur la braife, car il en etoit toujours plus tranfporté & ne relâchoit point du tout de fes vifites. Un jour il crut que fa perfeverance l'avoit un peu adoucie, car elle fe laiffa approcher de lui & ecouta attentivement les plaintes qu'il lui fit de fon injufte procedé, en telles ou femblables paroles : « Pourquoi fuyez-vous celui qui ne fçauroit vivre fans vous? Si je n'ai pas affez de merite pour être fouffert de vous, au moins confiderez l'excès de mon amour & la patience que j'ai à endurer toutes les indignités dont vous ufez envers moi, qui ne refpire qu'à vous faire paroître à quel point je fuis à vous. — Eh bien ! lui repondit-elle, vous ne me le fçauriez mieux perfuader qu'en vous eloignant de moi ; &, parceque vous ne le pourriez pas faire fi vous demeuriez en cette ville, s'il eft vrai, comme vous dites, que j'aie quelque pouvoir fur vous, je vous ordonne de prendre parti dans les troupes qu'on lève ; quand vous aurez fait quelques campagnes, peut-être me trouverez-vous plus flexible à vos defirs. Ce peu d'efperance que je vous donne vous y doit obliger ; finon, perdez-la tout à fait. » Alors elle tira une bague de fon doigt, la lui prefenta en lui difant : « Gardez cette bague, qui vous fera fouvenir de moi, & je vous defends de me venir dire adieu ; en un mot ne me voyez plus. »

Elle fouffrit qu'il la faluât d'un baifer, & le
laiffa, paffant dans une autre chambre, dont elle
ferma la porte.

Ce miferable amant prit congé du père & de
la mère, qui ne purent contenir leurs larmes
& qui l'affurèrent de lui être toujours favorables
pour ce qu'il fouhaitoit. Le lendemain il fe mit
dans une compagnie de cavalerie qu'on levoit
pour le fiége de La Rochelle. Comme elle lui
avoit defendu de la plus voir, il n'ofa pas
l'entreprendre ; mais, la nuit devant le jour de
fon depart, il lui donna des ferenades, à la fin
defquelles il chanta cette complainte, qu'il
accorda aux triftes & doux accens de fon luth,
en cette forte :

> *Iris, maîtreffe inexorable,*
> *Sans amour & fans amitié,*
> *Helas ! n'auras-tu point pitié*
> *D'un fi fidèle amant que tu rends miferable ?*

> *Seras-tu toujours inflexible ?*
> *Ton cœur fera-t-il de rocher ?*
> *Ne le pourrai-je point toucher ?*
> *Ne fera-t-il jamais à mon amour fenfible ?*

> *Je t'obéis, fille cruelle ;*
> *Je te dis le dernier adieu ;*
> *Jamais, dedans ce trifte lieu,*
> *Tu ne verras de moi que mon cœur trop fidèle.*

Lorfque mon corps fera fans ame,
Quelque mien ami l'ouvrira,
Et mon cœur il en fortira
Pour t'en faire un prefent où tu verras ma flamme.

Cette capricieufe fille s'etoit levée & avoit ouvert le volet d'une fenêtre, n'ayant laiffé que la vitre, au travers de laquelle elle fe fit ouïr, faifant un fi grand eclat de rire que cela acheva de defefperer le pauvre Saint-Germain, lequel voulut dire quelque chofe; mais elle referma le volet en difant tout haut : « Tenez votre promeffe pour votre profit »; ce qui l'obligea à fe retirer. Il partit quelques jours après avec la compagnie, qui fe rendit au camp de La Rochelle, là où, comme vous avez pu fçavoir, le fiége fut fort opiniâtre, le roi à l'attaquer & les affiegés à fe defendre. Mais enfin il fallut fe rendre à la difcretion d'un monarque auquel les vents & les elemens rendoient obeiffance.

Après que la ville fut rendue, on licencia plufieurs troupes, du nombre defquelles fut la compagnie où etoit Saint-Germain, lequel s'en retourna à Vitré, où il ne fut pas plutôt qu'il alla voir fa rigoureufe Marguerite, laquelle fouffrit d'en être faluée; mais ce ne fut que pour lui dire que fon retour etoit bien prompt, & qu'elle n'etoit pas encore difpofée à le fouffrir, & qu'elle le prioit de ne la point voir. Il lui repondit ces triftes paroles : « Il faut avouer que vous êtes une dangereufe perfonne, & que

vous ne defirez que la mort du plus fidèle
amant qui foit au monde : car vous m'avez par
quatre fois procuré des moyens d'eprouver fa
rigueur, quoique glorieufement, mais qui eût
pourtant eté pour moi très funefte. Je la fuis
allé chercher là où des plus malheureux que
moi l'ont fatalement trouvée, fans que je l'aie
jamais pu rencontrer ; mais, puifque vous la
defirez avec tant d'ardeur, je la chercherai en
tant de lieux qu'à la fin elle fera obligée de me
fatisfaire pour vous contenter ; mais peut-être ne
pourrez-vous pas vous empêcher de vous repentir
de me l'avoir caufée, car elle fera d'un genre
fi etrange que vous en ferez touchée de pitié.
Adieu donc, la plus cruelle qui foit dans
l'univers. » Il fe leva & la vouloit laiffer, quand
elle l'arrêta pour lui dire qu'elle ne fouhaitoit
du tout point fa mort, & que, fi elle lui avoit
procuré des combats, ce n'avoit eté que pour
avoir des preuves certaines de fa valeur, & afin
qu'il fût plus digne de la poffeder ; mais qu'elle
n'etoit pas encore en etat de fouffrir fa recherche ;
que peut-être le temps la pourroit adoucir. Et
elle le laiffa fans lui en dire davantage. Ce peu
d'efperance l'obligea à ufer d'un moyen qui
penfa tout gâter, qui fut de lui donner de la
jaloufie. Il raifonnoit en lui-même que, puifqu'elle avoit encore quelque bonne volonté pour
lui, elle ne manqueroit pas d'en prendre s'il lui
en donnoit le fujet. Il avoit un camarade qui
avoit une maîtreffe dont il etoit autant cheri

que lui etoit maltraité de la fienne. Il le pria
de fouffrir qu'il accoftât cette bonne maîtreffe,
& que lui pratiquât la fienne pour voir quelle
mine elle tiendroit. Son camarade ne voulut
pas lui accorder fans en avoir averti fa maîtreffe, laquelle y confentit. La première converfation qu'ils eurent enfemble (car ces deux
filles n'etoient guère l'une fans l'autre), ces deux
amans firent echange : car Saint-Germain approcha de la maîtreffe de fon camarade, lequel
accofta cette fière Marguerite, laquelle le fouffrit
fort agréablement. Mais, quand elle vit que les
autres rioient, elle s'imagina que ce changement
etoit concerté, de quoi elle entra en de fi furieux
tranfports qu'elle dit tout ce qu'une amante
irritée peut dire en cas pareil. Elle fut outrée
à tel point qu'elle laiffa la compagnie en verfant
beaucoup de larmes ; ce qui fit que cette obligeante maîtreffe alla auprès d'elle & lui remontra
le tort qu'elle avoit d'en ufer de la forte ;
qu'elle ne pouvoit efperer plus de bonheur que
la recherche d'un fi honnête homme & fi
paffionné pour elle, & que fa politique etoit
tout à fait extraordinaire & inufitée entre des
amans ; qu'elle pouvoit bien voir de quelle
manière elle en ufoit avec le fien ; qu'elle
apprehendoit fi fort de le defobliger qu'elle ne
lui avoit jamais donné aucun fujet de fe rebuter.
Tout cela ne fit aucun effet fur l'efprit de cette
bizarre Marguerite, ce qui jeta le malheureux
Saint-Germain dans un fi furieux defefpoir qu'il

ne chercha depuis que des occafions de faire
paroître à cette cruelle la violence de fon
amour par quelque finiftre mort, comme il la
penfa trouver : car, un foir que lui & fept de
fes camarades fortoient d'un cabaret ayant tous
l'epée au côté, ils firent rencontre de quatre
gentilshommes dont il y en avoit un qui etoit
capitaine de cavalerie, lefquels leur voulurent
difputer le haut du pavé dans une rue etroite
où ils paffoient ; mais ils furent contraints de
ceder, en difant que leur nombre feroit bientôt
egal, & du même pas allèrent prendre quatre
ou cinq autres gentilshommes, lefquels fe mirent
à chercher ceux qui les avoient fait quitter le
haut du pavé, & qu'ils rencontrèrent dans la
Grande-Rue. Comme Saint-Germain s'etoit le
plus avancé dans la difpute, il avoit eté remarqué par ce capitaine à fon chapeau bordé d'argent, qui brilloit dans l'obfcurité ; auffi, dès
qu'il l'eut remarqué, il s'adreffa à lui en lui
donnant un coup de coutelas fur la tête
qui lui coupa fon chapeau & une partie du
crâne. Ils crurent qu'il etoit mort & qu'ils
etoient affez vengés, ce qui les fit retirer, & les
compagnons de Saint-Germain fongèrent moins
à aller après ces braves qu'à le relever. Il etoit
fans pouls & fans mouvement, ce qui les obligea
à l'emporter à fa maifon, où il fut vifité par
les chirurgiens, qui lui trouvèrent encore de la
vie. Ils le panfèrent, remirent le crâne & mirent
le premier appareil.

La première difpute avoit caufé de la rumeur
dans le voifinage ; mais ce coup fatal y en
apporta bien davantage. Tous les voifins fe
levèrent, & chacun en parloit diverfement, mais
tous concluoient que Saint-Germain etoit mort.
Le bruit en alla jufques à la maifon de cette
cruelle Marguerite, laquelle fe leva auffitôt du
lit & s'en alla en deshabillé chez fon galant,
qu'elle trouva en l'etat où je viens de vous le
reprefenter. Quand elle vit la mort peinte fur
fon vifage, elle tomba evanouie, en telle forte
que l'on eut peine à la faire revenir. Quand
elle fut remife, tous ceux du voifinage l'accu-
fèrent de ce defaftre, & lui reprefentèrent que,
fi elle l'eût fouffert auprès d'elle, elle auroit
evité cet accident. Alors elle fe mit à arracher
fes cheveux & à faire des actions d'une perfonne
touchée de douleur. Enfuite elle le fervit avec
une telle affiduité (tout le temps qu'il fut hors
de connoiffance) qu'elle ne fe depouilla ni
coucha pendant ce temps-là, & ne permit pas à
fes propres fœurs de lui rendre aucun fervice.
Quand il commença à connoître, l'on jugea que
fa prefence lui feroit plus prejudiciable qu'utile,
pour les raifons que vous pouvez entendre.
Enfin il guerit, &, quand il fut en parfaite
convalefcence, on le maria avec fa Marguerite,
au grand contentement des parens, & beaucoup
plus des mariés.

Après que Leandre eut fini fon hiftoire, ils
retournèrent à la ville, où etant ils foupèrent,

&, après avoir un peu veillé, l'on coucha les epoufés.

Ces mariages avoient eté faits à petit bruit, ce qui fut caufe qu'ils n'eurent point de vifites ce jour-là, ni le lendemain ; mais deux jours après ils en furent tellement accablés qu'ils avoient peine à trouver quelques momens de relâche pour etudier leurs rôles : car tout le beau monde les vint feliciter, & durant huit jours ils reçurent des vifites. Après la fête paffée, ils continuèrent leur exercice avec plus de quietude, excepté Ragotin, lequel fe plongea dans l'abîme du defefpoir, comme vous allez voir dans ce dernier chapitre.

CHAPITRE XVII

Defefpoir de Ragotin & fin du Roman comique.

A Rancune, fe voyant hors d'efpe-
rance de reuffir en l'amour qu'il
portoit à l'Etoile, auffi bien que
Ragotin, fe leva de bonne heure
& alla trouver le petit homme, qu'il
trouva auffi levé & qui ecrivoit, lequel lui dit
qu'il faifoit fa propre epitaphe. « Eh quoi ! dit
la Rancune, l'on n'en fait que pour les morts,
& vous êtes encore en vie ! Et ce que je trouve
le plus etrange, c'eft que vous-même la faites !
— Oui, dit Ragotin, & je vous la veux faire
voir. »

Il ouvrit le papier, qu'il avoit plié, & lui fit
lire ces vers :

> *Ci gît le pauvre Ragotin,*
> *Lequel fut amoureux d'une très belle Etoile*

Que lui enleva le Deſtin,
Ce qui lui fit faire promptement voile
En l'autre monde, où il fera
Autant de temps qu'il durera.
Pour elle il fit la comedie
Qu'il achève aujourd'hui par la fin de ſa vie.

« Voilà qui eſt magnifique, dit la Rancune,
mais vous n'aurez pas la ſatisfaction de la voir
deſſus votre ſepulture : car l'on dit que les
morts ne voient ni n'entendent rien. — Ha ! dit
Ragotin, que vous êtes en partie cauſe de mon
deſaſtre ! car vous me donniez toujours de
grandes eſperances de flechir cette belle, & vous
ſçaviez bien tout le ſecret. » Alors la Rancune
lui jura ſerieuſement qu'il n'en ſçavoit rien
poſitivement, mais qu'il s'en doutoit, comme il
lui avoit dit, quand il lui conſeilloit d'etouffer
cette paſſion, lui remontrant que c'etoit la plus
fière fille du monde. « Et il ſemble (ajouta-t-il)
que la profeſſion qu'elle fait doive licencier les
femmes & les filles de cet orgueil, qui eſt
ordinaire à celles d'autres conditions. Mais il
faut avouer qu'en toutes les caravanes de
comediens l'on n'en trouvera point une ſi
retenue & qui ait tant de vertu ; & elle a mis
Angelique à ce pli-là, car de ſon naturel elle a
une autre pente, & ſon enjouement le temoigne
aſſez. Mais enfin il faut que je vous decouvre
une choſe que je vous ai tenue cachée juſqu'à

prefent : c'eft que j'etois auffi amoureux d'elle
que vous, & je ne fçais qui feroit l'homme qui,
après l'avoir pratiquée comme j'ai fait, s'en
feroit pu empêcher. Mais, comme je me vois
hors d'efperance auffi bien que vous, je fuis
refolu de quitter la troupe, d'autant qu'on y a
reçu le frère de la Caverne. C'eft un homme
qui ne fçauroit faire d'autres perfonnages que
ceux que je repréfente, & ainfi l'on me conge-
diera fans doute ; mais je ne veux pas attendre
cela, je les veux prevenir & m'en aller à Rennes
trouver la troupe qui y eft, où je ferai affure-
ment reçu, puifqu'il y manque un acteur. »
Alors Ragotin lui dit : « Puifque vous etiez
frappé d'un même trait, vous n'aviez garde de
parler pour moi à l'Etoile. » Mais la Rancune
jura comme un demon qu'il etoit homme
d'honneur & qu'il n'avoit pas laiffé de lui en
faire des ouvertures ; mais, comme il lui avoit
dejà dit, elle n'avoit jamais voulu ecouter.
« Eh bien ! dit Ragotin, vous avez refolu de
quitter la troupe, & moi auffi. Mais je veux
bien faire un plus grand abandonnement, car
je veux quitter tout à fait le monde. » La
Rancune ne fit point de reflexion fur fon epitaphe, qu'il lui avoit baillée ; il crut feulement
qu'il avoit fait refolution d'entrer dans un
couvent, ce qui fut caufe qu'il ne prit point
garde à lui, ni n'en avertit perfonne que le
poète, auquel il en bailla une copie.

Quand Ragotin fut feul, il fongea au moyen

qu'il pourroit tenir pour fortir du monde. Il
prit un piftolet, qu'il chargea, & y mit deux
balles pour s'en donner dans la tête ; mais il
jugea que cela feroit trop de bruit. Enfuite il
mit la pointe de fon épée contre fa poitrine,
dont la piqûre lui fit mal, ce qui l'empêcha de
l'enfoncer. Enfin il defcendit à l'ecurie cependant que les valets dejeunoient. Il prit des
cordes qui etoient attachées au bât d'un cheval
de voiture & en accommoda une au râtelier
& la mit autour de fon cou ; mais, quand il
voulut fe laiffer aller, il n'en eut pas le courage & attendit que quelqu'un entrât. Il y arriva un cavalier etranger, & alors il fe laiffa
aller, tenant toujours un pied fur le bord de
la crèche. Pourtant, s'il y fût demeuré long-
temps, il fe feroit enfin etranglé. Le valet d'e-
table, qui etoit defcendu pour prendre le cheval du cavalier, voyant Ragotin ainfi pendu, le
crut mort, & cria fi fort que tous ceux du logis
defcendirent. On lui ôta la corde du cou & on
le fit revenir, ce qui fut affez facile. On lui demanda quel fujet il avoit de prendre une fi
etrange refolution ; mais il ne le voulut pas
dire. Alors la Rancune tira à part mademoifelle de l'Etoile (que je pourrois appeler ma-
defoille du Deftin, mais, etant fi près de la fin
de ce roman, je ne fuis point d'avis de lui
changer de nom), à laquelle il decouvrit tout
le myftère, de quoi elle fut fort étonnée. Mais
elle le fut bien davantage quand ce mechant

homme fut affez temeraire pour lui dire qu'il
etoit aux mêmes termes, mais qu'il ne prenoit
pas une fi fanglante refolution, fe contentant
de demander fon congé. A tout cela elle ne repondit pas une parole, & le laiffa.

Quelque peu de temps après, Ragotin declara à la troupe le deffein qu'il avoit d'accompagner le lendemain M. de Verville & de fe
retirer au Mans. Cette circonftance fit que tous
y confentirent ; ce qu'ils n'euffent pas fait s'il
eût voulu s'en aller feul, attendu ce qui etoit
arrivé. Ils partirent le lendemain de bon matin, après que monfieur de Verville eut fait
mille proteftations de continuation d'amitié aux
comediens & comediennes, & principalement
au Deftin, qu'il embraffa, lui temoignant la
joie qu'il avoit de voir l'accompliffement de fes
defirs. Ragotin fit un grand difcours en forme
de compliment, mais fi confus que je ne le mets
point ici. Quand ils furent au point de partir,
Verville demanda fi les chevaux avoient bu ; le
valet d'etable repondit qu'il etoit trop matin,
& qu'ils les pourroient faire boire en paffant la
rivière. Ils montèrent à cheval après avoir pris
congé de M. de la Garouffière, lequel s'etoit
auffi difpofé à partir, & qui fut civilement remercié par les nouveaux mariés de la peine
qu'il s'etoit donnée de venir de fi loin pour
honorer leurs noces de fa prefence. Après cent
proteftations de fervices reciproques, il monta
à cheval, & la Rancune le fuivit, lequel, no-

nobftant fon infenfibilité, ne put pas empêcher
le cours de fes larmes, qui attirèrent celles du
Deftin, fe reffouvenant (nonobftant le naturel
farouche de la Rancune) des fervices qu'il lui
avoit rendus, & principalement à Paris fur le
Pont-Neuf, lorfqu'il y fut attaqué & volé par
la Rappinière. Quand Verville & Ragotin
eurent paffé les ponts, ils defcendirent à la rivière pour faire boire leurs chevaux ; Ragotin
s'avança par un endroit où il y avoit une rive
taillée, où fon cheval broncha fi rudement, que
le petit bout d'homme perdit les etriers & fauta
par deffus la tête du cheval dans la rivière, qui
etoit fort profonde en cet endroit-là. Il ne fçavoit pas nager, &, quand il l'auroit fçu, l'em-
barras de fa carabine, de fon epée & de fon
manteau l'auraient fait demeurer au fond, comme
il fit. Un des valets de Verville etoit allé prendre le cheval de Ragotin, qui etoit forti de
l'eau, & un autre fe depouilla promptement
& fe jeta dans la rivière au lieu où il etait
tombé ; mais il le trouva mort. L'on appela du
monde, & on le fortit. Cependant Verville envoya avertir les comediens de ce malheur, & à
même temps fon cheval. Tous y accoururent,
&, après avoir plaint fon fort, ils le firent enterrer dans le cimetière d'une chapelle de fainte
Catherine, qui n'eft guère eloignée de la rivière.

Cet evenement funefte verifie bien le proverbe commun : *Qui a pendre n'a pas noyer*.

Ragotin n'avoit pas le premier, puifqu'il ne
put s'etrangler; mais il avoit le fecond, puifqu'il fut effectivement noyé.

Ainfi finit ce petit bout d'avocat comique,
dont les aventures, difgrâces, accidens, & la
funefte mort, feront dans la memoire des habitans du Mans & d'Alençon, auffi bien que les
faits heroïques de ceux qui compofoient cette
illuftre troupe. Roquebrune, voyant le corps
mort de Ragotin, dit qu'il falloit changer deux
vers à fon epitaphe, dont la Rancune lui avoit
baillé une copie, comme je vous ai déjà dit,
& qu'il falloit la mettre comme il s'enfuit :

> *Ci gît le pauvre Ragotin,*
> *Lequel fut amoureux d'une très belle Etoile*
> *Que lui enleva le Deftin,*
> *Ce qui lui fit faire promptement voile*
> *En l'autre monde fans bateau;*
> *Pourtant il y alla par eau.*
> *Pour elle il fit la comedie*
> *Qu'il achève aujourd'hui par la fin de fa vie.*

Les comediens & comediennes s'en retournèrent à leur logis, & continuèrent leur exercice avec l'admiration ordinaire.

FIN DU SECOND VOLUME.

NOTES ET VARIANTES.

NOTES ET VARIANTES.

———

1—1. — *Ce fut en Afrique, entre les rochers voifins de la mer.* — Ce chapitre est traduit du neuvième récit des *Novelas exemplares y amorofas* de doña Maria de Zayas.

2—5. — *Il eftoit de l'illuftre maifon de Zegris.* — Nom défiguré d'une famille rivale des Abencerrages & qui joua un grand rôle dans Grenade.

3—54. — *Sillé-le-Guillaume.* — Petite ville à 28 kilomètres nord-ouest du Mans, aux environs de laquelle se trouvaient situées les deux petites métairies dépendantes du bénéfice de Scarron.

4—55. — *A caufe qu'il avoit époufé une du Portail.* — Famille originaire du Mans & dont plusieurs membres illustrèrent la magistrature.

5—63. — *La vieille Abeffe d'Eftival.* — L'abbaye d'Estival en Charnie, à 32 kilomètres du Mans, fut fondée en 1109 par Raoul de Beaumont, vicomte du Mans. De 1627 à 1660, l'abbesse fut Claire Nau, élève de l'abbaye du Pontaux-Dames de l'ordre de Cîteaux.

6—66. — *Il fe trouva que le moulin eftoit à l'Eleu du Rignon.* — En 1620, on trouve au Mans, comme élu, membre du conseil de l'hôtel de ville, un sieur de Bignon. Ne serait-ce pas lui que Scarron veut désigner sous le nom de du Rignon?

7—68. — *Le marquis d'Orfé.* — Quelques commentateurs ont cru voir sous ce nom le comte de Tessé, allié, en 1638, à la famille des Lavardin.

8—69. — *De tres mefchans danfeurs danférent de très mefchantes courantes.* — C'était la danse préférée de Louis XIV. Elle devait son nom à ses nombreux mouvements d'allée & venue.

9—70. — *La farabande.* — Cette danse, comme la pavanne, était d'importation espagnole.

10—70. — *Dom Japhet.* — *Don Japhet d'Arménie,* comédie de Scarron, représentée pour la première fois en 1652, imprimée en 1633. Son succès énorme balança celui de *Nicomède.*

11—71. — *La Baguenodière.* — L'original de ce type est le fils de M. Pilon, avocat au Mans.

12—80. — *Dorotée & Feliciane de Montfalve.* — Ce chapitre est la traduction libre d'une Nouvelle espagnole des *Alivios de Cassandra,* intitulée : *la Confusion de una noche.*

13—123. — *Je ne fais fi c'eft vous donner une grande marque de mon refpect.* — Cette troisième partie du *Roman comique* est due non à la plume de Scarron, mais bien à celle d'Offray. Le sieur Boullioud, à qui il l'a dédiée, est vraisemblablement Jean-François Boullioud de Chanzieu, de Saint-Génis-Laval, avocat à Lyon en 1720.

14—138. — *Le marqueur du tripot.* — Valet du jeu de paume marquant les chasses, comptant le jeu des joueurs, les servant & les frottant.

15—139. — *Les crieurs d'eau-de-vie n'avoient pas encore réveillé ceux qui dormoient d'un profond sommeil.* — Dès l'aube, ces marchands parcouraient les rues, annonçant leur marchandise. Le soir, quand venait l'heure du couvre-feu, c'étaient les *oublieux* ou marchands d'oublies qui allaient criant de maison en maison. Les bons bourgeois connaissaient l'heure de cette façon.

16—139. — *La Couture.* — Abbaye de Bénédictins, fondée en 595 par saint Bertrand, évêque du Mans.

17-156. — *Le marquis de Lavardin.* — Les *Menagiana* rapportent « qu'il y a dans le Maine, près Montoire, un lieu appelé Lavardin, qui a donné son nom à une très illustre famille du Vendômois ».

18—157. — *La Guerche.* — Petite ville située sur la Sarthe, à 10 kilomètres du Mans.

19—158. — *Vivain.* — Petite ville, à 2 kilomètres nord-est de Beaumont-le-Vicomte.

20—158. — *Receveur des épices.* — On désignait par *épices*, au Palais, les salaires que les juges se taxaient en argent, au bas des jugements, pour leur peine d'avoir travaillé au rapport & à la visitation des procès par écrit.

21—163. — *Bourg-le-Roi.* — A 32 kilomètres nord-est du Mans.

22—168 —*Fresnay.* — Petite ville sur la Sarthe, à 24 kilomètres sud-ouest de Mamers.

23—195. — *Le second Zani.* — Bouffon de la comédie italienne.

24—195. — *J'avois toujours cru ce que dit Ovide de la métamorphose des fourmis en pygmées.* — *Métamorphoses,* livre VII, fable xxv.

25—196. — *Qu'est-ce qu'un homme si petit.* — Cette chanson, fort ancienne en effet, a servi de thème à des variations très nombreuses.

26—205. — *Suivant l'ordre du Coutumier.* — Recueil de coutumes & usages qui régissaient une contrée.

27—211. — *...Jean de Paris, &c.* — Les *Mélusines* ont pour auteur Jean d'Arras, les *Quatre Fils Aymon,* Huon de Villeneuve. Quant aux auteurs de l'*Histoire de Pierre de Provence & de la Belle Maguelonne* & de *Jean de Paris,* ils demeurent inconnus.

28—211. — *En lisant les œuvres de Marot, j'y trouvai un triolet.* — Ce triolet, qui n'en est pas un, fut adressé à Jeanne d'Albret, princesse de Navarre.

29—214. — *Ce qui me faisoit paroli à une trentaine de cadets.* — Ce qui me faisait aller de pair..

30—227. — *Balon.* — Petite ville située sur l'Orne, à 18 kilomètres du Mans.

31—228. — *Je suis mort, l'on m'a donné un coup d'épée dans les reins.* — Dans l'*Euphormion,* de Barclay, se lit la même plaisanterie : César se croit mort aussi, parce qu'il a été piqué d'une épine à la fesse.

32—233. — *Leurs habits tout parsemés de nœuds de petit ruban bleu, qui étoit la couleur de la du Lys, & que j'ai aussi toujours portée depuis; il est vrai que j'y ai ajouté la feuille morte.* — Le *Jeu du Galant* nous apprend la signification attachée à la couleur des rubans. Le bleu était une couleur attribuée au ciel, on témoignait, en la prenant, ne vouloir que des affections célestes. La couleur feuille morte représentait la mort de l'espérance.

33—236. — *Me mèneras-tu à Saint-Pater?* — Il faut lire *Saint-Paterne.*

34—243. — *Pour aller en cour servir son quartier.* — Les gentilshommes de quartier remplissaient pendant trois mois seulement les devoirs de leur charge.

35—257. — *Je passai en revue & tirai la montre.* — On donnait le nom de montre à la solde payée aux soldats dans les revues.

36—257. — *Sainte-Reine, en Bourgogne.* — Ce bourg, nommé aussi Alise, se trouve à 4 kilomètres de Flavigny.

37—262. — *Casal.* — Ville du Montferrat.

38—264. — *Sa parure verte.* — *Le jeu du galant,* déjà cité, dit que cette couleur, symbole de l'espérance, est la plus propre aux galants, puisque l'on dit : un vert galant.

39—281. — *Almenesche.* — Bourg à 8 kilomètres sud-est d'Argentan.

TABLE

TROISIÈME PARTIE.

Achevé d'imprimer

le six novembre mil huit cent quatre-vingt

PAR CH. UNSINGER

POUR

ALPHONSE LEMERRE, ÉDITEUR

A PARIS

PETITE BIBLIOTHÈQUE LITTÉRAIRE

(AUTEURS ANCIENS)

BOILEAU. Œuvres avec notice et notes par M. A. PAULY. 2 volumes. . . . . 10 fr.

7 Eaux-fortes d'après COCHIN, gravées par MONZIÈS, pour illustrer les *Œuvres de Boileau* . . . . 10 fr.

PIERRE CORNEILLE. *Théâtre, revu et corrigé par l'auteur*, avec notice, notes et variantes par A. PAULY. 8 vol. (Le tome 1er est en vente.) Chaque volume . . . 5 fr.

DANTE. *La Divine Comédie*, traduction nouvelle par M. FRANCISQUE REYNARD. 2 volumes . . . . 10 fr.

HAMILTON. Mémoires de Grammont, avec une notice et des notes par M. MOTHEAU. 1 volume . . . . . 5 fr.

HEPTAMÉRON DES NOUVELLES de Marguerite d'Angoulesme, reyne de Navarre. Texte des Manuscrits avec notes, variantes et glossaire par F. DILLAYE. Notice par A. FRANCE. 3 vol. Chaque volume. . . . . . 5 fr.

18 Eaux-fortes d'après FREUDENBERG, gravées par MARTINEZ, pour illustrer l'*Heptaméron*. . . . . . 15 fr.

HORACE, traduction de LECONTE DE LISLE avec le texte latin. 2 vol. . . . . 10 fr.

LE SAGE. *Histoire de Gil Blas de Santillane*, avec notice et notes par A. POULET-MALASSIS. 4 volumes. Chaque volume. . . . . 5 fr.

16 Eaux-fortes dessinées par HENRI PILLE et gravées par LOUIS MONZIÈS, pour illustrer *Gil Blas*. Prix. . 25 fr.

LE SAGE. *Le Diable boiteux*, avec notice par A. FRANCE. 2 vol . . . . 10 fr.

9 Eaux-fortes pour illustrer *le Diable boiteux*, dessinées par H. PILLE et gravées par L. MONZIÈS. Prix. . . 15 fr.

LE SAGE. *Théâtre*, avec notice et notes par F. DILLAYE, 1 vol. . . . . 5 fr.

RACINE. Œuvres complètes, avec notice par A. FRANCE. 5 vol. Chaque volume . . . . 5 fr.

15 Eaux-fortes d'après GRAVELOT, pour illustrer les *Œuvres de Racine*. Prix . . . . 15 fr.

Paris. — Typ. Ch. UNSINGER, 83, rue du Bac.

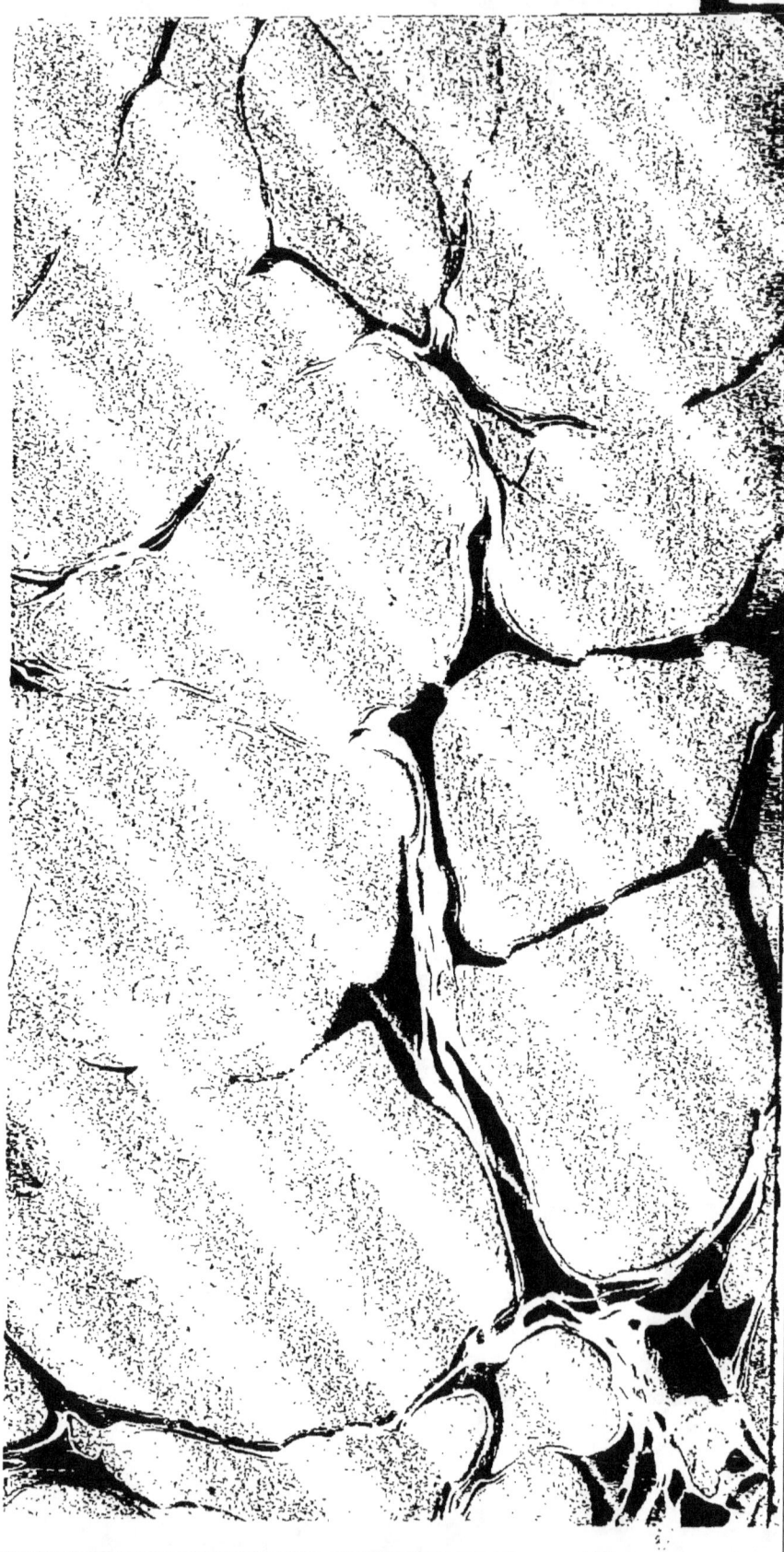

www.ingramcontent.com/pod-product-compliance
Lightning Source LLC
Chambersburg PA
CBHW050156030726
47505CB00005B/1395